HAYMON verlag

Simone Somekh

Weitwinkel

Roman

Aus dem Italienischen von Anna Rottensteiner

Gefördert mit Mitteln des Programms *Kreatives Europa* der Europäischen Union.

Dieses Projekt wurde mit Unterstützung der Europäischen Kommission finanziert. Die Verantwortung für den Inhalt dieser Veröffentlichung trägt allein der Verfasser; die Kommission haftet nicht für die weitere Verwendung der darin enthaltenen Angaben.

FSC www.fsc.org
MIX
Papier aus verantwortungsvollen Quellen
FSC® C083411

Auflage:
4 3 2 1
2022 2021 2020 2019

HAYMON verlag
Innsbruck-Wien
www.haymonverlag.at

Die Originalausgabe erschien 2017 unter dem Titel „Grandangolo" im Verlag Casa Editrice Giuntina, Firenze.

ISBN 978-3-7099-3447-0

Buchinnengestaltung nach Entwürfen von himmel. Studio für Design und Kommunikation, Innsbruck / Scheffau – www.himmel.co.at
Umschlaggestaltung: hißmann, heilmann, hamburg
Umschlagabbildungen: shutterstock.com / Viktorija Reuta (Hut), istockphoto.com / jc_design (Kamera), plainpicture/Mint Images (Hintergrund)
Satz: Da-TeX Gerd Blumenstein, Leipzig

Gedruckt auf umweltfreundlichem, chlor- und säurefrei gebleichtem Papier.

Auf der anderen Seite der Angelegenheit

Brighton, 2007

Null

Es krachte

und ich saß allein im Auto, blieb aber unverletzt, weil es in dieser Welt nicht die Unfälle sind, die Wunden zufügen, sondern die Menschen mit ihren Worten und dummen Ideen. Der Motor war durchgebrannt, aus der Stereoanlage kam weiterhin Musik, und das war ebenso unpassend wie zuvor meine Aktion, Vater das Auto zu stehlen und mich in die Nacht davonzumachen. Ich stieg nicht aus, holte keine Hilfe, klopfte nicht an die Tür des nächsten Hauses, sondern blieb einfach sitzen, was völlig unsinnig war, und hoffte wohl zu ersticken. Eine Frau aus der Nachbarschaft, die vom Geruch nach Verbranntem wach geworden war, rief die Rettung. Die Polizei kam, ein Abschleppwagen brachte das Auto weg.

Nach dem Unfall musste Vater ziemlich viel Geld lockermachen, um den Wagen zu reparieren, und Mutter machte ziemlich viel Tränen locker. Einige Wochen lang schaute sie mich mit gebrochenem Blick an, als ob ich wie der Motor von einem Moment auf den anderen in die Luft gehen könnte.

Ganz Brighton sprach darüber, vom Jungen, der um drei Uhr morgens das Auto des Vaters gestohlen und demoliert hatte. Judy Franzman von der koscheren Bäckerei sprach darüber, Binyomin Fischer mit seiner Frau, Mutter und Vater sprachen mit dem Rabbiner darüber.

Der Einzige, der nicht darüber sprach, war ich.

EINS

Tante Suzie bot mir zu essen an

und ich lehnte ab. „Du rufst mich an und bittest um Hilfe, weigerst dich dann aber, von meinen Tellern zu essen?“, sagte sie sichtlich verärgert. Tante Suzie sah mit ihrer rabenschwarzen Mähne sicher meiner Mutter ähnlich, bevor sich diese den Kopf bedeckte und lange züchtige Kleider trug. Eine Frau, die selten lächelte, aber im Gegensatz zum ersten Eindruck, den man von ihr gewann, voller Lebenslust war.

Von meinen Tellern hatte sie gesagt, nicht *von meinen Speisen*. Darum ging es nämlich: nicht um die Speisen, die auf den Tellern serviert wurden, sondern um die Teller selbst. Tante Suzie hätte mir nie Hummer angeboten oder Bauchspeck oder andere verbotene Speisen, doch allein die Tatsache, dass auf den Tellern auch nur einmal eine solche gelegen haben mochte, machte diese unrein und unbrauchbar.

„Ich habe keinen Hunger“, log ich.

„Dann schau mir zu, während ich esse, denn ich bin hungrig, und zwar ziemlich.“

Sie begann zu kauen, und ich sah ihr wie verlangt dabei zu. Der Mensch kann wirklich abstoßend sein, wenn er isst, dachte ich. Also wandte ich meinen Blick von ihrem Mund ab und betrachtete das Esszimmer. Es war klein, ein paar Bilder und Nippes schmückten den schlecht beleuchteten Raum.

Tante Suzie nahm ihre Befragung wieder auf: „Wann hältst du den Zeitpunkt für gekommen, mich über den Grund deines Anrufs aufzuklären, Ezra?“

„Jetzt“, sagte ich. Ich zog ein weißes Kuvert aus meinem schwarzen Rucksack hervor, in dem ich Kopien der Fotografien aufbewahrte, wegen derer ich von der High

School verwiesen worden war. Tante Suzie betrachtete die Fotos, unschlüssig, wie sie darauf reagieren sollte. Schließlich entschied sie sich für eine eigenartige Mischung aus verlegen, erschüttert und schelmisch, wobei sie in Wirklichkeit sicher nicht allzu überrascht war.

„Wer ist das?“

„Malka Portman“, antwortete ich, „die Schwester eines Schulkollegen, Moshe Portman. Sie ist schön, nicht wahr? Ihr Bruder prahlt immer damit, wie schön sie ist, also kam mir die Idee, sie in die Jungenetage zu schmuggeln, und dort habe ich sie dann in die Toilettenräume gebracht. Das sind meine besten Fotos, bisher.“

Tante Suzie sah ein Foto nach dem anderen an, und eines nach dem anderen drehte sie beim Weglegen so um, als hätte sie in jedem einzelnen die ganze Macht der Gesetzesübertretung wahrgenommen, und zwar nicht nur der Gesetze der Yeshiva High School.

„Mutter und Vater werden begeistert sein“, meinte sie ironisch.

„Nun, sie haben sie nicht gesehen. Aber sowohl Malka als auch ich wurden von der Schule verwiesen, und ich bin sehr glücklich darüber. Denn nun muss ich nicht mehr darum kämpfen, mich in einer anderen High School einschreiben zu dürfen.“

Natürlich hatte ich den Verweis nicht geplant. Niemand durfte die Fotos sehen, auch wenn ich im Innersten davon überzeugt war, dass sie mir eines Tages nützlich sein würden, sollte ich ernsthaft Fotograf werden wollen. Frauen zu fotografieren war in meiner Gemeinschaft ein Tabu. Oft kamen die Schüler bis zum Abschluss der High School, ohne einem Mädchen in die Augen geblickt zu haben. Ich hatte in die Augen von Malka Portman geschaut, und ich hatte sie fotografiert.

Die Fotos waren wunderbar, tausendmal besser als jene, die ich zu den Hochzeiten und den Bar-Mizwas machte, wo die Fotografierten von einer geologischen Schicht Make-up überzogen waren und die Lichter so gedimmt, dass sogar die Falten der ältesten Frauen verschwanden.

Ezra Kramer hatte seit jeher Eltern und Lehrern Sorgen bereitet. Jetzt wird er den Eltern aller Mädchen der Gemeinde Sorgen bereiten; und er wird, so dachte ich, jetzt auch den Rabbinern Sorgen bereiten. Erstmals wurde mir die Tragweite dessen, was ich getan hatte, bewusst. Ich war stolz auf die Fotografien, aber die Folgen dieser Schnappschüsse, die Frau Portman gefunden hatte, als sie das Zimmer ihrer Tochter aufräumte, waren verhängnisvoll. Judy Franzman würde mir nie wieder einen Keks anbieten, wann immer ich bei ihr auf einen Gruß im Geschäft vorbeischauen würde. Vater und Mutter würden mich vielleicht von zu Hause vertreiben. Vielleicht würde man mich für immer aus der Gemeinde ausschließen. Vielleicht hatte Ezra Kramer in der unbändigen Genialität eines fünfzehnjährigen Künstlers den Fehler seines Lebens begangen. Vielleicht wäre es besser gewesen, in jener Nacht im verqualmten Auto zu sterben.

Meine Eltern hatten mir zur Bar-Mizwa einen Fotoapparat der Marke Nikon geschenkt, kein Smartphone. Allein dieses Wort auszusprechen war in meiner Gemeinde verpönt, und nie hätte man eines dem eigenen Sohn geschenkt. Man assoziierte es mit Google, der Autobahn, die zu den Pornoseiten führte, wo die verheirateten Männer zum Ehebruch und die unverheirateten zur Verschwendung ihres Samens verleitet wurden. Ein Fotoapparat hingegen war weniger bedrohlich. Ich hatte ihn mir jahrelang gewünscht und stellte mir nun vor, wie ich zum Hafen abhauen würde, um die Pelikane zu fotografieren, während ich meinen Eltern sagte, ich würde ihn verwenden, um Fotos bei den Feiern der Gemeinde zu machen.

Nachdem ich ein gutes Hundert Fotos beim Purim-Festmahl geschossen hatte, zu dem der Rabbiner geladen hatte, fiel einem der Jungen der Gemeinde auf, dass ich Talent besaß. Eine Woche später rief mich verzweifelt der Vater von Binyomin Fischer an, der Fotograf habe ihn bei der Hochzeit seines Sohnes im Stich gelassen, zwei Tage vor der Feier, wegen eines „Missverständnisses, was die Zahlung betreffe“. Ich versprach einzuspringen und kam mit meiner Nikon zum Fest. Das Schönste daran war, dass ich jenen Bereich des Saals betreten durfte, der den Frauen vorbehalten war. Ich war der Fotograf. Kein anderer würde es wagen, die Mechiza zu überwinden, jene Vorrichtung, die Männer und Frauen in den Synagogen, bei den gemeinsamen Mahlzeiten, Hochzeiten und Versammlungen voneinander trennte.

Es sprach sich schnell herum, dass ich ein guter Fotograf war. Von nun an war ich bei jedem Fest der ultraorthodoxen Gemeinde von Brighton dabei. Ich hatte Talent, aber vor allem verlangte ich wenig Geld. Vielleicht war es aber auch das Vertrauen, das die Leute zu mir als Mitglied der Gemeinde hatten.

Dann kam der Zeitpunkt, an dem mich die Fotos von Gläser zertretenden Zwanzigjährigen und Pelikanen im Hafen von Boston zu langweilen begannen. Ich schlug meinen Schulkameraden vor, Modell zu stehen, doch sie gaben zurück, dass es ein Zeichen von Eitelkeit sei, sich fotografieren zu lassen, und Verschwendung von wertvoller Zeit, die man dem Studium der Heiligen Schriften widmen solle. Als Moshe Portman mir dann von seiner Schwester erzählte, wusste ich, dass der richtige Augenblick gekommen war. Malka war erstaunlicherweise offen dafür, und ich hatte keine Skrupel.

„Wie haben deine Eltern reagiert?“, riss mich Tante Suzie aus meinen Gedanken.

„Sie haben es wohl gerade erst erfahren, der Schuldirektor hat sie zu sich gebeten. Keine Ahnung, was sie sagen werden. Womöglich schicken sie mich auf eine andere ultraorthodoxe Schule, vielleicht außerhalb von Boston.“

„Eine sehr bittere Pille, die sie da zu schlucken haben. Sie werden sich der gesamten Gemeinde stellen müssen.“

„Ja. Wo auch immer sie mich hinschicken wollen, ich gehe da nicht hin. Schon gar nicht, wenn sie an Monsey denken. Die Yeshiva High School war schon ein Alptraum, und ich habe nicht vor, dieselbe Erfahrung irgendwo anders zu wiederholen.“

Tante Suzie nahm die Lesebrille ab, mit der sie die Fotos von Malka Portman betrachtet hatte. Sie sah mich mit jenem Gesichtsausdruck an, den ich so sehr an ihr liebte. Wusste ich doch, an ihn würde ich mich immer halten können.

„Du bist ein, nun ja, sagen wir, außergewöhnlicher Junge, außerhalb der Norm. Schau mich nicht so an, Ezra, es ist so. Vor allem aber, so sehr du jenen *Leuten* problematisch erscheinen magst“ – und wie sie dieses Wort betonte, war klar, dass es kein Kompliment war – „kann niemand leugnen, dass du sehr intelligent für dein Alter bist. In der Schule bist du Klassenbester und du hast es von klein auf geliebt, dicke Bücher zu lesen. Ich war immer der Ansicht, du bist für jene Schulen, wo dir nichts Konkretes beigebracht wird, viel zu gut. Hör zu, diese Geschichte ist deine Chance, auf eine Schule zu wechseln, die eines Schülers wie dir würdig ist.“

Die Tür zum Schlafzimmer von Mutter und Vater war zu. Seit jeher eine unüberwindbare Grenze für mich, hatte ich es mir schon als Kind zur Gewohnheit gemacht, durch sie hindurch Gespräche zu belauschen. Meistens waren sie nicht sehr erfreulich.

„Was haben wir nur getan, dass wir das verdienen? Was?“, flüsterte Mutter. „Gott bestraft uns. Ich spüre das.“

„Ich frage mich, was wir falsch gemacht haben. Wir haben ihn innerhalb der Gemeinde aufgezogen und dabei alle Regeln und alle Ratschläge des Rabbiners befolgt. Wir haben ihn auf unsere Schulen geschickt, und trotzdem. Da muss etwas sein, das wir falsch gemacht haben“, brach es aus Vater heraus.

„Woher hat er nur eine dermaßen perverse Idee? Sicher nicht von uns. Wir haben alles getan, um ihn von den Einflüssen der Menschen da draußen fernzuhalten.“

„Wir hätten nach der Hochzeit nach Monsey ziehen sollen, anstatt hier in Boston zu bleiben.“

„Sag das nicht. Der Rabbiner von Brighton ist die beste Führung, die wir haben konnten.“

Es folgten einige Minuten des Schweigens, während derer ich ganz flach atmete, um nicht gehört zu werden. Dann fuhr Vater fort: „Wir müssen entscheiden, was tun. Ich lasse nicht zu, dass die Gemeinde erfährt, was geschehen ist. Das wäre die Gelegenheit für sie, uns davonzujagen. Die Eltern werden Sorge haben, dass Ezra ihre Kinder negativ beeinflusst. Der Direktor hat gesagt, dass sie den Grund für den Schulverweis der beiden geheim halten werden, aber du weißt ja, wie das ist. Gerüchte kursieren schnell.“

„Vielleicht sollten wir uns an den Rabbiner wenden“, schlug Mutter schüchtern vor.

Erneutes Schweigen.

Versteckt unter einer Patina aus Gottesfurcht war die größte Angst meiner Eltern weitaus irdischer, nämlich aus der ultraorthodoxen Gemeinde vertrieben zu werden, die sie vor zwanzig Jahren aufgenommen hatte. Gegen den

Willen ihrer Familien hatte Vater mit dem Sohn des Rabbiners und Mutter mit dessen Frau zu studieren begonnen. Dann kam ich auf die Welt und nach mir niemand mehr, zur großen Beschämung meiner Eltern und zur großen Enttäuschung der Gemeinde, in der der Durchschnitt bei acht Kindern und bei Dutzenden Enkeln lag.

Und so erwiesen sich die Fotografien für meine Familie nicht nur als Sünde im religiösen Sinn, sondern auch als gesellschaftlicher Selbstmord. Ihre Enttäuschung über mich wuchs von einer Minute zur nächsten, während mein Glaube an die Gemeinde, in die ich geboren worden und in der ich aufgewachsen war, ohne jegliches Bedauern dahinschwand.

Vater zeigte all seinen Zorn, Mutter vergoss all ihre Tränen, genauso, wie ich es vorhergesehen hatte.

Schließlich wurde mir von der Schule erlaubt, die Prüfungen in einer leeren Klasse abzulegen, fernab von meinen Schulkollegen, die mich nicht einmal das Gebäude betreten sahen. Auf diese Weise konnte ich mein erstes Jahr an der High School abschließen und dem Sommer entgegensehen, ohne zu wissen, wie es im Herbst mit mir weitergehen würde. Bis dahin, so entschieden meine Eltern, sollte ich zu einer Psychologin gehen.

Ohne irgendwelche Erwartungen betrat ich das Studio von Nora Oppenheimer. Im dritten Stock eines schönen ziegelroten Gebäudes in Cambridge, dem Vorort von Boston, gelegen, war es mittelgroß und gut ausgeleuchtet. Sie schien jung zu sein, doch in ihrem Gesicht war eine Spur von Distanz, fast von Niederlage erkennbar. Den ringlosen Händen nach zu urteilen, war sie nicht verheiratet. Sie war kein Mitglied unserer Gemeinde, aber Jüdin, und das hatte Vater und Mutter gereicht. Sie würde meine Bedürfnisse und meinen Lebensstil verstehen.

Ich ließ die Türe offen, doch sie befahl mir: „Mach zu."

„Besser nicht", gab ich zurück. „Sonst haben wir ein Problem mit den Jichud-Gesetzen. Es ist nicht erlaubt, dass sich ein Mann und eine Frau, die nicht miteinander verheiratet sind, zusammen allein in einem Raum aufhalten."

Nora Oppenheimer öffnete den Mund, um etwas zu sagen, ließ es dann aber bleiben. Ein Fisch, dachte ich bei mir. Ein Fisch mit einem wunderbaren V-Ausschnitt, der zwar nicht die Brüste sehen ließ, aber verbotenen Gedanken Tür und Tor öffnete.

„Ich verstehe", sagte sie schließlich, auch wenn klar war, dass es nicht so war. „Also, wo wollen wir anfangen?"

„Sagen Sie es mir", antwortete ich mit freundlichem Lächeln. Ich hatte beschlossen, ganz den bezaubernden Jungen zu geben.

„Deine Eltern machen sich Sorgen um dich, Ezra. Einige deiner Verhaltensweisen haben sie, nun ja, ratlos zurückgelassen. Was beunruhigt sie, deiner Meinung nach?"

„Ich habe Malka Portman auf der Jungentoilette fotografiert. Ich liebe die Fotografie und habe gedacht, dass sich diese Fotos gut in einem Portfolio machen würden. Meine Gemeinde hat das allerdings ganz und gar nicht geschätzt."

„In deiner Gemeinschaft ist es verboten, Frauen zu fotografieren, wenn ich nicht irre. Warum?"

Ich zuckte mit den Schultern. „Wollen Sie mir eine Predigt halten?", fragte ich in schneidendem Ton.

„Auf keinen Fall, Ezra. Das ist nicht meine Aufgabe. Ich versuche nur zu verstehen, was dich dazu gebracht hat, so zu handeln. Wolltest du provozieren? Ihre Aufmerksamkeit auf dich ziehen?"

Diese Frau verstand meiner Meinung nach gar nichts. Ihr Rock war etwas hochgerutscht, so dass ich ihre Knie und einige Zentimeter ihrer Schenkel sehen konnte. Nur mit Mühe konnte ich meinen Blick von ihren Beinen lösen und sagte zaghaft: „Ich glaube, dass der Körper der Frauen sehr schön ist, und habe entschieden, ihn zu zelebrieren. Das ist alles, was ist schlecht daran? Ich bin sehr stolz auf diese Fotos. Ich bin stolz auf jede Minute, die ich in den Toilettenräumen verbracht habe. Nicht alle hätten es geschafft, Malka Portman zum Posieren zu bringen. Nun, ich habe es geschafft, und dafür sollte man mir applaudieren und mich loben, statt mich anzuklagen oder gar zu verspotten."

Meine Tage bestanden aus langen Stunden, die ich in der sommerlichen Talmud-Thora-Schule verbrachte, aus Nachmittagen, die ich der Zeit abluchste und bei Tante Suzie war, und vielen Therapiesitzungen bei Nora Oppenheimer. Die Zeit in ihrer Gesellschaft war eine einzige Vergeudung, aber ihre Art sich zu kleiden, bunt und weit ausgeschnitten, Welten entfernt von den langen, schwarzen und unförmigen Röcken meiner Mutter, war für mich wie der Zutritt zum Garten Eden. Des Nachts begann ich über den nackten Körper von Nora zu fantasieren, der viel reifer war als jener von Malka Portman, schmal und einladend. Waren meine Fantasien über die Mädchen der Gemeinde immer unbefriedigend gewesen, richteten sie sich nun ungehemmt auf meine Psychologin. Als ob das nicht schon gereicht hätte, um in ihrem Studio und in meinem Körper eine angespannte Stimmung zu erzeugen, bestand Nora darauf, dass ich während der Therapiestunden von Sexualität sprach. Ich hatte keine klare Vorstellung von der Sache, und Noras Fragen waren eine verlockende Einladung, diese bislang verbotene Zone zu erforschen.

Es war mir peinlich, doch ich dachte, es könnte von Vorteil für mich sein, mit jemandem über Sexualität zu sprechen. Nützlich?, fragte eine Stimme in mir. Nützlich, bejahte dieselbe Stimme.

Dann fragte ich sie eines Tages: „Warum bestehen Sie so sehr darauf?"

„Was meinst du damit, Ezra?"

„Warum wollen Sie, dass ich von diesen ... Dingen ... spreche?"

Nora Oppenheimer atmete tief durch und antwortete: „Ich glaube, du hast als Heranwachsender eine starke Frustration gegenüber den Verboten und Tabus entwickelt, die dir von deiner Gemeinde auferlegt werden. Als du dann diese Fotos gemacht hast, ist all das in dir hochgekommen. Ezra, ich möchte, dass du Folgendes verstehst: Die Sexualität ist menschlich. Sie ist die natürlichste Sache der Welt. Sie ist die Basis des Fortbestehens der Menschheit und der Tiere, allen Lebens. Deine Eltern haben dir diese fragwürdige Idee vermittelt, dass Sexualität *dem Bösen* entspricht."

Sie sprach leidenschaftlich und betonte jede Silbe, um schließlich beim *Bösen* anzuhalten.

Ich schwieg.

„Ezra, vielleicht bin ich die erste und zugleich letzte Person, die dir das sagt. Das, was du in den Toilettenräumen gemacht hast, war ... eine wunderschöne Sache. Deine Fotografien sind großartig und du solltest stolz auf dich sein."

Ich fragte sie, ob sie das ernst meine. Sie bejahte. Schweigen. In einem Atemzug sagte ich ihr, es würde mich glücklich machen, die Erfahrung zu wiederholen, und sie wäre das perfekte Modell dafür. Sie fragte mich, ob ich den Fotoapparat immer bei mir trug. So war es.

Der Sommer neigte sich dem Ende zu und Vater und Mutter zitierten mich ins Wohnzimmer, um mit mir über meine Zukunft zu sprechen. Zuallererst verlangten sie von mir, ihnen den Fotoapparat auszuhändigen, was ich kurzerhand tat. Meine neue Nikon lag in meinem Zimmer in einer Schublade versteckt, gekauft mit dem Geld, das Nora Oppenheimer nicht mehr annahm, seit sich unsere Sitzungen in etwas anderes verwandelt hatten. Nora lehrte mich, dass Begehren menschlich war, Verlangen rechtmäßig und Erhalten ein Sieg, auf den man stolz sein konnte.

Vater verkündete, dass er eine ausgezeichnete Unterkunft bei einer Familie in Monsey gefunden habe, mir blieben zwei Wochen, um mich auf die Abreise vorzubereiten.

Sie wollten mich loswerden, doch ich hatte mich auf diese Eventualität eingestellt.

Einen Monat zuvor hatte mich Tante Suzie beim SAT angemeldet, dem Studienbefähigungstest, der Logisches Denken und Lernfähigkeit überprüfte und Zugang zu den besten Universitäten verschaffen konnte. Sie war überzeugt, dass ich überdurchschnittlich abschneiden würde, und finanzierte mir Privatstunden, so dass ich gut vorbereitet die Prüfung antrat.

Mit fünfzehn Jahren konnte ich sowohl in Mathematik als auch in Englisch eine SAT-Punktezahl vorweisen, die Millionen von High-School-Absolventen erblassen ließ. Einige traten bis zu viermal zur Prüfung an in der Hoffnung, jene zusätzlichen fünf Punkte zu erreichen, die sie für die Aufnahme an einer staatlichen Universität brauchten.

Das Kuvert mit den Ergebnissen in der Hand, bestieg ich Tante Suzies metallic-grauen Kleinbus, und sie begleitete mich zum Treffen mit dem Direktor der Nachmanides High School.

Ich war noch nie in der Nachmanides gewesen, hatte aber schon viel von ihr gehört. Im Herzen von Brookline gelegen, auf halbem Weg zwischen Brighton und Boston, war sie eine moderne jüdisch-orthodoxe Schule. Man sagte sich, vielmehr flüsterte sich hinter vorgehaltener Hand zu, dass dort Jungen und Mädchen gemeinsam die Heiligen Schriften studierten. Ich konnte mir nicht vorstellen, dass sie sich miteinander auf den Gängen aufhielten oder gar an denselben Tischen aßen und sich in der Bibliothek gemeinsam auf die Prüfungen vorbereiteten.

Wie ein schüchternes Hündchen folgte ich Tante Suzie in die Eingangshalle und war zutiefst beeindruckt, als ich begriff, dass der Direktor der Schule eine Frau war, Mrs. Rosenthal.

„Du kommst von der Yeshiva High School, nicht wahr?“, fragte sie mich, nachdem Tante Suzie und ich ihr gegenüber am Schreibtisch Platz genommen hatten. Mrs. Rosenthal hatte kurze, kastanienfarbene Haare und trug keine Kopfbedeckung. Ich fragte mich, ob sie womöglich Single war.

„Ja“, lautete meine kurze Antwort.

„Ezra ist ein *sehr* begabter Junge“, schaltete sich Tante Suzie ein. „Ich glaube, dass die Yeshiva nicht die richtige Schule für ihn ist. Die Nachmanides hat einen ausgezeichneten Ruf und Ezra wäre sicher ein Vorzeigeschüler für Ihre Schule.“

„Was hat Ihren Sohn bewogen, die Schule zu wechseln?“, fragte die Direktorin, während sie mich durch ihre extravagante rote Brille betrachtete.

„Um die Wahrheit zu sagen, ich bin die Tante“, entgegnete Tante Suzie unverzüglich. „Seine Eltern sind heute verhindert, daher habe ich ihn begleitet. Wie gesagt, Ezra ist für die Yeshiva nicht geeignet. Schauen Sie …“, sie begann in ihrer Tasche zu kramen.

Das Büro war geschmackvoll eingerichtet, mit verschiedenen Fotografien von Studenten der Nachmanides an der

Wand. Die Jungen trugen die Kippa, die Mädchen Röcke bis zu den Knien, aber alle waren bunt angezogen, normal. Beim Anblick der Jungen mit den grellfarbenen Hemden und den Zizit, die darunter heraushingen, blieb mir der Mund vor Staunen offen. Die Nachmanides, über die ich immer nur verächtlich reden gehört hatte, fast so als handelte es sich um einen Sündenpfuhl, erschien mir plötzlich, mit den Studentinnen, die in eng anliegenden Kleidern Gemara studierten, als ein Leuchtturm der Freiheit.

Tante Suzie zog das Kuvert mit meinen Ergebnissen heraus und überreichte es Mrs. Rosenthal, die anstelle der roten Brille eine giftgrüne Lesebrille aufsetzte.

„Ich verstehe nicht", sagte sie, als ihr klar wurde, was sie in Händen hielt. „Wir sind eine High School, keine Universität. Es wäre nicht nötig gewesen, diese Prüfung abzulegen."

„Bitte, schauen Sie genau hin", forderte Tante Suzie sie auf.

Mrs. Rosenthal folgte der Aufforderung. Dann blickte sie zu mir und anschließend wieder erstaunt auf das Blatt Papier.

Vater hatte mir seine Pläne für mich dargelegt, nun schien es mir an der Zeit, ihm die meinen mitzuteilen. Ich eröffnete ihm, dass ich an der Nachmanides aufgenommen worden war, ein Stipendium in der Höhe von fünfundzwanzigtausend Dollar würde die gesamten Schulkosten abdecken. Auch wenn die Gemeinde die Öffnung der Schule hin zur Moderne ablehne, sagte ich ihm, handele es sich bei der Nachmanides um eines der angesehensten Institute der Stadt, das jährlich Abgänger vorweisen könne, die nach Harvard oder Penn gingen.

Meine Eltern beharrten auf ihrer Meinung. Nachdem sie einander besorgte Blicke zugeworfen hatten, erklärten sie mir, ich sei verrückt, nie und nimmer würden sie mir erlauben, an jenen Ort der Sünde zu gehen. Ich würde wie vorgesehen nach Monsey kommen, wo mich eine hervorragende, fromme Familie erwarte und ein Platz an einer der besten orthodoxen High Schools der USA.

Ich blieb unnachgiebig, zeigte ihnen meine Punktezahl beim SAT. Meine Eltern waren zwar verschlossen, doch in der Welt draußen geboren. Sie wussten genau, was ein dermaßen gutes Ergebnis bei jener Prüfung bedeutete, nämlich renommierte Schulen und Stipendien.

Plötzlich kam ich mir als der verantwortliche Elternteil vor, der die uneinsichtigen Kinder überzeugen musste, das zu tun, was zu ihrem Besten war. Und ich sagte zu ihnen: „Gott hat euch nur einen Sohn gegeben, das ist wohl wahr. Aber der, den er euch gegeben hat, ist intelligent. Ihn an Schulen wie die Yeshiva High School in Brighton, Monsey oder Brooklyn zu schicken, wäre die reinste Vergeudung."

Am folgenden Tag stieg ich am Bahnhof Brookline Hills aus und betrat zum zweiten Mal die Halle der Nachmanides High School, um die Einschreibungsformulare für das bevorstehende Schuljahr abzugeben. Sowohl Vater als auch Mutter hatten unterschrieben. Ich hatte gewonnen, und meine Eltern mussten sich einer Gemeinschaft stellen, die die Wendung, die das Leben im Hause Kramer genommen hatte, niemals billigen würde.

Zwei

Beide auf der Suche nach einem Halt

im Leben, hatten meine Eltern im letzten Jahr ihres Studiums am College von Brandeis beschlossen, sich der Religion zuzuwenden. Sie hatten sich im Haus des Rabbiners von Waltham, der der Chabad-Gruppierung angehörte, kennengelernt. Sie kamen jeden Freitag dort zusammen, bei Sonnenuntergang verließen sie den Campus der Universität, überquerten laufend die Gleise des Zugs, der Richtung Bostoner North Station fuhr, und betraten die kleine Villa des Rabbiners, wo sie gemeinsam mit Dutzenden anderen Studenten zum Abendessen blieben. Ich weiß nicht genau, was sie dazu brachte, einen Lebensweg anzustreben, der stärker von Religion geprägt war. Vielleicht sahen sie in den Lebens- und Verhaltensregeln, die die Orthodoxie in zwischenmenschlichen Beziehungen und in jener zu Gott vorschrieb, die Möglichkeit, ein sinnerfülltes Leben in Sicherheit und Ordnung zu führen. Vielleicht war es jenes Gefühl von Zugehörigkeit, das sie jedes Mal empfanden, wenn sie ihren Fuß über die Schwelle des Hauses des Rabbiners setzten, und das sie mit der Kraft der Bekehrung anzog, die dann auch rasch und unaufhaltsam erfolgte.

Nach dem Universitätsabschluss übersiedelten sie nach Boston und beschlossen, sich mit dem ultraorthodoxen Rabbiner von Brighton auf die Hochzeit vorzubereiten, wohin sie anschließend als junges Ehepaar zogen.

Der Prozess der Eingliederung in die Gemeinde zog sich ziemlich lange hin. Während der innig herbeigesehnte Erstgeborene auf sich warten ließ, wurden Mutters Röcke immer länger, und Vater bestieg während einer Arbeitsreise nach Manhattan den Zug nach Brooklyn, wo er seinen ersten schwarzen Borsalino erstand. Sie frequentierten mit großem Eifer die Gemeinde und schlossen eine solide Freundschaft mit dem Ehepaar Fischer, das bereits drei Söhne hatte und meine Eltern häufig zum gemeinsamen Sabbatmahl einlud. Ihr Haus füllte sich mit religiösen Büchern, und sobald sie genügend Geld gespart hatten, bauten sie die Küche um und unterteilten sie in zwei Hälften, eine für die fleischigen und eine für die milchigen Lebensmittel, jede mit eigenem Spülbecken und eigener Spülmaschine.

Als meine Eltern schon nicht mehr daran glaubten, ein Kind bekommen zu können, wurde Mutter schwanger. Die Freude über die Ankunft eines Kindes und der Stolz darüber, dass es ein Junge war, waren riesengroß; die Gemeinde scharte sich um sie mit einer Zuneigung, die weit über jenes „Masel tov!" hinausging, mit dem man sich gewohnheitsmäßig beglückwünschte. Der kleine Ezra enttäuschte dann auch niemanden: Alle verliebten sich in mein pausbäckiges Gesicht mit den schwarzen Locken und den durchdringenden Augen.

Sechzehn Jahre später waren meine Eltern noch immer stolze Mitglieder der ultraorthodoxen Gemeinde – und das trotz mir. Zu ihrer Erleichterung verkroch ich mich täglich neun Stunden lang in der Nachmanides und verspürte kein Bedürfnis mehr, mich auf- und davonzumachen. Mutter und Vater hatten sogar widerwillig meine neue Art, mich für die Schule zu kleiden, akzeptiert, nämlich ohne schwarzen Hut und ohne Jacke, die ich zuvor sogar im Sommer getragen hatte.

Als der Rabbiner der Gemeinde neunzigjährig und mittlerweile ohne Bewusstsein starb und der Welt zwei Söhne, vier Töchter, achtundzwanzig Enkel und fünfundvierzig Urenkel hinterließ, übernahm sein erstgeborener Sohn trotz einiger Proteste seine Stelle. Viele waren der Ansicht, dass er nicht die Autorität des Vaters besaß. Er erwies sich jedoch als starke Persönlichkeit und ließ sich auch dann nicht einschüchtern, als er wegen einiger unwesentlicher, allerdings als zu offen erachteter Entscheidungen das Misstrauen der konservativsten Familien auf sich zog. Nach der Trauerzeit versetzte er die gesamte Gemeinde in Bestürzung, als er die Entscheidung des Rabbinischen Rates von Amerika unterstützte, zusätzlich zur traditionellen Ketubba einen verbindlichen vorehelichen Vertrag einzuführen. Dieser sollte eine der heikelsten Angelegenheiten innerhalb unserer Gemeinschaft regeln: zwischen Männern, die sich weigerten, den Scheidungsantrag der eigenen Frau zu unterschreiben, und Frauen, die in einer unerwünschten Ehe gefangen waren und keine neue eingehen konnten. Das religiöse Gesetz war in solchen Fällen machtlos, und der Rabbinische Rat hatte beschlossen, ein gesetzliches Dokument einzuführen, das die Ehemänner dazu zwang, den Frauen die Scheidung zu gewähren, sobald ein rabbinisches Gericht dies für angebracht erachtete.

Der Rabbiner Hirsch ließ nun alle Paare der Gemeinde, die heiraten wollten, einen solchen vorehelichen Vertrag bei einem Notar unterzeichnen. Die Mehrheit fühlte sich durch diese Veränderung gekränkt: Den Vertrag zu unterschreiben kam für sie dem Eingeständnis gleich, dass das jüdische Gesetz nicht ausreichend war und durch jenes des Staates ergänzt werden musste. Mutter hingegen war zutiefst beeindruckt von der Entscheidung des Rabbiners, ohne es sich groß anmerken zu lassen. Jedoch ließ sie es sich nicht nehmen, beim Abendessen ihrer Anerkennung Ausdruck zu verleihen, bei geschlossener Tür also und in Anwesenheit von mir und Vater, der darauf mit einem hässlichen und vulgären Gesichtsausdruck reagierte.

Freitagabend: Waffenstillstand. Ich war mit einem Ausgezeichnet in Trigonometrie heimgekommen, dachte aber gar nicht daran, das Ergebnis Mutter und Vater zu zeigen.

Ich war erschöpft und froh, dass endlich der Sabbat begann. Mutter war gerade dabei, die Challot ins Backrohr zu schieben, die sie zuvor mit Eigelb bestrichen hatte, die Deli Rolls und auch den Apfel-Zimt-Kuchen, allesamt Gerichte, die sie jede Woche zubereitete und die Vater und ich zutiefst liebten.

„Gut Schabbes", wünschte sie Vater und mir, als wir die Wohnung verließen und uns zur Synagoge aufmachten, die sich zwei Blöcke weiter befand. Nachdem wir gebetet und alle Männer der Gemeinde gegrüßt hatten, machten wir uns auf den Heimweg, unser gewohntes Schweigen einhaltend. Aus einem vorbeifahrenden Auto ertönte ein Disco-Song, den ich vom Handy eines Schulkollegen kannte, aber nie gewagt hätte zu Hause anzuhören.

Nachdem er den Segen über der Challa gesprochen hatte, teilte uns Vater mit, dass Frau Taub ins Krankenhaus eingeliefert worden war. Binyomin Fischer hatte es ihm in der Synagoge erzählt.

„Was fehlt denn der Frau Taub?", fragte ich und fügte, als mir niemand antwortete, ein leises „Mutter?" hinzu.

„Sie hat ein schlimmes Leiden", war ihre knappe Antwort.

Ein schlimmes Leiden ... Ester Taub hat einen Tumor, dachte ich.

„Wird sie sterben?", setzte ich nach.

„Ezra!", brach es aus Mutter heraus.

„Ich frage ja nur. Ich möchte verstehen, wie schlimm es ist."

„Ja", ergriff Vater das Wort. „Es scheint ziemlich schlimm zu sein, aber sie wird sich erholen, so Gott will. Wir müssen nur für sie und für ihre leidgeplagte Familie beten."

Angespanntes Schweigen breitete sich aus. Mutter betete, Vater fuhr fort, sich den Deli Rolls zu widmen, und ich dachte an die Familie Taub, eine der religiösesten der

Gemeinde. Herr Taub verbrachte seine Tage mit dem Studium der Heiligen Schriften in der Synagoge, während seine Frau im Kindergarten unserer Gemeinde mitarbeitete. Wie viele Kinder sie wohl hatten? Sechs, sieben, acht? Alle mit rotziger Nase und schmutzigen Kleidern, weil ihre Mutter allzu sehr damit beschäftigt ist, fremden Kindern die Nase zu putzen, während der Vater sich vor lauter Bücherlesen die Augen ruiniert, dachte ich in einer Anwandlung von Boshaftigkeit.

„Nach dem Sabbat rufe ich Leah Fischer an und frage sie, wie wir Esters Mahlzeiten organisieren", sagte Mutter.

„Ja, Binyomin hat etwas in diese Richtung angedeutet. Wir müssen auch klären, was mit ihren Kindern geschieht."

Während ich die Teller in die Küche trug, warf ich einen Blick zum Fenster hinaus: Es hatte zu schneien begonnen. Nützlich? Nützlich, dachte ich. Ich hatte große Lust, ein paar Fotos vom verschneiten Brighton zu machen.

Gegen sechs, sobald der Sabbat beendet war, wickelte ich mich in meinen langen elektrik-blauen Schal, das einzige bunte Kleidungsstück, das ich besaß, lief hinaus auf die Straße, ohne die Tür hinter mir zu schließen, und warf mich ins Abenteuer. Die Stadt lag friedlich da, in eine Decke vermeintlicher Ruhe gehüllt, unter der ein Anflug von Schwermut lauerte. Mit unbändiger Lebenslust, die schon allzu lange darauf wartete, auszubrechen und die Welt zu entdecken, machte ich mich in die finsteren und verlassenen Straßen unseres Viertels auf, die Nikon unter dem Mantel versteckt.

Ich fotografierte gerade eine Kiefer, deren Äste von einer schweren Schneeschicht nach unten gedrückt wurden, als mir eine dunkle Gestalt entgegenkam.

„Ezra?“, rief sie fragend, und ich erkannte erst nach einer Weile, dass es der Rabbiner Hirsch war.

„Schalom“, grüßte ich und streckte ihm die Hand entgegen.

„Es freut mich, dass du nicht aufgehört hast, dich deiner Leidenschaft für das Fotografieren zu widmen“, sagte er. Mich überraschten seine Worte, kannte er doch sicher den Grund, weshalb ich von der Yeshiva High School verwiesen worden war. „Augenblicke dieses seltsamen Lebens, das uns von Gott geschenkt wurde, festzuhalten, ist eine vortreffliche Handlung.“

Dieser Satz gefiel mir. Vielleicht konnte der Rabbiner ein möglicher Freund und Verbündeter sein, erwog ich im Stillen.

„Danke, Rabbi“, antwortete ich und versuchte, jenen widerwilligen Ton zu vermeiden, den ich mittlerweile in den Gesprächen mit meinen Eltern anschlug. „Wohin sind Sie unterwegs?“, fragte ich neugierig.

„Ich bin auf dem Weg nach Hause. Ich war im Krankenhaus, Frau Taub besuchen.“ In seiner Stimme schwang tiefe Trauer mit. Ich hätte gern etwas unternommen, um ihm seinen Schmerz zu erleichtern, doch mir fiel nichts ein.

„Geht es ihr sehr schlecht?“

Es war kalt und dunkel, der Rabbiner nickte mit Nachdruck. „Ich überlasse dich wieder dem Fotografieren.“

„Ach, ich glaube, ich gehe jetzt auch heim.“

„Es gibt Dinge auf der Welt, die sich unserem Verstand entziehen“, bekräftigte der Rabbiner, bevor er sich entfernte. „Aber Gott hat einen Plan.“

Ob das Objektiv meiner Nikon wohl imstande war, diesen Plan einzufangen, denn mir gelang beim besten Willen nicht, ihn zu erkennen, ging mir auf dem Heimweg durch den Kopf.

Ich hatte mir zwischen den beiden Welten, jener der Gemeinde und jener der Nachmanides, eine Nische eingerichtet. Meine Klassenkameraden stellten nicht viele Fragen, wussten sie doch, woher ich kam und dass etwas schiefgelaufen sein musste, wenn ich nicht mehr die High School meiner Gemeinde besuchte. Ich hatte keine Freunde unter ihnen und fühlte mich oft unwohl. Ich war anders, sie waren anders.

Sie waren modisch angezogen, befolgten dabei allerdings einen Kleiderkodex, knielanger Rock und bedeckte Schultern bei den Mädchen, Hemd und keine Jeans bei den Jungs. Die Klassen waren gemischt, auch wenn kein Junge und kein Mädchen es je gewagt hätten, einander in Anwesenheit einer Lehrperson zu berühren. Das Niveau der säkularen Studien war höher als in der Yeshiva High School, jenes der jüdischen allerdings niedriger. Am Morgen versammelte man sich in der Synagoge der Schule, um zu beten, mit dem einzigen Unterschied, dass dort die Mädchen auf der anderen Seite der Mechiza saßen.

Nach geraumer Zeit begann ich, mit einigen in der Klasse mehr Kontakt zu haben. Sie wandten sich an mich mit Fragen, die ich als verbohrt und aufdringlich empfand.

„Stimmt es, dass die Frauen deiner Gemeinde abgesondert leben?“, fragte mich eines Tages ein Junge namens Adam.

„Nein“, gab ich zur Antwort und entfernte mich.

Es stimmte tatsächlich nicht. Die Frauen meiner Gemeinde waren nicht abgesondert. Es waren aktive Frauen, die oft sehr energisch und mit größerem Einfluss am Leben der Gemeinde teilnahmen als ihre Ehemänner. In einigen Familien waren es die Frauen, die das Familieneinkommen bestritten. Während die Männer ihre Tage mit dem Studium verbrachten, waren sie es, die die wichtigsten Entscheidungen trafen, sich um das Haus kümmerten und das Familienleben am Laufen hielten. Von außen betrachtet mochten sie vielleicht geplagt, schwach und stumm erscheinen, aber in Brighton hätte ich nie diese Wörter verwendet, um die ultraorthodoxen Frauen zu beschreiben.

Beim Mittagessen kam Adam an meinen Tisch, um sich zu entschuldigen.

„Es tut mir leid wegen vorhin, ich wollte dich nicht beleidigen."

„Du hast mich nicht beleidigt", antwortete ich kurz angebunden.

„Ich habe mich schlecht ausgedrückt. Ich meinte nicht ‚abgesondert'. Ich wollte ... ich wollte damit sagen, dass sie weniger Entscheidungsgewalt über ihre Zukunft haben. Sie wissen von klein auf, dass sie heiraten und Kinder kriegen müssen, dass das ihr Leben sein wird." Adam schaute mich eindringlich an in der Hoffnung, dass ich mich nicht wieder umdrehte und ging.

„Warum? Können denn die charedischen Männer Entscheidungen über ihr Leben treffen?", entgegnete ich. „Auch sie wissen schon als Kinder, dass sie heiraten und Kinder machen müssen, und dass das ihr Leben sein wird."

Dem entgegnete Adam nichts mehr.

Abends im Bett gingen mir seine Worte durch den Kopf. Ich hatte ihn zum Schweigen gebracht, dachte ich zufrieden. Dennoch konnte ich nicht aufhören mich zu fragen, ob ein Teil seiner Worte nicht doch der Wahrheit entsprach. In meiner Welt waren die Frauen genauso Gefangene wie die Männer. Der Unterschied lag darin, dass ihnen im religiösen Leben eine gänzlich säkulare Rolle zugeschrieben wurde. So war es ihnen nicht erlaubt, dieselben Schriften wie die Männer zu studieren. Sie durften nicht an den religiösen Riten und Ämtern in der Synagoge teilnehmen, sondern diesen nur hinter der Mechiza beiwohnen. War es das gewesen, was Adam mit „abgesondert“ ausdrücken wollte?

Ich wurde aus meinen Gedanken gerissen, als jemand schnellen Schrittes die Treppe hinunterlief. Es musste Vater sein. Vom unteren Stock drangen Stimmen herauf, vielleicht sprach er mit jemandem am Telefon.

Ich hörte die Schlafzimmertür meiner Eltern aufgehen und Mutter heraustreten. Ich öffnete die Tür meines Zimmers einen Spalt breit und lauschte.

„Wir gehen jetzt los“, sagte Vater am Telefon. „Fünf Minuten und wir sind da.“

Ich warf einen Blick auf die Uhr: Es war viertel vor zwölf, bald Mitternacht. Ich öffnete die Tür ganz und ging die Treppen hinunter. Mutter war dabei, sich Mantel und Schuhe anzuziehen, während Vater bereits fertig zum Gehen war.

„Wohin geht ihr?“, fragte ich.

„Ezra“, sagte Mutter traurig, „Frau Taub ist gestorben.“

„Baruch Dayan Emet“, flüsterte ich.

Meine Eltern verabschiedeten sich von mir und machten sich zu den Taubs auf, wo wohl, so stellte ich mir vor, die Totenwache stattfand.

Ich setzte mich auf den Diwan, erleichtert, nicht mitgehen zu müssen. Ich wollte nicht sehen und nicht wissen. Wollte nicht gezwungen sein, über das Geschehene nachzudenken.

Zehn Minuten später war mir allerdings klar, dass es klüger gewesen wäre mitzugehen. Es war nach Mitternacht, ich war allein im Haus und würde nicht so schnell wieder in mein Zimmer gehen und einschlafen können. Ich hatte das Bild der toten Frau Taub vor Augen, die ausgestreckt auf einem Krankenhausbett lag, schauerlich und furchterregend, und der Gedanke an ihre Kinder, die fortan keine Mutter mehr hatten, beunruhigte mich zutiefst. Sie würden nie mehr mit ihr sprechen, ihr nie mehr einen Kuss geben oder von ihr zubereitete Speisen essen können. Oder vielleicht war etwas im Tiefkühlschrank zurückgeblieben, aber sie würden es nicht anrühren, bestürzt vom Gedanken, den letzten konkreten Beweis der Existenz ihrer Mutter aufzuessen. Bevor mich meine Gedanken an noch schlimmere Orte führen konnten, schlief ich auf dem Sofa ein.

„Ester Taub war eine beeindruckende Frau. Geboren in Brighton, verheiratet in Brighton, gestorben in Brighton, war sie eine der treuesten und leuchtendsten Seelen unserer Gemeinde. Ester war für uns alle eine Säule. Sobald ein Kind geboren wurde, war sie die Erste, die das Haus des Neugeborenen mit einer Auflaufform voll Reis, Huhn und Kartoffeln aufsuchte, damit die Familie zu essen hatte, solange die Mutter sich erholen musste. Wenn ein Alter erkrankte, war sie es, die als Erste die Zeit fand, ihm Gesellschaft zu leisten, notfalls in Begleitung ihrer Kinder, möge Gott sie segnen. Ester hat uns nie mit Worten belehrt, sondern immer mit Taten, und war so in ihrer Demut ein Vorbild für alle Frauen unserer Gemeinde. Genauso wie in der biblischen Erzählung von Ester, der Königin von Persien, war unsere Ester bis zu ihrem Tod ein Beispiel an Kraft für das jüdische Volk, der Gemeinde treu und der Familie ergeben, auch dann noch, als die Krankheit ihr die ersten Schläge zufügte. Wir erinnern uns an Ester mit einem Lächeln auf den Lippen. Wir erinnern uns an sie als eine Quelle des Segens, die dazu beigetragen hat, unserer Gegenwart mehr Glanz und unserer Zukunft mehr Beständigkeit zu verleihen, in Erwartung, sie wieder in die Arme schließen zu können, sobald der Messias erscheinen wird. Amen.“

„Amen“, wiederholten die Anwesenden im Chor.

Neben dem Rabbiner Hirsch, der soeben gesprochen hatte, stand Herr Taub, ein Skelett mit dunklen Ringen unter den traurigen Augen. Neben ihm die Kinder mit tränenüberströmten Gesichtern. Ich zählte sie: Es waren sieben. Shmuel, Carmi, Nechama, Tuvia, Ayala, Sheyna und die kleine Rivki, die wohl gerade einmal zwei Jahre alt war.

Auf dem Weg zum Friedhofsausgang holte mich der Sohn von Binyomin Fischer ein. Er hieß Dani, lebte in Brooklyn und war vor kurzem Vater eines zweiten Kindes geworden.

„Wie geht es dir, Ezra?“

„Danke, gut.“

„Meine Frau und ich denken oft an dich, wegen der Fotos. Ich bin dir noch immer sehr dankbar dafür.“

„Keine Ursache.“

Wir gingen gemeinsam weiter. Dani war mir nie besonders sympathisch gewesen, doch jetzt spürte ich, dass er ernsthaft etwas mit mir besprechen wollte.

„Es ist schon ein Weilchen her, dass ich dich gesehen habe.“

„Nun ja, du lebst in Brooklyn“, gab ich ungeduldig zurück.

„Ja, das stimmt. Und du gehst auch nicht mehr auf die Yeshiva, falls ich nicht irre, oder?“

Aha. Das war es also. Ich begann zu verstehen, worauf er hinauswollte. Ich schaute ihn schief an und hoffte, dass das ausreichen würde, um die Botschaft ankommen zu lassen: Ich habe keine Lust darüber zu reden, und schon gar nicht mit dir. Doch Dani Fischer ließ nicht locker.

„Wie ist sie denn so, die ... Schule?“

„Die Nachmanides, meinst du?“, sagte ich und sprach den Namen der Schule überdeutlich aus.

„Ist sie sehr ... liberal?"

„Ich weiß nicht, was du unter liberal verstehst."

Dani seufzte tief und ich hoffte, dass damit unser Gespräch zu Ende war.

„Was für eine Tragödie", fuhr er fort und kam auf den Tod von Frau Taub zu sprechen, „wirklich, eine Tragödie."

Ich beschränkte mich auf ein zustimmendes Nicken.

„Tragödien wie diese erinnern uns daran, dass uns nichts sicher gegeben ist. Wir müssen den anderen immer das Beste von uns geben, vor allem unseren Eltern, denn einen Augenblick sind sie hier, im nächsten hingegen, wer weiß."

Ich blieb abrupt stehen. Tragödien wie diese lehren uns, nur dann zu sprechen, wenn man etwas Sinnvolles zu sagen hat, dachte ich bei mir, blieb aber still. Ich nickte noch einmal und entfernte mich mit einer unerklärlichen Wut im Bauch.

Dieses ganze Gespräch hatte nur dazu gedient mir zu sagen, dass ich darauf achtgeben solle, wie ich mich meinen Eltern gegenüber verhielt. Auch sie konnten, wie Frau Taub, sterben, und dann wäre es zu spät, die begangenen Fehler wiedergutzumachen. Vielleicht war Dani von Binyomin Fischer geschickt worden, dachte ich, und dieser wiederum von meinem Vater. Nur zu, benutzt den Tod einer armen Frau, um das Gehirn des kleinen dummen Ezra Kramer auf Vordermann zu bringen, welch bessere Gelegenheit gab es dafür als diese? Idioten, dachte ich. Idioten und noch mal Idioten. Sie gaben mir immer das Gefühl, rebellisch zu sein. Plötzlich verspürte ich den Wunsch, etwas Extremes, Skandalöses zu tun, das ihnen zumindest die Berechtigung gab, mich wie einen Rebellen zu behandeln.

Ich begann nach Hause zu laufen und rastete bald schwitzend und keuchend auf einem Mäuerchen aus. Vielleicht wäre es ja gar nicht so schlecht zu sterben, dachte ich, so wie es Frau Taub gemacht hatte. Ich hatte keine sieben Kinder, die ich in der Welt zurücklassen würde, es wäre also ein Leichtes für mich, und *nützlich*. Ich würde mir einige Mühen ersparen, keine Streitereien mit meinen Eltern mehr, keine Zweifel, keine Entscheidungen, nur eine lautlose Dunkelheit, die mich umhüllen und nach und nach von den Haaren bis zu den Zehenspitzen verschlingen würde.

Die darauf folgende Woche war für alle sehr anstrengend. Der Gedanke an den schluchzenden Shmuel Taub erschütterte mich noch immer. Mutter vergoss ihre Tränen, und Vater, der uns seine Liebe nicht mit Worten zeigen konnte, brauchte sein ganzes Repertoire an Grimassen auf, um sich dadurch erst recht in beklommenem Schweigen zu isolieren. Er war nie imstande gewesen, seine Gefühle auszudrücken, und in Situationen wie diesen zeigte er sich von seiner schlechtesten Seite.

Obwohl wir nie in engerer Verbindung mit der Familie Taub gestanden waren, ließ uns der Tod von Ester zutiefst betroffen zurück. Als Vertreter des konservativsten Flügels der Gemeinde hatten die Taubs meine Eltern seit jeher argwöhnisch beäugt, als warteten sie nur darauf, sie beim ersten falschen Schritt auf frischer Tat zu ertappen. Weil diese nicht religiös geboren und aufgewachsen waren, trauten sie dem Glauben meiner Eltern nicht. Ich konnte mir ihre mangelnde Wertschätzung nicht erklären. Die Entscheidung, orthodox zu leben und damit ein Leben ohne Verbote aufzugeben, war ein dermaßen mutiger Schritt, dass der Zweifel am Glauben jener, die ihn vollzogen, reinem Irrsinn gleichkam.

Eines Abends schaute Frau Fischer bei uns vorbei, um einige Klappstühle zurückzubringen, die sie sich für das Sabbatmahl mit Verwandten aus New York geborgt hatte.

„Ayala Taub wird die nächste Zeit bei uns leben", verkündete sie.

„Die arme Kleine", beeilte sich Mutter zu sagen. „Wie geht es ihr denn?"

„Sie ist wunderbar, eine Blume, möge Gott sie so bewahren. Sie spricht kein Wort. Ich habe angeboten sie aufzunehmen, bis sich ihr Vater erholt hat."

„Falls es nötig sein sollte, können auch wir eines der Kinder aufnehmen. Wir haben zwar nicht viel Platz, aber du weißt, wie glücklich wir uns schätzen würden, ihnen zu helfen."

„Ich weiß, ich weiß. Sie sind gerade dabei, alles zu organisieren, und ich bin mir sicher, dass sie an euch herantreten werden, sollte es notwendig sein."

Als Frau Fischer gegangen war, wandte sich Mutter an meinen Vater. „Was glaubst du, warum haben sie uns nicht gefragt?", und fuhr fort, da sie von ihm keinerlei Antwort erhielt: „Morgen, wenn du den Rabbiner Hirsch siehst, könntest du ihm ja unsere Bereitschaft mitteilen."

Doch auch der Rabbiner Hirsch sagte nichts anderes als Frau Fischer – falls es nötig sei, würde man sich an sie wenden. Und so vergaßen meine Eltern die Angelegenheit und schauten zu, dass sie ihr Leben bis zum Monatsende weiterbrachten.

Ich hatte begonnen, mich neben Adam Sachs zu setzen. Mit der Zeit kamen wir auf alles Mögliche zu sprechen, und nach und nach beantwortete ich die Fragen, die ich bis vor kurzem als aggressiv und unpassend empfunden hatte.

Adam war um einiges größer als ich und hatte schwarze, glatte Haare. Er trug meistens weiße Polos und war nicht gerade ein brillanter Schüler. Es war mir ein Rätsel, wie er es in Trigonometrie in den Fortgeschrittenenkurs geschafft hatte. Oft musste ich ihm die Aufgaben noch einmal erklären, obwohl es bereits der Lehrer im Unterricht ausführlich getan hatte.

Mir war klar geworden, wie bequem und wichtig es war, einen Schulfreund zu haben. Jemanden, auf den man zurückgreifen konnte, wenn man fehlte, mit dem man gemeinsam Mittagessen konnte und quatschen, wenn einem fad war. Nachdem ich ihn eine Zeitlang beobachtet und festgestellt hatte, dass er ruhig und freundlich, aber ohne Freunde war, fragte ich: Nützlich?, und gab mir selbst die Antwort: Nützlich. Und so begannen wir einander als Freunde zu betrachten, obwohl mich seine Berechenbarkeit und seine zumeist unkritische Haltung bisweilen nervten. Er war ein guter Junge, aufgeschlossen und in sich ruhend. Die Hauptsache aber war, dass er keinen Wert darauf legte, wie ich mich kleidete. Seine Eltern hatten sich getrennt, als er und seine Schwester die Middle School besuchten. Die Trennung war ziemlich kompliziert verlaufen. Beide besaßen Geld wie Heu, und hätten sie Anwälte hinzugezogen, wäre alles noch viel komplizierter geworden. Sie hatten sich jedoch bemüht, als erwachsene Menschen zu handeln, ließen etwas Zeit verstreichen, damit sich die Situation beruhigen konnte, und lebten anschließend ohne Scheidung und möglichst ohne große Gefühle weiterhin unter demselben Dach.

Eines Tages kam Adam auf mich zu, während ich ein Buch aus meinem Spind holte, und fragte mich: „Gehst du heute auf die Grillparty von Elisha Katz?“

„Welche Grillparty?“, antwortete ich.

„Die bei ihm zu Hause stattfindet, heute Nachmittag. Gehst du nicht?“

„Ich glaube nicht, dass ich eingeladen bin.“

Adam blieb der Mund offen, sein Blick war traurig und verlegen. Er versuchte gar nicht erst einzuräumen, dass es sich vielleicht um ein Versehen handelte, denn es war glasklar, dass Elisha Katz mich nicht eingeladen hatte, weil ihn meine Zugehörigkeit zur ultraorthodoxen Gemeinde abstieß. „Das tut mir leid“, war alles, was er herausbrachte.

„Macht nichts“, beeilte ich mich zu sagen. „Es ist nämlich so, dass mir meine Eltern wohl gar nicht erlaubt hätten, zu Hause bei Elisha Katz zu essen.“

Dabei wollte ich „So eine Scheiße“ sagen. Doch spürte ich gleichzeitig, dass es mir ziemlich egal war, denn ich hatte mit diesen Leuten so gut wie gar nichts gemein. Ich blieb tausendmal lieber allein zu Hause, als einen Nachmittag lang den Versuch zu unternehmen, mich in eine Gruppe einzufügen, in der ich von vornherein keinen Platz hatte. Mich machte nicht die ausgebliebene Einladung traurig, sondern der aufrichtig niedergeschlagene Gesichtsausdruck Adams.

„Wir können zusammen etwas unternehmen, wenn du Lust hast“, sagte er schließlich.

Es war das erste Mal, dass wir gemeinsam den Nachmittag verbrachten. Unmittelbar nach Schulschluss gingen wir nach Brookline zu ihm nach Hause. Da ich kein Handy besaß, konnte ich meine Eltern nicht darüber informieren, beschloss jedoch, dass sie es überleben würden, auch wenn sie es nicht wussten.

Im Wohnzimmer stand ein riesiger Plasmafernseher. Ich fragte Adam, was er und seine Familie so schauten.

„Wir schalten ihn am Abend ein, während wir das Abendessen zubereiten. Manchmal schauen wir Nachrichten, aber hauptsächlich so alte Serien wie *Immer wieder Jim* oder *Friends*, weißt du. Meine Eltern wollen nicht, dass wir MTV oder so Zeug schauen, sie sagen, dass die Sendungen dort zu explizit sind.“

„Was ist MTV?“

„Wie bitte? Das meinst du wohl nicht im Ernst. Weißt du echt nicht, was MTV ist?"

„Ich habe keinen Fernseher zu Hause."

Adam ließ einen Pfiff los, um seinem maßlosen Erstaunen Ausdruck zu verleihen, das in etwa bedeuten sollte: Ich wusste, dass ihr verrückt seid, aber so? Er versuchte mir von Sendungen wie *Pimp My Ride* oder *Skins* zu erzählen, von den Dokumentarfilmen von *National Geographic* und von *Jersey Shore*, einer Realityshow, in der Italo-Amerikaner einen Sommerurlaub in New Jersey verbrachten und an den Abenden in eine Diskothek namens Karma gingen. Adam erklärte mir, dass das die Art von Fernsehprogramm war, die er nur in Abwesenheit seiner Eltern schaute, und ich dachte mir, dass ich Besseres mit meiner Zeit anzufangen wusste, als einem Grüppchen vulgärer Menschen bei ihren Discobesuchen zuzuschauen.

„Schau, das ist The Situation, einer der Protagonisten, weißt du." Er hielt mir sein iPhone hin und zeigte mir das Foto eines glattrasierten und gebräunten Muskelprotzes. Erst jetzt fiel mir auf, wie oft Adam „weißt du" sagte, was mich ziemlich nervte. „Nein, ich weiß nicht", wollte ich erwidern.

„Er lässt sich mit Wachs enthaaren und geht ins Solarium, aber er ist nicht schwul, weißt du, das ist das Komische an der Sache."

„Schwul?", fragte ich.

„Ja, weißt du, meistens sind es ja die Schwulen, die diese ganzen Schönheitsprozeduren machen, aber ...", Adam unterbrach sich, „du weißt doch, was das bedeutet, oder?"

„Ich habe das Wort in der Schule gehört, aber ich weiß nicht genau, was ...", sagte ich etwas verärgert, ohne den Satz zu Ende zu führen.

Zwischen dem einen „Weißt du" und dem nächsten erklärte er mir, dass „schwul" homosexuell bedeute, was wiederum ein Ausdruck für Menschen sei, die sich zu Personen desselben Geschlechts hingezogen fühlten. Männer, die sich in Männer verliebten, Frauen, die in Frauen verliebt waren. Plötzlich erinnerte ich mich an ein Gespräch zwischen Mutter und Vater, das ich, mein Ohr an ihre Schlafzimmertür gepresst, mitangehört hatte. Es war von einem Rabbiner die Rede gewesen, der von der Yeshiva, an der er unterrichtete, verwiesen worden war, weil er einige Jungen zur gemeinsamen Ausübung verbotener Praktiken verführt hatte.

Hier nun, in Adams Wohnzimmer, verwunderte es mich, dass er von „Liebe" sprach, hatte ich es mir doch angewöhnt, solche Handlungen als sexuelle Perversionen zu betrachten, als einen verabscheuungswürdigen Wunsch nach etwas, was sonderbar und verboten war. Adam hingegen sprach von verliebten Menschen, die heiraten und Familien gründen wollten.

„In meiner Gemeinde spricht man nicht viel darüber, aber man schweigt es nicht tot. Einmal hat ein Rabbiner sogar einen Vortrag über Homosexualität im Judentum gehalten", sagte er. „In deiner hingegen ist es wohl ein Tabu."

„Ich glaube, darin liegt der Unterschied zwischen deiner und meiner Gemeinde", erwiderte ich. „Ihr mögt vielleicht die Richtung, in die sich die Gesellschaft entwickelt, nicht gutheißen, aber ihr sprecht doch darüber und versucht, einen Bezug zur Religion herzustellen. Das ist ein wenig widersprüchlich, wenn du es genau betrachtest. Bei uns, wenn etwas von der Religion verboten ist, spricht man nicht darüber und aus. Außerdem bedeutet die Tatsache, dass etwas von der modernen Gesellschaft akzeptiert ist, noch lange nicht, dass es auch moralisch richtig ist."

„Mir kommt das Verhalten deiner Gemeinde widersprüchlicher vor. Ob ihr wollt oder nicht, wir leben in dieser Welt. Wir können nicht den Kopf in den Sand stecken und weiter so tun, als ob die Dinge da draußen sich nicht verändern."

Es war das erste Mal, dass Adam seine Meinung äußerte. Das war befreiend und brutal zugleich, für ihn wie für mich. Zwischen all diesen „Weißt du" gab es also einen Kopf, der dachte.

Darauf fiel mir nichts ein. Unversehens fand ich mich auf der anderen Seite der Debatte wieder, auf jener, die verteidigte, und nicht auf jener, die angriff. Es erschien mir absurd, einen Lebensstil zu verteidigen, den ich seit jeher verachtete. Mir wurde schlagartig bewusst, wie befremdlich ich von außen betrachtet wirken musste. Ich äußerte mich zwar kritisch, klammerte mich aber weiterhin an das, was mir von klein auf beigebracht worden war. Nie würde ich den Mut aufbringen, meine Gemeinde zu verlassen. Meine Zugehörigkeit zu jener Welt lief durch meine Venen. Weglaufen würde bedeuten, sie sich aufzuschneiden, eine nach der anderen, um schließlich zu verbluten. So war ich zwar von der Yeshiva High School abgegangen, kleidete mich aber noch nach den ultraorthodoxen Vorschriften. In meiner Klasse rasierten sich die Jungs die ersten Barthaare, ich hingegen ließ sie wachsen. Ich fand sie schrecklich, so spärlich und dünn, wie sie sprossen, und hasste sie aus ganzem Herzen. Doch hätte ich es nie gewagt, sie abzuschneiden. Mein Vater hatte Glück gehabt: Er war in der Welt draußen großgeworden und hatte sich über fünfzehn Jahre lang jeden Tag rasiert, bevor er sich den Bart wachsen ließ, der nun dicht und struppig war.

Als ich am Abend nach Hause zurückkehrte, fand ich meine Eltern niedergeschlagen neben dem Telefon sitzend vor. Doch es war nicht eine Nachricht von mir, auf die sie gewartet hatten.

dass Herr Taub ausschließlich dank seiner Frau die Familie so lange durchgebracht hatte. Nun, wo er allein mit sieben Kindern dastand, arbeitslos und ein Dasein als Witwer vor sich, war allen in der Gemeinde schnell klar, dass das Boot von einem Moment zum anderen sinken konnte. Unmittelbar nach Frau Taubs Tod waren einige der Kinder vorübergehend in anderen Familien der Gemeinde untergebracht worden. Doch nun mussten Vorkehrungen getroffen werden, um für alle eine geeignete Unterkunft zu finden, denn Herr Taub war depressiv geworden und die Kinder, die zutiefst unter dem Verlust der Mutter litten, mussten vor ihm beschützt werden, allerdings auch Herr Taub vor sich selbst.

Schließlich war es der Rabbiner Hirsch, der auf ihn zuging, obwohl er diesen von Anfang an als zu offen und fast liberal für einen Rabbiner empfunden und sich ihm gegenüber sehr distanziert verhalten hatte. Seit er den Platz seines Vaters eingenommen hatte, hatte Herr Taub ihn auf angemessener Distanz gehalten. Der Rabbiner Hirsch kam zu ihm nach Hause und meinte, es sei an der Zeit, eine Lösung für das Problem zu finden.

„Ich habe versagt", soll Herr Taub unter Schluchzen gesagt haben. „Ich habe Esters Vertrauen verraten."

„Ester wäre sehr wohl glücklich zu wissen, dass sich ihre Kinder in Sicherheit befinden und alles haben, was sie brauchen."

Auf Vorschlag des Rabbiners sollten die Kinder zur Pflege in Familien kommen, die über die Möglichkeit verfügten, sie bei sich zu Hause aufzunehmen.

„Bin ich dann nicht mehr ihr Vater?"

„Aber sicher bist du das, du wirst immer ihr Vater sein. Doch im Moment kannst du nicht die Verantwortung übernehmen, sie bei dir zu behalten."

Alle sprachen von „Verantwortung", um nicht sagen zu müssen, dass Herr Taub nach dem Tod seiner Frau zu trinken begonnen hatte, anfangs am Abend, bald schon um neun Uhr morgens. Auch das war kein Geheimnis, doch niemand sprach darüber. Man sprach nur über die finanziellen Schwierigkeiten und über Herrn Taubs Unfähigkeit, allein mit seinen Kindern zurechtzukommen. Die Wahrheit jedoch war, dass bis zu ihrem Tod ausschließlich Frau Taub sich um sie gekümmert hatte. Sie hatte die Kinder auf die Welt gebracht, eines nach dem anderen, sie ohne Hilfe ihres Mannes aufgezogen und gearbeitet, während er studierte.

Die jüngeren Kinder wurden per Gesetz zu Mitgliedern anderer Familien der Gemeinde. Ayala blieb bei den Fischers. Die Unterbringung gehe aus verschiedenen Gründen rechtlicher Natur schleppend voran, hörte ich Frau Fischer einmal meiner Mutter erklären. Der Rabbiner Hirsch zog es nämlich vor, die Kinder nacheinander in Pflegefamilien unterzubringen, um Herrn Taub nicht allzu massivem Druck auszusetzen.

Und so geschah es, dass meine Eltern die unerträgliche Gewohnheit annahmen, das Telefon zu fixieren, jedes Mal, wenn sie in seine Nähe kamen. Erst nach einigen Wochen verstand ich, dass sie auf einen Anruf des Rabbiners Hirsch warteten, oder eines Sozialarbeiters, jedenfalls darauf, dass jemand sie fragte, ob sie bereit seien, einen kleinen Taub bei sich aufzunehmen. Und obwohl es nicht läutete, hörten sie nicht auf hinzuschauen, im Gegenteil, ihre Blicke zum Telefon wurden häufiger, als wollten sie es ermahnen: Warum läutest du nicht? Weitaus schlimmer war, wenn es läutete und nicht der Rabbiner Hirsch am Apparat war und auch kein Sozialarbeiter, sondern Frau Fischer, die Mutter um ihr Rezept für die Challot bat, oder jemand, der uns für eine Umfrage zu unseren Lieblings-Fernsehsendungen befragen wollte („Wir haben keinen Fernseher. Nein, wir nehmen Sie nicht auf den Arm, ich meine es ernst. Auf Wiedersehen.")

In der Tat gab es keine besseren Kandidaten als meine Eltern. Ein einziges Kind, ein Haus, das zwar nicht groß, aber geräumig genug war, um eine weitere Person unterzubringen. Nicht viel Geld, aber genug, um ein zusätzliches hungriges Maul zu stopfen. Auch ich hatte, sobald ich von der Verteilung der Taubs erfahren hatte, damit gerechnet, dass von einem Tag auf den anderen einer von ihnen bei uns auftauchen würde. Noch war ich unentschieden, ob mir das gefallen sollte oder nicht, ich schätzte die ganze Angelegenheit jedenfalls nicht nur im Bereich des Möglichen, sondern als unmittelbar bevorstehend ein.

Vater erinnerte den Rabbiner Hirsch mehrmals und immer eindringlicher daran, dass wir bereit waren, einen Taub bei uns aufzunehmen und uns um ihn wie um einen zweiten Sohn zu kümmern. Der Rabbiner Hirsch lächelte und bedankte sich, ohne jemals etwas zu sagen, das die Hoffnung meiner Eltern nährte.

Ich für meinen Teil hörte bald einmal auf, an die Sache zu denken. Es gab anderes, dem ich mich zu widmen hatte, die Schule, die Freundschaft mit Adam, das Fotografieren und das Studium der Heiligen Schriften sonntags in der Synagoge. All das bewahrte mich davor, mit meinen Eltern zu streiten, mich unangenehmen Fragen zu stellen und die religiösen Praktiken meiner Gemeinde zu hinterfragen, die sich so sehr von jenen unterschieden, die ich täglich an der Nachmanides erlebte. Ich spürte, dass in mir der Wunsch erwachte, Teil dieses offeneren Judentums zu werden, wagte aber nicht, ihn im Haus meiner Eltern auszusprechen.

Als ich eines Tages von einem Nachmittag mit Adam nach Hause kam, fand ich die Schlafzimmertür meiner Eltern verschlossen und blieb auf der Schwelle stehen, um zu lauschen, worüber sie sprachen.

„Sie sagen, dass er den Verstand verliert, dass er die Tage mit Trinken verbringt“, hörte ich Vater. „Doch bisher wurden nur drei Kinder, die kleinsten, in Pflegefamilien untergebracht. Ich verstehe nicht, worauf sie warten.“

„Was glaubst du, warum sie unser Angebot nicht annehmen?“, fragte Mutter.

„Ich habe ein schlechtes Gefühl, vielleicht ist es ja auch nur eine Kleinigkeit, aber ich möchte nicht, dass es etwas mit unserer ... mit unserer Vergangenheit zu tun hat.“

Darauf folgte langes Schweigen.

„Nun kennen sie uns schon so lange. Es kann doch nicht sein, dass sie immer noch nicht glauben, dass wir es ernst meinen.“

„Wenn man daran denkt, wie schwer sie sich anfangs getan haben, uns zu akzeptieren ...“

„Anfangs haben wir nicht alles verstanden und mussten noch vieles lernen. Doch jetzt sind wir Teil der Gemeinde. Wir gehören zu Brighton wie jede andere Familie auch, nicht mehr und nicht weniger.“

„Das würde ich ja gern glauben, aber ich kann nicht aufhören, mir Fragen zu stellen. Womöglich sehen sie uns nicht wirklich als Teil ihrer Welt an. Womöglich wenden sie sich in Zeiten der Not nicht an uns. Vertrauen uns keines ihrer Kinder an.“

„Ich glaube, es ist nur eine Frage der Zeit und der Organisation. Lass uns nicht gleich an das Schlimmste denken“, sagte Mutter.

Zornig schloss ich mich in meinem Zimmer ein. Scheinbar war der Tod von Frau Taub zu einer Prüfung geworden, ob die orthodoxen Familien Brightons meinen Eltern tatsächlich Vertrauen entgegenbrachten. Sie werden ihnen nie einen Taub geben, sagte ich mir und schlief ein.

Manchmal schwänzte ich die Schule und fuhr nach Cambridge, wo ich viele Stunden damit verbrachte, Professoren und Studenten aus aller Welt zu fotografieren. Inmitten der Geschäftigkeit und des Gewimmels auf den Straßen fiel den meisten gar nicht auf, dass ich mich in ihr Leben schlich. Ich versuchte einzufangen, wie sie sich mit schweren Bänden antiker Geschichte und Gesetzbüchern unter dem Arm gegen das Verrinnen der Zeit stemmten, den Blick in die Ferne und zugleich auf eine unmittelbare Zukunft gerichtet. Ebenso gern fotografierte ich jene Studenten, die scheinbar gerade nichts taten und an ein Mäuerchen neben dem Zeitungsstand gelehnt rauchten oder auf den Grünflächen liegend in Gespräche vertieft waren, in denen sie ihren Blick auf die Welt entzauberten, aber dennoch glücklich waren, weil jung. Auch sie nahmen mich nicht wahr. Darauf konzentriert, lässig zu sein, ganz im Bann der eigenen Worte, die fröhlich aus ihren Mündern kamen, und verliebt in die Frische der eigenen Stimme, hätten sie nie den ultraorthodoxen jüdischen Jungen bemerkt, der sie mit seiner Nikon verewigte.

Dann geschah das große Unglück. Ich hatte meine Besuche, wenn auch sporadisch, bei Nora Oppenheimer fortgesetzt. Meine Eltern waren damit einverstanden, nachdem ich ihnen versichert hatte, dass Nora mir beibrachte, meine sexuellen Impulse zu unterdrücken und die moralischen Werte, die in der Synagoge gelehrt wurden, in die Praxis umzusetzen. Selten hatte ich sie von meinen Worten so angetan erlebt.

In der Tat nahm Nora Oppenheimer in meinem Leben als Heranwachsender eine wichtige Rolle ein, indem sie mir, im Gegenteil zu dem, was ich meine Eltern glauben ließ, alles andere als die Unterdrückung sexueller Impulse beibrachte. Vor allem hatte ich beinahe zweitausend Dollar von dem Geld, das Nora Oppenheimer sich weiterhin weigerte anzunehmen und das ich also einsteckte, zusammengespart und bewahrte es in meinem Zimmer auf. Langsam wurde es schwierig, es versteckt zu halten. Wenn Mutter all das Geld fand, wer weiß, was sie sich zusammenreimen würde. Sicher würde sie denken, dass ich mit Kokain dealte oder, noch schlimmer, mich prostituierte.

Nora hatte mir den Rat gegeben, meine sexuellen Fantasien aufzuschreiben. Lieber würdest du sterben, als sie deinen Eltern preiszugeben, hatte sie gesagt, von Fantasien dieser Art spreche ich. Sie wollte etwas „Pikantes“ lesen, etwas „furchtbar Peinliches“, etwas, wofür ich mich sogar vor mir selbst schämen würde. So hatte sie gesagt. Ich verbrachte zehn Tage damit, darüber nachzudenken, was ich auf das Blatt schreiben sollte. Ich wollte nicht banal sein aus Angst, Nora in ihren Erwartungen zu enttäuschen, aber ich wollte auch ehrlich sein, weil ich aufrichtig davon überzeugt war, dass ihre anti-repressive Therapie wahre Wunder in meiner Psyche bewirkte.

Endlich griff ich zum Stift und begann zu schreiben. Ich kam mir wie eine Null vor, langweilig und berechenbar. Nora Oppenheimers Erwartungen an mich sahen anders aus. Ich zwang mich, das Blatt Papier nicht zu zerreißen, und schrieb:

Der Rabbiner Hirsch, der Oralsex mit seiner Frau hat. Ein riesiges Poster mit Fotografien von Malka Portman in der Synagoge. Mich in einen Abgrund stürzen gemeinsam mit der Frau, die ich liebe, wir umarmen uns, sind beide nackt und glücklich, gemeinsam zu sterben. Solches und ähnliches Zeug spielte sich in meiner Fantasie ab und landete nun auf dem Blatt Papier. Dieses Blatt Papier wurde zuerst zur *Sache mit den sexuellen Fantasien* und dann zum *großen Unglück*. Wochenlang plagte ich mich, weil es mir peinlich war, solch intime Gedanken aufgeschrieben zu haben. Nora Oppenheimer war besorgt und behauptete, ich litte an einem Suizidinstinkt. Schließlich kam das Blatt in jene Hände, in die es nie hätte gelangen sollen.

Ich war soeben heimgekommen und hatte das Geld aus dem Versteck geholt, um weitere Scheine hinzuzufügen. Unschlüssig, ob ich auch das Blatt Papier verstecken oder es besser in Tausende Konfetti verwandeln sollte, war ich in die Küche gegangen, um mir etwas zu trinken zu holen, und hatte dabei das Blatt mitgenommen. In diesem Moment kam Mutter nach Hause. Voller Panik, so schnell wie möglich ins Zimmer zu gelangen und das Geld, das ausgebreitet auf meinem Bett lag, wegzuschaffen, stellte ich den Orangensaft in den Kühlschrank zurück, wo gemeinsam mit ihm auch das Blatt Papier landete. Im Lauf der nächsten Stunde wurde es dort von Mutter entdeckt, deren entsetzte Augen in kürzester Zeit vor Tränen übergingen. Obwohl ich wiederholt erklärte, dass nicht ich, sondern ein Schulkollege der Verfasser war – wie dumm von mir, erkannte Mutter doch meine Handschrift –, weigerte sie sich, das Wort an mich zu richten. Sie war dermaßen erschüttert, dass sie weder mit Vater darüber sprechen, noch sich überhaupt vorstellen konnte, dass ich Wörter wie „masturbieren“ oder „Oralsex“ kannte.

Als sie sich schließlich doch an mich wandte, geschah es mit folgenden Worten: „Wir haben so viel für dich getan. Wir haben uns aufgeopfert und ein Auge zugedrückt, was viele unserer Werte betrifft. Und du dankst es uns, indem du alles unternimmst, um uns vor der gesamten Welt lächerlich zu machen. Wenn ich es mir recht überlege, wundert es mich nicht, dass der Rabbiner Hirsch uns nicht für geeignet hält, eines der Taub-Kinder aufzunehmen. Er lässt sich nicht darauf ein, es in ein Haus mit einem Rebellen wie dir zu schicken."

Das erste Mal in meinem Leben verspürte ich den Wunsch, ihr gegenüber gewalttätig zu werden, verbarg ihn aber hinter einem eisigen Gesichtsausdruck. Ich konnte ihre Verzweiflung verstehen, doch mir die Schuld daran zu geben, wie die Angelegenheit Taub verlief, war der reinste Wahnsinn.

Und dann schrie ich los: „Also bin ich der Ursprung all eurer Probleme? Ist es also meine Schuld, dass ihr keinen Taub ergattern konntet, als wäre das ein Preis, eine Medaille für euren Einsatz, eine Fahne, die ihr dem vors Gesicht halten könnt, der nicht an euch glaubt?"

Daraufhin sagte Mutter nichts mehr.

Der Anruf kam nie. Stattdessen kam Carmi Taub, regendurchnässt und einen großen, schwarzen Koffer mit all seinen Habseligkeiten in der Hand. Niemand stellte Fragen. Mutter schien von einem Moment zum anderen jünger zu werden, als sie Carmi durch das Haus führte. Auf Monate hinaus sah ich sie keine Träne mehr vergießen, was ich ihr nicht verübeln konnte. Carmi Taub war vierzehn Jahre alt, hatte, im Gegensatz zu mir, der ich schrecklich mager war, rosige und wohlgenährte Wangen, große, kohlrabenschwarze Augen und dunkle Haare, und ging, obwohl er selten lächelte und sehr schweigsam war, auf alle mit einer Feinfühligkeit zu, die angesichts seines Alters überraschte. Nach all den Jahren, die meine

Eltern mit meiner Wut und meiner Gereiztheit leben hatten müssen, brachte Carmi mit seinen schönen, traurigen Augen wohl frischen Wind in ihr Leben.

Er war der Zweitgeborene im Hause Taub und besuchte die Yeshiva High School, ohne die Geschichte meines Ausschlusses zu kennen, da er damals noch an der Middle School war. Unter seiner Freundlichkeit trug er einen Schutzpanzer, hinter dem er die Trauer über den Tod seiner Mutter verbarg. Nie sah ich ihn um sie weinen. Wenn ich ihn betrachtete, kam mir vor, in Gedanken versunkene Augen und einen bekümmerten Kopf zu sehen. Carmis große Schwäche war seine Angst vor der Dunkelheit. Doch sie bot ihm auch Halt, da er dadurch bei jenen, die ihm nahestanden, Zuneigung und nächtliche Vertrautheit suchte sowie Ansprache und Trost für die vielen unterdrückten Tränen fand.

Wir verliebten uns alle in ihn, Vater, der ausnahmsweise seine schlechte Laune vergaß und die Macht der Worte wiederentdeckte, Mutter, die barfuß im Schnee spazieren gegangen wäre, hätte Carmi es von ihr verlangt. Und auch ich verliebte mich, während ich erstmals meinen Eltern dabei zusah, wie sie die Eltern von jemand anderem waren, und es genoss, nicht mehr ausschließlich im Mittelpunkt ihrer Aufmerksamkeit zu stehen. Aber es war nicht nur eine Frage der Nützlichkeit, vielmehr empfand ich ehrliche Zuneigung für Carmi und wollte, dass er sich bei uns zu Hause wohlfühlte. Vom ersten wunderbaren Tag bis zum letzten tragischen Augenblick seiner Anwesenheit bei uns nahm mich seine wohltuende und sanfte Art für ihn ein.

Obwohl er ein eigenes Zimmer zur Verfügung hatte, bat Carmi, bei mir schlafen zu dürfen. Seine Geschwister fehlten ihm, sagte er, seine Angst vor der Dunkelheit erwähnte er nicht. Ich hingegen hatte als Einzelkind nie mit jemandem das Zimmer geteilt und wunderte mich nun über die Selbstverständlichkeit, mit der ich seinem Wunsch entgegenkam, über das Glück, das mir Carmis Anwesenheit in meinem Zimmer bereitete, und über die Faszination, die mich ab dem ersten Mal überkam, als ich in der Tiefe der Nacht seinem leisen, unregelmäßigen Atem lauschte.

„Was liebst du am meisten und was hasst du am meisten auf der Welt?“, fragte er mich am zweiten Abend, nachdem wir das Licht gelöscht hatten.

Ich antwortete nicht sofort, sondern zog den Augenblick in die Länge, in dem ich der Möglichkeit nachspüren wollte, die sich mit der neuen Stimme in meinem Zimmer auftat, vielleicht war es die Möglichkeit einer Freundschaft.

„Erstes: die Fotografie, zweites: die Heuchelei.“

„Die Heuchelei?“

„Genau. Wenn man sich verstellt, eine Maske aufsetzt, um auf eine bestimmte Art und Weise wahrgenommen zu werden, oder um den anderen zu gefallen. Wenn man Dinge sagt, die man nicht denkt, oder gegen die eigenen Überzeugungen handelt.“

Ich konnte Carmis tiefschwarze Augen in der Dunkelheit des Zimmers leuchten sehen.

„Und du? Was liebst du am meisten auf der Welt?“

„Meine Brüder und meine Schwestern“, sagte er ohne zu zögern.

„Und du hasst am meisten was?“

Sofort bereute ich meine Frage, da ich dachte, sie würde ihn an den Tod seiner Mutter erinnern; letztendlich aber, so erteilte ich mir die Absolution, hatte er mit dem Spiel begonnen. Auch er antwortete nicht sofort, doch als er es tat, entfuhr seinem Mund ein Ton, der nichts mit seiner üblichen Gelassenheit zu tun hatte.

„Meinen Vater", antwortete er. Als ob das nicht klar genug gewesen wäre, wiederholte er: „Ich hasse meinen Vater."

„Warum?"

„Er ist ein böser Mensch."

Darauf sagten wir beide lange nichts mehr. Schließlich, meine Augen waren bereits am Zufallen, hörte ich Carmi flüstern: „Versprich mir, dass du nie böse zu mir sein wirst, Ezra." Und schon war er eingeschlafen.

Für eine Weile schien Herr Taub auf dem Bild der neuen Familie Kramer nicht auf, und niemand, am wenigsten Carmi, hätte es in dieser Zeit anders gewollt. Wir verbrachten ganze Abende mit Plaudereien. Carmi stellte mir viele Fragen zur Nachmanides, wollte in den kleinsten Details wissen, um wie viel freier die Schüler waren als in der Yeshiva. Ich versuchte ihm zu erklären, dass Nachmanides nicht gleich regellos bedeutete. Manchmal verfiel er in stereotype Behauptungen, was mich ziemlich ärgerte. Besonders dass es Mädchen erlaubt war, Röcke zu tragen, die die Knie zeigten, beschäftigte ihn, und er verstieg sich zu der Aussage, dass dies einer klaren Einladung zum vorehelichen Sex gleichkam.

„Modern bedeutet doch nicht unanständig!", entgegnete ich ihm. „Hier in unserer Gemeinde nehmen wir als selbstverständlich an, dass jede Variante des Judentums, die nicht mit dem Etikett ‚charedisch' versehen ist, die Regeln bis zum Zusammenbruch des Ganzen verdreht. Ich lebe in der ultraorthodoxen Welt, bewege mich aber auch in der modernen. Daher kann ich dir sagen, dass man nicht von einem Extrem ins andere wechselt: Es gibt unzählige Mittelwege."

„Mein Bruder behauptet, dass die Modernen zu viele Kompromisse eingehen", widersprach Carmi, unsicher, ob es stimmte, was er sagte. „Er meint, wenn man erst einmal bei Dingen wie der Mechiza oder der Zniut nachgegeben hat, ist der Schritt zur Sünde nicht mehr weit."

„Ich könnte dir das Gegenteil beweisen. Die Nachmanides ist der lebende Beweis dafür, dass diese Theorie vollkommen löchrig ist."

Carmi dachte eine Weile nach und meinte dann frohgemut: „Ich glaube, wenn ich die Möglichkeit hätte, das zu sehen, was du gesehen hast, würde ich genauso denken wie du. Du warst wirklich mutig, Ezra."

Er war der erste Mensch, der mich mutig nannte. Jahre später in New York bestätigten es mir viele, doch nie rührte mich dieses Wort mehr als jetzt aus Carmis Mund. Mich überkam heftiger Stolz, denn auf einmal verstand ich, dass meine Handlungen einen Wert haben konnten, der über mich und meinen persönlichen Erfolg hinausging, dass sie andere erreichen und beeinflussen konnten.

Ich begann Carmi in neuem Licht zu sehen. Ich schlug ihm vor, gemeinsam mit mir die Schule zu schwänzen, um mich beim Fotografieren im Financial District zu begleiten. Er dachte Ewigkeiten darüber nach, nahm schließlich die Einladung an und bestieg eines Tages, anstelle zur Yeshiva zu gehen, gemeinsam mit mir die U-Bahn der Green Line in die Stadt. Er betrachtete die Passagiere mit gierigen und prüfenden Blicken, und mir fiel auf, dass er besonders hartnäckig die Männer anstarrte, von denen die meisten im Anzug unterwegs zu ihren Büros waren. In den folgenden Jahren musste ich immer wieder grinsen, wenn ich an das Bild dachte, das wir beide abgegeben haben mussten: Zwei High-School-Schüler im ultraorthodoxen Gewand, weißes Hemd, das unter der schwarzen Jacke hervorblitzte, und seitliche Locken, wie sie in der U-Bahn standen und sich dabei sichtlich unwohl fühlten.

Der Financial District war klein, aber voll ansteckender Energie. Die Straßen, die im Vergleich zu den chaotischen Straßen in New York eng und ruhig waren, waren links und rechts von Wolkenkratzern beeindruckender Höhe gesäumt, die unerschütterlich über der Stadt thronten. Ich fotografierte, wie Angestellte die Hochhäuser betraten, und versuchte, die gleichförmige Bewegung der Masse festzuhalten, die Atmosphäre der Dringlichkeit, die in jedem einzelnen der unzähligen Schritte steckte.

Gegen Mittag bekam ich Hunger und schlug Carmi vor, ins Milk Street Café zu gehen.

„Ich habe aber kein Geld", sagte er.

„Keine Sorge, ich lade ein."

„Ist es dort koscher?"

„Ja, das Lokal hat das Zertifikat vom Bostoner Rabbinat. Ich war schon mehrmals hier mit einem Freund von der Nachmanides", beruhigte ich ihn.

„Vater erkennt das Rabbinat von Boston nicht an."

Ich wurde langsam ungeduldig. „Hast du nicht gesagt, dass Vater die Person ist, die du am meisten auf der Welt hasst?"

„Ja, habe ich, aber ich kann nicht ..."

Ich unterbrach ihn. „Was kannst du nicht? Koscher essen?"

„Das habe ich nicht gesagt. Ich meine nur, wenn mich jemand sieht, wäre das ein schöner Schlamassel."

„Niemand von unserer Gemeinde spaziert durch den Financial District. Das kann ich dir versichern."

Schließlich kauften wir Vollkornbrot in Scheiben und Streichkäse in der koscheren Abteilung eines nahe gelegenen Supermarkts. Wir setzten uns auf eine Bank im Common Park und schauten den Eichhörnchen zu, wie sie uns um ein paar Brotkrumen anbettelten.

„Du bist so ... unabhängig“, begann Carmi. „Du hast deinen Fotoapparat, schwänzt die Schule, läufst in der Gegend herum und machst, was du willst.“

„Es reicht ein wenig Unternehmungsgeist, und die Sache läuft“, grinste ich zurück.

„Nein, ich glaube, das liegt daran, dass deine Eltern ganz anders sind als meine.“

Da hat er nicht ganz unrecht, dachte ich. Meine Eltern gingen dermaßen in ihrer alltäglichen Leere auf, dass sie das meiste nicht mitbekamen. Jedes Mal, wenn ich einen meiner Autonomie-Exzesse hatte, blieben sie zwar verstört, aber passiv zurück.

Eine Gruppe von High-School-Schülern setzte sich auf die Bank neben uns. Der Unterricht war gerade aus und sie verdrückten schnell ein Sandwich, bevor sie im Park ein paar Runden drehten. Neugierig schauten sie zu uns herüber, und wir schauten zurück. Ein Mädchen holte ihre Gitarre hervor und begann einen traurigen Country-Song zu spielen. *I can't breathe / Without you / But I have to.* Die anderen stimmten mit ein. *Breeeaaaaathe*, sangen sie, setzten aus, worauf das Mädchen alleine weitersang und sie anschließend wiederum in den Refrain einfielen. Sie sangen so schön, dass ich fast zu weinen begann. Carmi schaute ihnen während des gesamten Liedes fasziniert zu.

„Fehlt dir das Leben mit deinen Geschwistern nicht?“, fragte ich ihn.

„Oh ja, und wie, es fehlt mir ganz schrecklich. Doch bei dir zu Hause ist es wunderbar. Ich bin glücklich, für ein Weilchen von Vater weg zu sein.“

An diesem Abend hörte ich Carmi unter der Dusche den Song summen, den wir im Park gehört hatten. Während ich die Fotos durchsah, die ich untertags geschossen hatte, lächelte ich beim Gedanken, dass dieser Tag in

Freiheit, den ich mir zum Geschenk gemacht hatte, auch Carmis Freiheit geworden war.

Kurz vor Pessach tauchte Herr Taub wieder auf und verkündete, dass er am Sederabend all seine Kinder bei sich zu Hause versammeln würde. Meine Eltern hatten nichts einzuwenden, meinten, dass sie damit gerechnet hätten und es nur rechtens sei, wenn Herr Taub Pessach mit seinen Kindern feiern wolle. Carmi hingegen sah es nicht so.

„Ich bleibe gern bei euch“, sagte er zu meinen Eltern. Daraufhin vergingen ein paar sonderbare Tage, in denen meine Eltern nicht wussten, wie sie sich am besten verhalten sollten. Sie waren froh darüber, dass Carmi sich bei uns wohlfühlte, aber auch überzeugt, dass er für Seder zu seinem Vater zurückgehen sollte. Also versuchten sie in aller Behutsamkeit, ihn dazu zu überreden. Ich war gerade mit den Vorbereitungen für den SAT beschäftigt, den ich ein zweites Mal ablegen wollte. Im Herbst hatte ich vor, wie alle meine Kollegen von der Nachmanides, an einigen Universitäten um Aufnahme anzusuchen. Daher ging an mir vorüber, wie sensibel die Sache war, obwohl ich die Anspannung, die zu Hause herrschte, durchaus spürte.

Schließlich kam Herr Taub eines Abends bei uns vorbei. Er nahm auf dem Sofa Platz und fragte meine Eltern, warum sie nicht zuließen, dass sein Sohn Pessach mit der eigenen Familie feierte.

„Ich weiß es sehr zu schätzen, dass ihr Carmi in eurem Haus aufgenommen habt, aber es ist klar, dass ihr nicht seine *richtige* Familie seid“, sagte er und sprach *richtig* in unangenehmem Ton aus, der meine Eltern peinlich berührte. Wäre es nach Vater gegangen, hätte Mutter geantwortet, doch Herr Taub hatte sich ausschließlich an ihn gewandt.

„Wir haben Carmi nie gesagt, dass er bei uns bleiben muss, im Gegenteil. Er hat uns darum gebeten, und wir haben zugestimmt. Ich möchte aber klarstellen, dass wir Sie in Ihrem Wunsch, die Familie für das Fest zu vereinen, unterstützen."

„Mir scheint nicht, dass ihr mich unterstützt. Carmi ist doch nur ein Junge, es spielt keine Rolle, was er sagt."

„Wenn er zu Pessach nicht heimkommen will, können wir ihn sicher nicht dazu zwingen ...", murmelte Vater.

„Habt ihr denn keinen Funken Autorität? Lasst ihr zu, dass er tut, wonach ihm gerade der Sinn steht? Was für Eltern seid ihr denn?", begann Herr Taub loszuschreien. „Langsam verstehe ich, warum der andere so geworden ist, wie er ist ..."

Mit dem *anderen* war natürlich ich gemeint.

„Wenn Sie Carmi zwingen wollen, Pessach bei Ihnen zu feiern, nur zu. Wir haben ihm jedenfalls gesagt, dass unsere Tür für ihn immer offen steht", beendete Vater die Diskussion.

Herr Taub trug seinen üblichen verblichenen schwarzen Mantel und einen staubigen flachen Hut. Mit seinen grauen Augen und dem aufgewühlten Blick konnten er und Carmi, der die Gesichtszüge der Mutter geerbt hatte, unterschiedlicher nicht sein. Er galt seit jeher als Pfeiler der ultraorthodoxen Gemeinde, und wer auch immer ihn suchte, konnte mit großer Wahrscheinlichkeit annehmen, ihn im Bet ha-Midrasch in seine Studien vertieft vorzufinden. Ich beobachtete, wie er sich in herrischem Ton an meinen Vater wandte, und fragte mich zum wiederholten Mal, wie er es nur zustande gebracht hatte, sieben Kinder in die Welt zu setzen, nicht eines oder zwei, nein sieben, ohne eigene Arbeit und ausschließlich seiner Frau die Last aufbürdend, Geld nach Hause zu bringen und den Nachwuchs aufzuziehen. Ein Teil von mir, und zwar der grausamste, genoss es, ihn so zornig zu sehen, nun, wo Ester nicht mehr lebte und seine Welt zusammengebrochen und somit bewiesen war, dass er ohne sie ein Nichtsnutz war. Wie sehr musste ihn das Eingeständnis schmerzen, dass alles, was er geglaubt hatte aufgebaut zu haben, ohne Ester an seiner Seite wertlos war. Es bereitete mir nahezu sadistisches Vergnügen, ihm dabei zuzuhören, wie er meinen Eltern vorwarf, keinen Funken Autorität zu besitzen. Dabei wusste er doch genau, dass es seine Autorität war, die zwischen all den Familien, bei denen seine Kinder Aufnahme gefunden hatten, verloren gegangen war.

Ich ging auf mein Zimmer, wo Carmi auf seinem Bett lag und an die Decke starrte.

„Gleich gibt es Abendessen", kündigte ich an.

„Ist er weg?", fragte er, ohne sich zu mir umzudrehen.

„Noch nicht. Ich glaube, er ist gerade dabei zu gehen."

„Er lässt mich nicht in Ruhe, was?"

Ich seufzte. „Warum willst du zu Pessach nicht nach Hause? Willst du nicht bei deinen Geschwistern sein?"

„Doch, sicher will ich bei ihnen sein. Aber ich will nicht bei ihm sein."

„Sicher ist es für ihn auch schwierig", sagte ich verhalten. „Für alle, für alle ist es schwierig", ergänzte ich.

„Es fällt mir schwer daran zu denken, dass es das erste Pessach ohne Mutter sein wird. Ich möchte lieber bei euch bleiben, meine Geschwister kann ich sehen, wann ich will, und ich habe keine Lust, mit meinem Vater zu streiten."

Carmi war sehr reif für sein Alter, dachte ich. In der Öffentlichkeit zeigte er nichts von seinen Gefühlen, doch wenn wir im Zimmer waren, blickte ich in einen tiefen Brunnen mit Gedanken voller Angst und Groll.

„Warum bist du so sicher, dass ihr streiten werdet?"

„Mit Mutters Tod ist unsere Beziehung endgültig in die Brüche gegangen. Sie war schon vorher ziemlich angeschlagen."

Ich deutete ein melancholisches Lächeln an, das Carmi mir nachmachte.

„Dennoch liegt ihm sehr viel daran, dass du kommst. Versuch's doch. Du kannst dann immer noch zu uns kommen, wenn du es nicht aushältst."

Die Erinnerung an den Streit zwischen Herrn Taub und meinem Vater wurde bald durch die Vorbereitungen für das Fest überlagert, vom mühsamen kollektiven Reinemachen bis zum Studium der Textstellen, die am Sederabend bei Tisch vorgelesen werden sollten. Zu Pessach durfte keinerlei verbotene Nahrung im Haus sein, also brauchte Mutter das gesamte Mehl auf, um Pizza und Brot zuzubereiten. Vor Pessach würden wir alle zu kleinen Italienern, lachten wir; Carmi und ich dachten uns beim Abendessen ein Spiel aus, bei dem wir uns in übertriebener Nachahmung eines italienischen Dialekts gegenseitig um das Salz baten, bis Vater zu schnauben begann und Mutter uns aufhören hieß. Nach dem Essen verschwanden wir in unser Zimmer, wo wir noch während der Hausaufgaben fortfuhren, uns im erfundenen Italienisch aufzuziehen. Dabei kamen uns vor Lachen die Tränen, und ohne die Aufgaben fertig zu machen schliefen wir mit einem halb bitteren, halb amüsierten Lächeln über diese Welt, in der wir lebten, ein.

VIER

Fünftausend Jahre

nach der Erschaffung der Welt drehte sich im Judentum nach wie vor alles darum, die Tradition von einer Generation zur nächsten weiterzugeben. Zahlreiche religiöse Feiertage hielten über das ganze Jahr verteilt das jüdische Leben wie einen gut geölten Motor am Laufen. Eines der zentralen Ereignisse war dabei Seder am Abend vor Pessach, an dem bei einem langen rituellen Essen der Auszug der Juden aus Ägypten nacherzählt wurde. Gott hatte ihre Unterdrücker mit zehn schrecklichen Plagen in die Knie gezwungen, und die Juden erreichten schließlich nach der Durchquerung der Wüste von Sinai das Land von Kanaan.

Die Familie versammelte sich aber nicht nur um den Tisch, um einander die Geschichte zu erzählen, sondern auch, um in einer Art heiliger Zusammenkunft Wort für Wort, Szene für Szene zu bezeugen, dass jene Wunder und jene Freiheit alle betrafen, auch heute und morgen und immer. Das ungesäuerte Brot für das Opfer in der Nacht, bevor die Juden aus Ägypten aufbrachen, das Bitterkraut für das Leid, das ihnen die Ägypter zugefügt hatten – jede Speise war ein Symbol und hatte eine genaue Bedeutung. Nicht umsonst hieß der Abend *Seder*, Ordnung. Die Nachkommen stellten Fragen und die Eltern antworteten, glücklich darüber, den Kreislauf des Wissens neu zu beleben. Doch da jeder Sohn anders war, galt es, jeden seinem Charakter entsprechend zu unterweisen, so wie es auch die Thora lehrte, indem sie viermal die Wichtigkeit betonte, vom Auszug aus Ägypten zu erzählen. Jeder der vier Söhne befragte die Eltern auf seine Weise und verdiente eine Antwort, die seinem Charakter und seinen Fähigkeiten entsprach. In der Haggada, der verschriftlichten Erzählung, die am Sederabend vorgelesen wurde, kamen die vier Söhne hintereinander vor: der Weise, der Böse, der Naive und einer, der nicht zu fragen versteht.

In diesem Jahr war am Sederabend die gesamte Familie Fischer bei uns eingeladen. Das Jahr zuvor waren wir bei ihnen zu Gast gewesen, und Mutter hatte es für angebracht erachtet, die Einladung dieses Jahr zu erwidern. Die Vorstellung, den ganzen langen Abend mit den Fischers an einem Tisch zu verbringen, machte mich ordentlich nervös. Carmi hatte sich auf Anraten des Rabbiners Hirsch letztendlich entschieden, Pessach zu Hause zu verbringen, und so war ich an dem Abend mit meinen Eltern und den sieben Fischers allein. Ich nahm mir vor, die Zähne zusammenzubeißen und den Abend über mich ergehen zu lassen, wie viele andere davor, die ich an mir vorbeiziehen ließ, und weitere, die noch kommen und sich ebenso in nichts auflösen würden, bis ich meinem Zuhause für immer den Rücken kehrte.

Mit den Fischers und mir war es seit jeher so gewesen. Sie konnten mich nicht ausstehen und ich sie nicht. Die Eltern Fischer betrachteten mich mit mitleidigem Blick, in dem sich gleichzeitig tiefer Vorwurf verbarg. Die Kinder sahen mich erschrocken an, als hätte ich eine ansteckende Krankheit, die sie unrettbar verderben würde. Sie waren fantasielos, stumm und folgsam. Solange mir meine Eltern erlaubt hatten, bei den Feierlichkeiten der Gemeinde zu fotografieren, hatten die Fischers nie auch nur ein Wort des Lobes für meine Begabung gefunden, nicht einmal dann, als ich die Hochzeit ihres Sohnes in letzter Minute gerettet hatte und sie mir einen Hungerlohn dafür gaben. Uns verband einzig und allein die Freundschaft zwischen meinen Eltern und ihnen.

Der Tisch war mit dem silbernen Service gedeckt, das ausschließlich zu Pessach verwendet wurde. Draußen war es bereits dunkel, und die Lektüre der Haggada zog sich hin, weil meine Eltern die Fischers bei jeder Passage mit zahllosen Kommentaren beeindrucken wollten. Das Jahr zuvor waren dabei zwei Stunden vergangen, das Abendessen wurde erst anschließend eingenommen, und mein Magen knurrte bereits mit ziemlicher Bestimmtheit.

Wir kamen zur Textstelle mit den vier Söhnen, und Vater ergriff das Wort.

„Was fragt der weise Sohn? Seine Frage bezieht sich nicht auf die Geschichte vom Auszug aus Ägypten, sondern auf die Gebote, die daraus abgeleitet werden können. Aus den Geschehnissen sollen für ihn Verpflichtungen resultieren. Daraus können wir lernen, dass es drei Kategorien von Geboten gibt: die natürlichen Gesetze, die der Mensch rational erfassen kann, wie das Verbot zu töten; die Gesetze, die keine auf der Vernunft basierende Erklärung haben, aber zu befolgen sind, da sie in der Bibel stehen, wie das Verbot, die Knochen des Opferlamms beim Pessachfest zu brechen. Und dann sind da noch die Zeugenschaften, Gebote ursächlichen Charakters, deren Sinn darin besteht, an eine geschichtliche Tatsache zu erinnern, wie die Verpflichtung, zu Pessach das ungesäuerte Brot zu essen. Die Frage des weisen Sohnes zielt also darauf ab, die historische Erinnerung in Verhaltensnormen überzuführen.

Der zweite Sohn ist der böse Sohn. Wie der weise Sohn verfügt er über einen gewissen Grad an Intelligenz, unterscheidet sich von diesem aber durch seinen Mangel an Glauben. Er fragt: ‚Was bedeutet diese *Arbeit* für euch?' Mit Arbeit meint er den religiösen Dienst, wobei unschwer zu erkennen ist, dass im Wort ‚Arbeit' das semantische Feld von ‚Sklaventum' mitschwingt. Es ist, als ob er sagen würde: Habt ihr euch aus einer Sklaverei befreit, um euch nun einer neuen zu unterwerfen? Ebenso beachte man die Verwendung des Pronomens ‚euch'. Der böse Sohn schließt sich von den religiösen Riten aus. Er ist nicht Teil der Gemeinschaft. Wie antwortet man diesem Sohn? So, wie es sich für eine solche Frage gehört, natürlich. Denn seine Frage zielt nicht darauf ab, das eigene Wissen zu erweitern, sondern ist vielmehr eine Provokation um der Provokation willen. Der Sohn fragt nicht, er behauptet. Mit seiner Antwort wird der Elternteil also die Distanz, die bereits in der Frage liegt, vergrößern und sagen: ‚Ich nehme sie auf mich aufgrund dessen, was Gott *an mir getan* hat, als ich aus Ägypten auszog.' Der nächste ist der naive Sohn. Er ist nicht mit Intelligenz ausgestattet, aber ehrlich interessiert, und stellt die elementare Frage: ‚Was ist das?' Worauf man ihm mit einer ebenso einfachen Antwort entgegnet. Und schließlich ist da der vierte Sohn, der gar keine Frage stellt. Dieser Sohn ist nicht nur unwissend, sondern er ignoriert seine Unwissenheit und sieht keinerlei Notwendigkeit, sich mit Fragen auseinanderzusetzen. Der Elternteil könnte also entscheiden, ihn in seinem Schweigen zu belassen. Vielmehr muss er aber die Initiative ergreifen und dem Sohn vom Auszug aus Ägypten erzählen."

Binyomin Fischer räusperte sich in der Absicht, das Wort zu ergreifen. Vater blickte zu ihm hin und lud ihn ein zu sprechen.

„Letzte Woche habe ich einen interessanten Kommentar zum vierten Sohn gelesen", begann Herr Fischer. „Er bezieht sich auf ein syntaktisches Problem in der Antwort. Der Text besagt: ‚dieserhalb hat Gott ...' Nun, worauf bezieht sich der erste Wortteil in ‚dieserhalb'? Er ist kein Relativ-, sondern ein Demonstrativpronomen, weist also auf etwas hin. Der Kommentar, den ich gelesen habe, führt aus, dass sich das Pronomen auf die Speisen bezieht, die wir vor uns haben, also auf das ungesäuerte Brot und auf das Bitterkraut. Diese sind nicht historische Konsequenzen aus dem Auszug aus Ägypten, sondern davon unabhängige Gebote. Gott hat den Auszug aus Ägypten abgewartet, um das Ereignis an die Gebote zu knüpfen, und nicht umgekehrt. Damit sollen wir daran erinnert werden, dass wir nicht dazu befugt sind, die biblischen Gebote als eine Folge der Geschichte zu betrachten."

Vater lächelte, entzückt über Binyomins Erklärung. Ohne auch nur einmal nachzudenken, ergriff ich das Wort und wandte mich an meinen Vater: „Zuvor hast du gesagt, dass der weise Sohn die Gebote aus der Geschichte ableitet. Wie kann jetzt das Gegenteil behauptet werden?"

„Wir sollten keine Haarspalterei betreiben ...", murmelte Vater.

„Das dient nur dazu, den Söhnen die Gebote zu erklären", ergriff Herr Fischer erneut das Wort. „Zu behaupten, diese seien eine Folge der Geschichte, käme dem Eingeständnis gleich, dass sie mit der Zeit verändert werden können. Die biblischen Gebote aber sind unveränderlich und unersetzlich. Sie sind absolut."

„Nehmen wir an, sie sind unveränderlich. Wie sieht es aber mit den Gebräuchen aus?", hakte ich nach. Vater blickte mich prüfend an, Mutter saß stocksteif auf ihrem Stuhl. „Darüber wird nie gesprochen. Werden wir *unseren* Söhnen beibringen, dass auch die Gebräuche unabänderlich sind? Die Geschichte verändert sich, die biblischen Gebote nicht, aber unsere Gebräuche können sich verändern und der Umgebung angepasst werden."

Bevor Vater zu einer Erwiderung ansetzen konnte, fuhr mich Binyomin Fischer mit giftigem Blick an: „Einer Änderung der Gebräuche zuzustimmen, ist der erste Schritt zur Umwälzung der biblischen Gebote." Seine

Frau und die Kinder wohnten der ganzen Szene schweigend bei; Vater versuchte einzulenken: „Nun, dann können wir ja fortfahren ...", aber ich war noch nicht fertig mit dem, was ich sagen wollte:

„Seit ich auf der Welt bin, wird mir beigebracht, bestimmte Kleidung zu tragen und mich gemäß bestimmten Regeln zu benehmen. Gleichzeitig wird mir erklärt, dass ich koscher essen und den Sabbat beachten muss. Gebote und Gebräuche sollten auf zwei unterschiedlichen Ebenen festgelegt werden!"

„Ezra!", wies mich Mutter mit flehendem Blick zurecht.

Binyomin Fischer schaute mich kurz wortlos an. Dann fragte er: „Ist es das, was sie euch an der Nachmanides lehren?"

„Und wenn es so wäre?"

„Ich wäre sehr beunruhigt, wenn meinen Söhnen solcher Unsinn beigebracht würde. Wir sind stolz auf unsere orthodoxe Lebensweise, und auch deine Eltern sind es."

Unfähig zu einer Reaktion blickte ich ihm in die Augen. Ich spürte, wie es in mir brannte. Ich schob den Stuhl vom Tisch, erhob mich und ging unter den empörten Blicken der Fischers und den peinlich berührten meiner Eltern auf die Treppe zu. Gerade als ich die ersten Stufen nahm, öffnete sich die Haustür und Carmi trat ein.

Es war gegen zwei Uhr nachts, als die Schlafzimmertür aufging und ich im Lichtspalt Carmi sah, der eintrat und die Tür leise hinter sich zuzog. Er blieb einige Sekunden in der Dunkelheit stehen, um herauszufinden, ob ich schlief oder wach war. Als sich seine Augen an die Finsternis gewöhnt hatten, sah er mich auf dem Bett sitzen und kam auf mich zu.

„Kann man erfahren, was da unten geschehen ist?", flüsterte er.

„Eher, was mit *dir* geschehen ist. Warum bist du zurückgekommen?“

„Nicht so wichtig. Warum bist du nach oben verschwunden, als ich gekommen bin?“

„Das war Zufall. Ich wäre so oder so gegangen. Ist etwas mit deinem Vater passiert?“

„Das erkläre ich dir später. Jetzt erzähl mal du.“

„Einverstanden. Aber zuerst sag mir, was geschehen ist, nachdem ich hochgegangen bin.“

„Nichts. Ich habe mich an den Tisch gesetzt, wir haben die Haggada zu Ende gelesen, alle haben so getan, als sei nichts geschehen, niemand hat dich erwähnt. Ich hatte ja keine Ahnung, warum du gegangen warst, habe aber auch keine Fragen gestellt. Dein Vater war allerdings schwarz vor Zorn und deine Mutter hat sich mehrmals zurückgezogen.“

Sie wird in die Küche gegangen sein, um zu weinen, dachte ich voll Bitterkeit.

„Also, erklärst du mir jetzt, was geschehen ist?“, beharrte Carmi.

„Ich hatte eine Auseinandersetzung mit Herrn Fischer, das ist alles. Man sprach von der Unveränderlichkeit der biblischen Gebote. Ich habe einen etwas offeneren Ansatz ins Spiel gebracht, was die Sitten und Gebräuche betrifft. Daraufhin hat er mich angefahren und gemeint, ich solle bestimmte Dinge nicht vor seinen Kindern sagen, aber ...“

„Und dein Vater? Was hat er gesagt?“

„Er hat sich gedrückt, wie immer, und zugelassen, dass Binyomin mich ankläfft.“

Carmi blieb schweigend neben mir sitzen.

„Und deswegen bist du ins Zimmer hoch?“

Trotz der Dunkelheit konnte Carmi mein Nicken sehen. Unser Schweigen wurde vom Knurren meines Magens unterbrochen.

„Und du hast nichts gegessen?"

„Nein."

„Warte."

Er öffnete die Tür und schlich hinaus. Im Zimmer nebenan konnte ich meine Eltern sprechen hören. Dieses Mal würde ich mich nicht vor ihre Tür stellen und lauschen, was sie sich über mich zu sagen hatten; es interessierte mich nicht mehr. Der Sederabend sollte der Möglichkeit dienen, zu diskutieren und sich mit unterschiedlichen Ansichten auseinanderzusetzen, doch sie hatten ihn in einen formalen Akt verwandelt. Dass sie meinen Versuch, am Kommentieren teilzunehmen, nicht schätzen würden, war mir im Grunde klar gewesen, doch fühlte ich mich beim Gedanken an das, was geschehen war, in tiefster Einsamkeit zurückgelassen.

Die Tür ging auf, Carmi war zurück. Ich ergriff den Teller, auf dem ungesäuertes Brot mit Charosset lag. Gierig schlang ich es hinunter und bedankte mich kauend bei Carmi. Er war mein rettender Engel, und zwar nicht nur wegen des Essens. Dafür würde ich ihm auf ewig dankbar sein.

„Es tut mir leid, das hast du nicht verdient", sagte er, während ich aß. „Leider geschieht es nur äußerst selten, dass man die eigene Meinung ausdrücken kann, vor allem dann, wenn sie sich mit der Tradition der Gemeinde spießt."

„Sie sind davon überzeugt, dass ich nur *provozieren* will. Sie verstehen einfach nicht. Ich muss sagen, was ich denke, ich will meine Zweifel aussprechen, ich brauche ..."

„Schhhh, sprich leiser ...", unterbrach mich Carmi.

„Entschuldige. Ich will damit ja nur sagen, dass ich mich so, so ... machtlos fühle!"

„Es klingt banal, aber du weißt nicht, wie sehr ich dich verstehe, Ezra. Das kannst du dir gar nicht vorstellen."

Carmi nahm neben mir Platz und umfasste mich fest an beiden Schultern. „Deine Meinung zählt für mich. Sie sind völlig verängstigt. Ihre Angst, den Glauben zu verraten, ist dermaßen groß, dass sie alles ins Extrem ziehen. Sie müssen sichergehen, jede Handlung so korrekt wie möglich auszuführen."

„Am meisten irritiert mich die Passivität meiner Eltern. Sie haben mir erlaubt, auf die Nachmanides zu gehen, doch es ist offensichtlich, dass sie sich dafür schämen. Warum sind sie nicht imstande, ihre Entscheidung vor ihren Freunden zu vertreten? Warum lassen sie sich von einem wie Binyomin Fischer unterkriegen?"

„Sei dankbar, Ezra. Dankbar dafür, dass deine Eltern so passiv sind. Du weißt nicht, was es bedeutet, einen Vater wie den meinen zu haben."

„Also, willst du mir nun erzählen, warum du mitten am Sederabend von zu Hause weggegangen bist?"

Carmi seufzte. „Mein Vater hat mich davongejagt." Er sagte es ohne Aufregung, als wäre es die selbstverständlichste Sache der Welt. „Nachdem er sich so ins Zeug gelegt hat, um mich zu Pessach bei sich zu haben, und nachdem ich mich vom Rabbiner Hirsch überreden habe lassen, hat er es sich einfach anders überlegt und mich davongejagt. Jetzt bin ich müde. Ich muss schlafen."

Schweigend zog Carmi den Schlafanzug an und schlüpfte unter die Bettdecke. Draußen vor dem Fenster war die Straße in stummes Dunkel getaucht, aber am Himmel konnte man die Sterne erkennen, hell wie das Licht von Leuchttürmen und weit weg. Mein Herz pochte noch heftig vor Wut und meine Wangen waren nass von den Tränen, die ich, ohne es zu wollen, vergossen hatte. Mit all den Gedanken und Gefühlen einzuschlafen, würde schwierig sein. Ich dachte darüber nach, welches Glück ich hatte, dass Carmi bei mir war, nur zwei Meter von mir entfernt. Allein seine Anwesenheit tröstete mich, und seine Existenz erinnerte mich daran, dass es noch Menschen gab, mit denen es sich lohnte, innig befreundet zu sein.

Der erste Schluchzer war so verhalten, dass ich ihn kaum hörte. Der zweite war schon deutlicher. Ich spitzte die Ohren und wartete auf den dritten, der nur wenige Sekunden auf sich warten ließ. Der vierte, fünfte und sechste folgten Schlag auf Schlag. Carmis Weinen war mittlerweile verzweifelt. Ich setzte mich auf und flüsterte seinen Namen hin zu dem Schatten, der von den Schluchzern gebeutelt wurde. Ich sah seine Tränen nicht, konnte aber hören, wie er in regelmäßigen Abständen die Nase hochzog und dabei die Verzagtheit, die sich in den Jahren in diesem Zimmer angesammelt hatte, bis auf den letzten Rest einsog.

„Carmi, Carmi, Carmi", flüsterte ich, doch er weinte immer weiter. Also stand ich auf und ging zu ihm, ohne zu wissen, was ich tun sollte. Ich forderte ihn auf, zur Seite zu rücken, setzte mich auf die Bettkante und legte meine Hände auf seine Brust, um ihn zu beruhigen. Dann legte ich meinen Kopf neben den seinen und sagte weiterhin mehrmals seinen Namen in der Hoffnung, er würde mich wahrnehmen, und um ihm zu verstehen zu geben, dass er sich vor nichts fürchten musste. Es war das erste Mal, dass ich ihn weinen sah, und das erschütterte mich zutiefst. Ich hatte keinerlei Erfahrung im Trösten anderer und hoffte aus ganzem Herzen, dass ich richtig handelte.

Nach und nach wurde Carmis Atem regelmäßiger und ruhiger. Ich umarmte ihn fest, und er gab nach und ließ es zu.

„Was ist los?", fragte ich ihn und kam mir ziemlich dumm dabei vor. Er hätte mir antworten können: Meine Mutter ist tot und mein Vater hat mich aus dem Haus gejagt. Er sagte hingegen gar nichts.

„Carmi", flüsterte ich ihm zu, *„ich hab dich gern*. Hast du verstanden? Vergiss die anderen. Vergiss sie, ich bin ja bei dir."

„Er hat recht."

„Wer?"

„Er. Wenn er sagt, dass ich falsch geraten bin. Er hat recht."

„Dein Vater hat gesagt, dass du falsch geraten bist?"

Carmi nickte. Dabei war wohl der Satz selbst auf viele Arten falsch geraten, schoss es mir durch den Kopf.

„Er weiß, dass ich anders bin, und er lässt es mich spüren, jedes Mal, wenn er mir in die Augen sieht. Ich glaube, ich ertrage ihn nicht mehr. Wenn er mich auf diese bestimmte Art ansieht, möchte ich mich am liebsten in Luft auflösen."

„Was sagst du da nur?"

„Er hat recht", wiederholte Carmi und fuhr fort: „Aber ich kann nicht anders."

„Aber anders sein bedeutet doch nicht, falsch geraten zu sein, Carmi. Sag das nie mehr wieder. Auch ich bin anders, siehst du das nicht? Meine Eltern und ich, wir könnten kaum verschiedener sein. Die Wahrheit ist, dass wir im Moment hier festsitzen, du und ich, und glauben, dass es immer so sein wird. Dabei brauchen wir nur ein paar Jahre geduldig zu warten, und schon sieht die Sache anders aus. Im Moment sind wir noch unseren Eltern ausgeliefert, aber je mehr wir heranwachsen, umso unwichtiger wird ihre Rolle in unserem Leben. Eines Tages werde ich unabhängig leben, so wie auch du später, und all das hier wird nur mehr Erinnerung sein. Das sage ich immer zu mir selbst. Letztendlich geht es nicht darum, anders als die anderen zu sein, sondern gleich mit sich selbst."

Carmi entgegnete kein Wort.

Pessach ging vorüber und mit der Zeit verflüchtigte sich, was in jener Nacht ausgesprochen worden war, aber es hinterließ Narben und hässliche Erinnerungen. Meine Eltern ließen mich spüren, dass sie stocksauer waren, doch Schwierigkeiten mit Herrn Taub drängten den Fall Ezra in den Hintergrund, so dass ich wieder ungeteilte Aufmerksamkeit für die Schule hatte.

Das vorletzte Schuljahr ging dem Ende zu. Während der Vorbereitung auf die Abschlussprüfungen hörte ich meine Mitschüler von den Universitäten sprechen, an denen sie im Herbst um Aufnahme ansuchen würden. Sie sprachen von Penn, der Boston University und New York. Ich sagte nichts, da ich nicht wusste, wie es für mich nach der High School weitergehen würde. Universität war in der ultraorthodoxen Gemeinde tabu, abgesehen von einigen religiösen Instituten wie der Yeshiva University und dem Touro College in New York, wo ich mir vorstellen konnte, dass mich meine Eltern gehen lassen würden, falls ich sie darum bat. Ich hatte allerdings nicht vor, um Erlaubnis zu bitten. Immer wieder fragte ich mich: Was willst du wirklich, Ezra? Und sah bei jeder Antwort die ablehnenden Mienen meiner Eltern vor mir. Ich brachte es nicht zustande, an meine Zukunft zu denken, ohne mich zu fragen, was sie davon halten würden, ohne den Widerstand zu spüren, mit dem sie mir begegnen würden. Die finanzielle Lage trug zusätzlich zu meiner Unsicherheit bei, denn hatte ich dank Tante Suzie bei meiner Einschreibung in die Nachmanides ein Stipendium erhalten, konnte ich mir dasselbe nicht von der Universität erwarten, an der ich ansuchen würde. Adam und ich hatten öfters darüber gesprochen, wie schön es wäre, nach New York zu gehen. Die Vorstellung des Big Apple faszinierte mich, aber war ich mir sicher, dass ich dort an einer Universität studieren wollte? Hatte ich nicht immer mit offenen Augen davon geträumt, ein professioneller Fotograf zu werden? Doch womit wollte ich mein Geld verdienen? Die Idee, für den Rest meines Lebens Hochzeiten zu fotografieren, war mir zuwider. Ein Leben als Künstler konnte ich mir nur vage vorstellen, und es erschien mir noch weniger vertretbar. All das ließ mir keine Ruhe und ich wusste nicht, wie ich mit meinen Eltern darüber ins Gespräch kommen sollte.

Inzwischen hatte Carmi wieder begonnen, nachts leise zu weinen. Es gab nichts, was ich tun konnte, um ihn zu trösten oder zum Aufhören zu bewegen, und ich blieb daher in einem Gefühl der Sorge und drohenden Gefahr zurück. Zudem beschloss Adam genau zu dieser Zeit, seinen Beitrag zur Zerstörung meines bereits geschwächten inneren Friedens zu leisten. Er war dazu übergegangen, mit mir in einem schneidenden Ton zu reden, so als wäre er beleidigt. Schließlich fragte ich ihn, was ich denn angestellt hätte, was nicht in Ordnung sei. Gar nichts sei in Ordnung mit mir, war seine Antwort, außerdem verstehe er nicht, warum ich beschlossen hätte, dass mir nichts mehr an unserer Freundschaft lag.

„Drück dich klarer aus. Was soll ich tun, um dir das Gegenteil zu beweisen?“

„Es ist doch offensichtlich, dass dich das nicht interessiert. Nie meldest du dich bei mir oder suchst meine Nähe. Und ich dachte, wir wollten gemeinsam nach New York gehen.“

„New York? Wir haben doch noch ein Jahr High School vor uns!“

„Wie auch immer, wenn dir so wenig an mir liegt, ist es vielleicht besser, du suchst dir einen anderen, mit dem du dorthin gehst.“

„Bist du jetzt völlig durchgeknallt?“

Ich drehte mich um und ging, ich wollte meine Zeit nicht weiter mit diesem kindischen Getue verschwenden.

Am Abend aber, als ich darüber nachdachte, wurde mir klar, dass ich ihn in den letzten zwei Wochen kein einziges Mal angerufen und seine Einladungen zu sich nach Hause regelmäßig ausgeschlagen hatte. Am Tag darauf setzte ich mich beim Mittagessen zu ihm und erklärte, dass die vergangenen Wochen ziemlich anstrengend für mich gewesen waren.

„Seit wir Carmi adoptiert haben, den Jungen aus meiner Gemeinde, hat sich die Lage zu Hause sehr verändert."

„Ich verstehe nicht", antwortete Adam in eisigem Ton.

„Carmi hat sehr viele Probleme und ich will ihm helfen."

„Mit anderen Worten, du ziehst es vor, die Zeit mit ihm statt mit mir zu verbringen?"

Ich zählte bis drei, bevor ich die Zähne zusammenpresste und hervorzischte: *„Was bist du nur unreif!* Meine Eltern haben eine Halbwaise adoptiert, und ich will sichergehen, dass der Junge sich bei uns wohlfühlt! Als ob das nicht schon genug wäre, habe ich gerade den SAT gemacht und muss jetzt überlegen, ob ich an einer Universität ansuche oder nicht und wie ich das meinen Eltern verständlich mache. Mein Leben ist viel chaotischer als deines, Adam. Ich habe keinen Vater, der mir hilft, den Aufnahme-Essay für die Columbia zu schreiben, oder eine Mutter, die mich bei der Auswahl der Garderobe für das Aufnahmegespräch berät. Ich bin nicht wie du. Ich weiß, das ist schwierig zu verstehen, aber versuch's einfach."

Seit diesem Tag wechselten Adam und ich kein Wort mehr miteinander.

Carmi kam nie wieder auf den Sederabend zu sprechen. Seine nächtlichen Weinkrämpfe versuchte er fortan zu unterdrücken, doch konnte ich sie in der Stille deutlich vernehmen. In der Hoffnung taktvoll zu sein ließ ich ihn weinen ohne einzugreifen. Am Morgen darauf fragte ich ihn, wie es ihm gehe, worauf er antwortete, er habe friedlich geschlafen, und ich wiederum so tat, als sei alles in Ordnung. Wir sprachen nicht mehr über das, was er mir in jener Nacht offenbart hatte, aber ich kam nicht umhin, immer wieder darüber nachzugrübeln. Herr Taub hatte gesagt, Carmi sei „falsch geraten“. Das störte mich ein wenig, war doch bisher immer ich derjenige gewesen, der anders war, und überzeugt davon, dass ich dieses Bild von mir selbst für immer beibehalten würde. Anders als meine Eltern, anders als meine Kollegen von der Nachmanides und jene von der Yeshiva, anders als die Bostoner, die ich in der Metro beobachtete, und als die asiatischen Studenten, die ich in Cambridge fotografierte. Manchmal glaubte ich, per definitionem anders zu sein. Carmi hingegen erschien mir ganz und gar nicht anders; vom Unglück verfolgt, das schon, auch sensibel und besonders, das auf jeden Fall, aber niemand würde ihn als anders beschreiben. Er war einfach ein Junge, auf dessen Schultern großes Unglück lastete. So jedenfalls hatte ich es bisher immer gesehen.

Anders war auch meine Tante Suzie, die sich so entschieden von meiner Mutter und all den Frauen, die ich kannte, unterschied. Sie lebte in ihrer kleinen, einfachen Mietwohnung in Nonantum, der so genannten ärmeren Gegend von Newton, die vor allem von Italienern bewohnt war, und verbrachte mehrere Monate im Jahr im Haus am Meer, das sie und Mutter von ihren Eltern geerbt hatten. Stolz darauf, anders als die Menschen in ihrer Umgebung zu sein, nahm sie ihren metallic-grauen Kleinbus, für sie das Symbol ihres Lebens als weiblicher Single in mittleren Jahren, und fuhr damit über den Highway hinaus bis zur Austin Street. Dort parkte sie und erledigte ihre Einkäufe, die immer demselben Ablauf folgten, so dass ich deutlich ein Straßenschild vor mir sah mit der Aufschrift: „Für Tante Suzies übliche Runde: bitte links abbiegen“. In die Bank, zur Apotheke, in die Tierhandlung, wo sie lautstark darüber nachdachte, ob sie sich ein Kaninchen zulegen sollte („Ach nein, wie soll ich denn dann auf Urlaub fahren?“). Dann ging's für eine Viertelstunde zu Starbucks, wo ich, wenn ich mitkam, nichts trinken durfte, weil es in den Augen meiner Eltern dort nicht koscher war, und schließlich zum großen Supermarkt gleich neben dem Parkplatz. Bevor wir dann wieder in den Wagen stiegen, blieb ich kurz stehen und beobachtete die Autos, wie sie über den Highway flitzten, in der Hoffnung, eines Tages selbst ein Lenkrad zwischen den Händen zu haben und eine Richtung ganz für mich allein.

Tante Suzie war stolz darauf, einer Gesellschaftsschicht anzugehören, die bescheidener war als jene, die in Newton lebte. Ihre Zugehörigkeit zum Proletariat war allerdings dann doch fragwürdig, wenn man mit ihr in der Gegend herumfuhr und sah, was sie so alles einkaufte. Eigentlich hatte sie Schauspielerin werden wollen. Nach großen Erfolgen in der Theatergruppe am College hatte sie beschlossen, Boston zu verlassen, war diese Stadt doch „aber so was von bürgerlich, so *ernst*“. Sie träumte von Los Angeles, doch ihre Eltern verweigerten sich dem hartnäckig und drehten ihr den Geldhahn ab, so dass Suzie ihr Glück in New York versuchte. Nach sechs Monaten kehrte sie zurück, reich an Erfahrungen, aber nicht an Geld. Alsdann zog sie aus dem hintersten Eck des Schranks die Bücher mit den Sprechübungen hervor, die sie sich von ihren Eltern kaufen hatte lassen, ohne je einen Blick hineinzuwerfen. Sie verbrachte den gesamten Winter damit, mit dem Familienauto herumzufahren und sich wieder und wieder eine CD anzuhören mit Tausenden Wörtern, die eine Sprecherin vorsagte und der Hörer nachsprechen musste. Dann kehrte sie auf die Schulbank zurück und legte die Prüfung als Logopädin ab, eine Arbeit, der sie immer noch ohne allzu große Lust in einem eigenen kleinen Studio nachging.

Sobald sie spürte, dass sie das Leben in Nonantum zu beklemmen begann, lud sie ihre Sachen, zwei Koffer und eine Tragtasche, ins Auto und fuhr ans Meer. Das Haus dort gehörte zu gleichen Teilen ihr und meiner Mutter, doch die beiden Male, in denen ich dort war, hatte mich Tante Suzie mitgenommen. Ich glaube, dass Mutter mit all dem, was sie an ihr laizistisches Leben erinnerte, nichts mehr zu tun haben wollte. Sich mit ihrer Schwester dort zu treffen oder mit mir ans Meer zu fahren waren in ihren Augen Handlungen, die sie in die Zeit der Sünde zurückführten. Bei einem Verkauf des Hauses hätte sich keine der beiden von ihrem Erlösanteil eine Immobilie in Brighton kaufen können, geschweige denn in Newton. Doch daran war ohnehin nicht zu denken, denn Tante Suzie hing sehr an dem Ort. Mir hingegen wäre das Geld nicht unrecht gewesen, vor allem jetzt, wo ich an meine Zukunft zu denken begann.

„Du weißt genau, dass ich ans Meer fahre, wenn es so heiß ist", sagte sie am Handy, auf dem ich sie erreicht hatte, nachdem am Haustelefon niemand abgehoben hatte. „Andererseits meldest du dich ja so oft bei mir, dass ich auch unterwegs nach Alaska sein könnte, ohne dass du davon weißt", fuhr sie ironisch fort.

„Ich hatte schrecklich viel zu tun", rechtfertigte ich mich, „ich habe gerade das vorletzte Jahr abgeschlossen."

„Und? Hast du schon Pläne für den Sommer?"

„Ich werde mit dem Rabbiner Hirsch in der Synagoge studieren und habe einen Job in Back Bay gefunden. Aber Vater und Mutter dürfen davon nichts erfahren."

„Lass mich raten. Du fotografierst dort nackte Frauen."

„Genau, Tante, so ist es. Spaß beiseite. Es ist ein kleines Fotostudio, in dem sie Fotos für Lebensläufe machen, alles sehr professionell. Ich bin hingegangen, musste zeigen, was ich kann, und wurde für ein paar Wochen eingestellt. Am Montag fange ich an."

„Gratuliere, das freut mich, dass du so anders als deine Eltern bist, nicht so einbalsamiert, wie sie sind. Man sieht, dass du nach mir schlägst", sagte sie zufrieden. „Warum kommst du mich nicht besuchen?"

„Ich habe kein Auto."

„Wenn du willst, komme ich dich am Sonntag holen."

Mutter sprach nie von Tante Suzie. Sie riefen einander nicht einmal zu ihren Geburtstagen an, geschweige denn, dass sie sich zu einem Kaffee trafen. Trotzdem war Tante Suzie seit meiner Geburt dazu bestimmt, Teil meines Lebens zu sein, besser gesagt sorgte sie dafür, dass ich Teil ihres Lebens war. Sie tauchte unangemeldet auf und eiste mich von meinen Eltern los, die mich, bevor ich mit Tante Suzie das Haus verließ, stets daran erinnerten, dass sie doch „einen Lebensstil hat, der sich sehr von dem unseren unterscheidet", dass das Essen in ihrem Haus nicht koscher sei und ich maximal ein Mineralwasser trinken solle. Doch sie hatten es nie gewagt, etwas gegen unsere Treffen einzuwenden. Wer weiß, ob sie nicht hofften, dass ich Tante Suzie beeinflussen und zur Religion hinführen würde. Ich fragte mich, wie sie nur so blind sein konnten, denn Tante Suzie hätte sich eher umgebracht, als wie meine Eltern „zu enden", wie sie es ausdrückte.

Am Sonntagmorgen bereitete ich mir also nach der Synagoge und einem ausführlichen Frühstück ein paar Brötchen zu und wartete auf sie.

„Ich weiß, dass dich das jetzt alle fragen werden, also vergib mir, wenn ich es auch tue. An welchen Universitäten möchtest du denn ansuchen?", fragte sie mich, sobald wir losgefahren waren. „Eine gute Freundin von mir unterrichtet Chinesisch an der Northeastern University. Ein ausgezeichneter Ort, weißt du, und Chinesisch könnte dir nützlich sein, wenn du internationaler Fotoreporter werden möchtest."

„Um die Wahrheit zu sagen, dieses Thema liegt im Moment auf Eis. Ich bin noch nicht dazugekommen, mit meinen Eltern darüber zu sprechen."

„Lass mich raten", sagte sie und bremste kurz vor einer roten Ampel dermaßen heftig ab, dass wir beide nach vorne schnellten. „Lass mich raten. Sie lassen dich nicht an die Universität. Sie wollen, dass du den Rest deiner Tage zu Hause eingeschlossen mit dem Studium der Thora verbringst."

„Um ehrlich zu sein, sie haben nie etwas in diese Richtung gesagt. Vielleicht sollte ich nur den Mut aufbringen und mit ihnen darüber reden ..."

„Worauf wartest du denn?"

„Ich warte darauf zu verstehen, was ich genau will. Es hat keinen Sinn, sie miteinzubeziehen, solange ich keine klare Vorstellung von dem habe, was ich will."

„Sicher, weil dir die Vorstellungen ins Gehirn platzen, wenn du es dir am wenigsten erwartest." Ohne sich um den Verkehr zu kümmern, drehte sich Tante Suzie zu mir und gab mir einen leichten Klaps auf den Kopf. „Die Ideen sind bereits da drinnen, Ezra. Los, sag mir, was dir Spaß machen würde."

„Ich dachte an New York, obwohl ..."

„Oh, New York ist ein *Raubtier*. Es verschlingt dich bei lebendigem Leib und spuckt dich dann kleingehackt wieder aus. Man muss schon ziemlich abgebrüht sein, um in New York zu überleben.“

„Das sagst du nur, weil du gescheitert bist …“, wagte ich zu sagen.

„Ich und gescheitert? Was für ein Unsinn! Ich wollte nie nach New York, ich war für Hollywood bestimmt. Aber meine Eltern haben nicht an mich geglaubt, und so musste ich mich irgendwie durchschlagen. Sie haben es vorgezogen, alles in meine Schwester zu investieren, und ich glaube, sie würden sich im Grab umdrehen, wenn sie wüssten, was aus ihr geworden ist.“

Ich erwiderte nichts.

„Wie auch immer, du weißt, wie ich darüber denke: Wenn du etwas willst, dann ist es nur rechtens, dass du gehst und es dir holst. Du willst nach New York? Perfekt! Spar Geld, nimm deinen Lebenslauf und auf geht's.“

„Und wenn Vater und Mutter sich weigern, mir Geld zu geben, damit ich dort leben kann?“

„Dann wären sie Heuchler. Sie haben in Brandeis promoviert und beide dank jenem Stück Papier einen halbwegs passablen Job. Sie können dir nicht verwehren, was sie selbst bekommen haben. Lass es mich so sagen: Deine Eltern sind verrückt, aber nicht grausam. So wie sie dich auf die Nachmanides gehen ließen, werden sie dich letztendlich nach New York gehen lassen.“

Fünf

Den Sommer im Rücken

und das letzte Jahr der High School vor mir, begann ich endlich das Ziel am Horizont zu erkennen, für das ich jahrelang Schmerz und Streit in Kauf genommen hatte. Ich würde nach New York gehen, die Nikon im Gepäck, und mein Glück als Fotograf versuchen. Als ich das meinen Eltern mitteilte, erklärten sie mir, sie hätten andere Pläne für meine Zukunft: In Safed, Israel, gebe es eine ausgezeichnete Yeshiva, wo mich ein sehr einflussreicher Rabbiner erwarte, um in einem Jahr gemeinsamer Lektüre meine Kenntnisse der Heiligen Schriften zu vertiefen. Das warf mich vollends aus der Bahn, und ich spürte brennende Kälte in mir hochkriechen. Zuletzt war ich als Kind mehrmals in Israel gewesen, hatte jedoch die Möglichkeit, dorthin zu ziehen, nie in Betracht gezogen. Meine Gemeinschaft liebte Israel, weil es das Land mit den meisten Juden auf der Welt war, und nicht aus zionistischen Überlegungen. Die Freunde meiner Eltern waren überzeugt, dass die Einwanderung nach Israel nur dann Sinn machte, sobald der Messias komme, um die Welt zu erlösen. Aber nachdem man den Messias noch nicht gesichtet hatte, konnte der Ort unseres Aufenthalts getrost Amerika bleiben.

„Ich verstehe nicht", unterbrach ich das Schweigen zwischen meinen Eltern und mir. „Das heißt also, ihr wollt nicht, dass ich an die Universität gehe?"

„Es macht uns glücklich, wenn du an die Universität gehst, aber nur unter der Bedingung, dass du zuvor ein religiöses Institut besuchst. Nach ein oder zwei Jahren dort kannst du an einer Universität inskribieren. Wir denken nämlich, dass dir die Nachmanides nicht ausreichend die religiösen Werte vermittelt hat", erklärte Mutter.

„Ich habe gehofft, sofort nach New York gehen zu können."

„Nach der Yeshiva kannst du nach New York gehen."

Das war ihre Art, von der Gemeinde die Absolution zu erlangen: Seht her, wir haben zwar Fehler bei unserem Sohn gemacht, doch nun schicken wir ihn nach Safed, und wenn er von dort zurückkehrt, werdet ihr alles vergessen haben, was er zuvor angestellt hat. Ich hatte den Eindruck, dass die Mitglieder der Gemeinde in stummer Ablehnung all dessen, was hinter den Mauern des Hauses Kramer vor sich gegangen war, und in aller Geduld ein Zeichen abgewartet hatten, einen Beweis für die Tatsache, dass meine Eltern genauso unglücklich mit mir waren wie sie. Meine Auflehnung hatte eine Richtung genommen, die nun unvermutet ins Leere führte.

Ich ging auf mein Zimmer und weinte. Hinter dem Panzer aus Zorn explodierte eine Mischung aus Traurigkeit, Einsamkeit, Enttäuschung und der Einsicht, gescheitert zu sein. Ich spürte das Blut unter meiner Haut, dicht und müde, das Blut eines Jungen, der in allem falsch gehandelt hatte. Ich wusste, wohin ich wollte, aber ich wusste nicht, wer ich, am Ziel angekommen, sein sollte. Ich wusste, was ich erreichen wollte, aber ich wusste nicht, wer dann an meiner Seite sein sollte. Ich wiederholte mir diese Sätze immer wieder, doch sie klangen hohl und leer, denn ich wusste: Die Wahrheit war, dass ich nichts wusste. Ich wusste nicht einmal, ob sich der Kampf lohnte, in dem nicht klar war, was Sieg und was Niederlage sein würde. Wenn mein Sieg die Niederlage meiner Eltern war und meine Niederlage ihr Sieg: welches Spiel spielten wir dann überhaupt? War ich derjenige, der die Züge machte, oder war es der Reflex auf das, was ich an meinen Eltern nicht mochte, der meine Bewegungen im Spiel steuerte?

Meine Weigerung, nach Israel zu gehen, würde mich in eine sehr unangenehme Lage bringen. Doch ich *liebte* die Fotografie. Sobald ich meine Nikon in die Hand nahm, fühlte ich mich mächtig. Meine Leidenschaft war nicht nur Auflehnung; sie war das, was ich in meinem Leben tun wollte.

In dieser Nacht beschloss ich, an einigen Universitäten um Aufnahme anzusuchen. Ich würde mein Glück an der New York University und am Baruch College versuchen, das zwar einen durch und durch jüdischen Namen trug, doch nichts Jüdisches an sich hatte – sowie an der Yeshiva University, um meinen Eltern einen Gefallen zu tun. Zugleich stieg in mir wieder der Zorn hoch, als ich daran dachte, dass nur wenige Kilometer entfernt von hier ein gewisser Adam Sachs friedlich in seinem Bett schlief. Er hatte seine Aufnahmegesuche mit der Unterstützung seiner Eltern vorbereiten können, ja diese waren ganz selig vor Glück, die Kreditkarte zu zücken, um die Einschreibungsgebühren, wie hoch sie auch immer waren, zu begleichen, während ich dazu verdammt war, alles allein und noch dazu im Geheimen zu machen.

Letztendlich aber schlief ich mit der Ruhe dessen ein, der einen genauen Plan im Kopf hat, und ich träumte von meiner Ankunft in New York, einem Leben fern von meinen Eltern, vom Geschmack der Unabhängigkeit ...

„Ezra."

... zur Hölle mit all den Adam Sachs', von denen es viele auf der Welt gab, zu viele. Mich hingegen gab es nur einmal auf der Welt, und aus jeder Schlacht würde ich stärker hervorgehen, unverletzlich und erwachsen ...

„Ezra."

Die Bilder und Worte lösten sich auf, ich war schlagartig wach. Carmi saß aufrecht in seinem Bett und rief nach mir. Ich schaltete die Nachttischlampe ein und fragte: „Was ist los?“ Sein Gesicht war tränenüberströmt. Eine weitere nächtliche Krise, dachte ich, doch diesmal bemühte er sich nicht, sie zu verbergen.

„Es geht mir nicht gut.“

„Was hast du denn?“

„Es geht mir nicht gut. Mein Herz klopft wie verrückt, spür doch mal.“ Er kam zu mir, nahm meine Hand und legte sie auf seine Brust. Bum bum bum. In der Tat war sein Herzschlag dermaßen heftig, dass ich dachte, der Brustkorb würde gleich explodieren. Carmi zitterte, als wäre ihm kalt.

„Verdammt“, fluchte ich, „ich hole Hilfe.“

„Nein“, flehte Carmi, „bitte niemanden holen.“

„Tief durchatmen, Carmi.“ Erschrocken über meine Reaktion hatte er zu schluchzen begonnen. „Wenn du weinst, geht es dir noch schlechter. Versuch dich zu beruhigen.“ Ich hielt ihn fest und hoffte, dass sich der Herzschlag so schnell wie möglich normalisierte. „Atme tief und langsam durch“, wiederholte ich. „Tief und langsam.“

Nach einer Viertelstunde hörte Carmi endlich auf zu zittern.

„Es ist schon viel zu lang, dass es dir in den Nächten schlecht geht. Ich sage nichts, weil ich weiß, du willst nicht darüber reden. Doch jetzt muss ich es jemandem sagen.“

„Es ist das erste Mal heute, dass es mir so schlecht geht“, rechtfertigte er sich.

„Sag mir, was los ist. Das ist der einzige Weg, damit es aufhört.“

„Ich kann nicht.“

Ich umklammerte ihn mit beiden Armen und schaute ihm in die Augen: „Nun sprich schon!“

Carmi senkte den Kopf, als würde er eine Niederlage eingestehen, und, ohne mich anzusehen, begann er zu sprechen. Sein Vater wolle sich wieder in sein Leben drängen, sagte er, und dass er nicht die Absicht habe, das zuzulassen. Manchmal sei es sogar so, dass er froh über den Tod seiner Mutter sei, da ihm dies die Gelegenheit gegeben habe, von zu Hause wegzugehen und sich von seinem Vater zu befreien. Er gebe zu, Gott für den Tod der Mutter zu danken, und Mutter dafür, dass sie sich für ihn geopfert habe. Doch anschließend fühle er sich schuldig und habe den starken Wunsch sich umzubringen. Und erzählte weiter, dass sein Vater mit dem Trinken aufgehört habe und nichts anderes tue, als meine Eltern damit zu belästigen, wie sie ihn zu erziehen hätten.

In der letzten Zeit war ich dermaßen mit meinen Angelegenheiten beschäftigt gewesen, die Arbeit in Back Bay, die Fahrten ans Meer zu Tante Suzie, die Gedanken über meine Zukunft, dass ich mich nicht um die Schwierigkeiten gekümmert hatte, mit denen meine Eltern konfrontiert waren. Herr Taub kam häufig ohne Vorankündigung zu uns, und ich hörte ihn des Öfteren meinen Vater kritisieren, als habe er es bereut, Carmi in unsere Obhut gegeben zu haben. Doch vor dem Gesetz war es mein Vater, der die Verantwortung für Carmi trug.

„Wenn Sie so viel darauf geben, sich um ihn zu kümmern, warum haben Sie ihn dann nicht behalten?“, war es eines Abends aus Vater herausgeplatzt. Die Einzigen, die nichts bereuten, waren Mutter und Vater, im Gegenteil, sie waren stolz darauf, Carmi in die Finger bekommen, und noch stolzer, dessen Herz erobert zu haben. Wahrscheinlich war ihnen das Balsam auf die Wunden, die ihnen die vielen unbefriedigenden Erfahrungen mit mir zugefügt hatten.

„Du brauchst dich für nichts schuldig zu fühlen“, erwiderte ich Carmi. „Du bist in diese Scheiß-Situation geraten, es ist nun mal so gekommen und aus. Du musst versuchen ruhig zu bleiben, das ist alles. Diese Krisen werden nicht dazu beitragen, dass es dir besser geht."

„Du verstehst nicht. Nicht mehr lang, und ich explodiere."

„Aber wir sind doch da! Es kann dir nichts Böses geschehen, ich bin da, meine Eltern sind da ..."

„Niemand ist da, Ezra, *niemand*."

„Warum sagst du das?"

„Weil ich es weiß. Sobald ich dir sage, warum es mir so schlecht geht, wirst du nichts mehr mit mir zu tun haben wollen und aus meinem Leben verschwinden. Du wirst nach New York gehen und mich für immer vergessen."

„Das ist gemein von dir. Du weißt besser als ich, dass das nicht stimmt. Nun sag schon, was quält dich so?"

Ich konnte den Schmerz in seinem Gesicht sehen. Er hatte Angst und gleichzeitig, auch das konnte ich sehen, wollte er etwas zu Ende bringen. Ich fragte mich, warum er sich so vor mir fürchtete. Was hatte er nur angestellt? Einen Augenblick lang durchzuckte mich ein schrecklicher Gedanke, zu grausam, um wahr zu sein: Wenn Carmi so großen Vorteil aus dem Tod seiner Mutter gezogen hatte, war es dann etwa möglich, dass ...? Nein, nein, auf keinen Fall. Carmi war ein reiner und sensibler Junge, den alle liebten, und nie hätte er eine so schändliche Tat begangen, dachte ich und schämte mich auf der Stelle für meine absurde Idee.

„Versprichst du mir, dass du mich nicht verurteilen wirst?", hörte ich ihn kaum nach langem Schweigen fragen.

„Sicher", flüsterte ich zurück.

„Wie sehr kann ich mich auf dich verlassen, Ezra?" Carmi sprach diesen Satz, der ein ganzes Universum von Gedanken, Ängsten und drängenden Entscheidungen in sich barg, langsam und bedächtig aus.

„Du kannst dich hundertprozentig auf mich verlassen, Carmi."

Es verging eine Ewigkeit, bevor er erneut zu sprechen begann, und in seinen Augen erkannte ich die große Kluft, die zwischen Denken und Handeln lag. Um die Worte, die er bereits in sich trug, über die Lippen zu bringen, schien er felsiges und rutschiges Gelände durchqueren zu müssen.

„Da gibt es etwas ... ich habe es noch niemandem gesagt. Es macht mir Angst, aber es ist da, ich kann es nicht wegschieben. Es ist immer bei mir und manchmal gewinnt es Oberhand. Ich zermartere mir oft das Hirn vor lauter Nachdenken, und hasse mich, hasse mich selbst und Gott dafür, dass er mich in diese Situation gebracht hat. Dann wiederum denke ich gar nicht daran, spüre es aber, und es scheint mir fast *natürlich* zu sein ... ich kann es nicht erklären ..."

„Carmi ..."

„Nein, warte. Ich versuch's gerade." Ich versuch's gerade, wiederholte er mehrmals, als wollte er sich selbst davon überzeugen. „Es ist nur so ... so kompliziert."

Es gab nichts mehr, was ich sagen konnte. Ich hatte es geschafft, Carmi zum Sprechen zu bringen, nun lag es ausschließlich an ihm.

„Ich könnte dir nicht sagen, wann es geschehen ist, sagen wir, es ist nie geschehen, denn es war schon immer so. Ich habe seit jeher gewusst, dass da diese Seite in mir ist, doch jetzt ist der Moment gekommen, wo ich sie nicht mehr vor mir selber verbergen kann. Nach und nach möchte ich sie auch vor dir nicht mehr verbergen. Du bist nämlich der beste Mensch, den ich je kennengelernt habe."

„Dann hast du ja Glück gehabt", versuchte ich zu scherzen.

„Das meine ich ernst, Ezra. Du bist besonders. Deine Geduld, deine Hilfsbereitschaft, deine offenen Arme, mit denen du mich aufgenommen hast, als ich zu euch gekommen bin ..."

„Das habe ich doch gern gemacht."

„Und dafür bin ich dir dankbar. Du hast mir gezeigt, dass es zwischen Schwarz und Weiß noch vieles andere gibt. Ich weiß noch nicht genau, was, aber ich weiß, dass es existiert." Ich lächelte, und trotz der Dunkelheit lächelte Carmi zurück. „Ach, wäre es doch einfacher, alles in Worte zu fassen ..."

„Du sprichst, als wärst du um vieles älter. Du erstaunst mich immer wieder, Carmi."

„Sag, weißt du eigentlich, wovon ich spreche?"

Ehrlich gesagt, nein, dachte ich bei mir.

„Du weißt es nicht, oder?"

„Hm, ganz schön beschissen alles, oder?"

„Allerdings."

Wir schwiegen, jeder in seine eigenen Gedanken versunken. Schließlich erinnerte mich ein tiefes Gähnen daran, dass es drei Uhr morgens war und ich am nächsten Tag früh aufstehen musste, um in die Schule zu gehen. Aber so sehr ich mich bemühte einzuschlafen, Körper und Ohren blieben wach und angespannt. Sie wollten jene Worte hören, die in dieser Nacht noch ausgesprochen werden mussten.

„Erinnerst du dich, wie ich in jener Nacht nach dem Sederabend gesagt habe, dass ich anders bin?"

„Ja."

„Nun, du hast das Wort ‚anders' im Sinn von rebellisch verstanden. Das wollte ich damit aber nicht sagen."

„Was dann?"

„Ich meinte damit, dass ich anders *bin*. Da gibt es Dinge, bei denen ich fast *entgegengesetzt* zu dir und zu all den anderen bin, die ich kenne."

„Entgegengesetzt?“, fragte ich nach.

„Genau“, antwortete Carmi euphorisch und klammerte sich an diesem Wort fest, als würde sich mit ihm ein neuer Weg eröffnen, um endlich das sagen zu können, worauf er hinauswollte und was ich nicht verstand. „Lass mich ein Beispiel machen. Nehmen wir an, dass alle Menschen, du eingeschlossen, zu bestimmten Veranlagungen neigen. Nun, ich neige zur genau *entgegengesetzten* Veranlagung.“

„Geht es genauer auch?“

„Also gut.“ Er bewegte seinen Kopf hin und her, als wartete er darauf, dass die Eingebung ihm einen guten Vergleich einflüsterte. „Da ist ein Abgrund. Was tun alle? Sie entfernen sich von ihm aus Angst hinabzustürzen. Ich hingegen habe keine Angst und nähere mich ihm, ja stürze mich geradezu in ihn, weil er mir keine Angst macht.“

„Du willst dich umbringen?“

„Aber nein. Entschuldige, das war ein schlechtes Beispiel. Lass mich nachdenken, vielleicht fällt mir ein anderes ein ... ich hab’s. Alle lieben Süßspeisen und hassen Saures, nicht wahr? Du würdest nie fünf Zitronen hintereinander essen. Nun stell dir vor, dass mir die sauren Speisen schmecken. Die süßen interessieren mich kein bisschen, nur die sauren, und niemand versteht warum und alle denken, dass ich eigenartig bin, aber ich bin so geboren, und ...“

„Carmi! Carmi! Warte“, ich sprang vom Bett auf und begann ziellos im Zimmer herumzugehen. „Carmi, sag nichts mehr.“

„Schhhhh, du weckst ja alle auf!“

„Carmi, ich habe verstanden!“, rief ich aus.

„Was?“, fragte er erschrocken.

„Du magst Männer.“

Es war drei Uhr morgens und meine Eltern schliefen friedlich in ihrem Zimmer, ahnungslos, was nebenan gesprochen wurde. Binyomin Fischer und seine altmodische Sicht auf die Welt schliefen und Tante Suzie und ihr metallic-grauer Kleinbus. Adam Sachs schlief und seine reichen Eltern, der Rabbiner Hirsch schlief neben seiner Frau, ganz Brighton schlief, ganz Boston, vielleicht sogar die ganze Ostküste der USA. Sie alle mussten schlafen, um jenem Augenblick Raum zu geben, in dem Carmi Taub vor mir sitzend sein „Ja“ aussprach, das mutigste Ja seines Lebens. Er hatte sich die befreienden Worte abgerungen und sie mir in der Schwebe jener Nacht anvertraut.

Zu Rosch ha-Schana lud Mutter wieder die Familie Fischer ein, und ich tat mein Möglichstes, um gelangweilt und unhöflich zu erscheinen. Frau Fischer brachte ein großes Blech Ratatouille mit, das Mutter begeisterte. „Was ist denn das Geheimnis dieses Rezepts?“, fragte sie. „Man muss das Gemüse gleich groß aufschneiden. Ich verwende dazu einen Gemüseschneider“, empfahl Frau Fischer. Kaum waren die Festlichkeiten vorüber, stürzte sich Mutter in die Stadt, um sich einen zu besorgen. Beim ersten Mal, als sie ihn benützte, zog sie sich jedoch einen dermaßen tiefen Schnitt am rechten Daumen zu, dass das Ratatouille mit ihrem Blut getränkt war und der Gemüseschneider auf die Anrichte verbannt wurde. Mit diesem Ereignis war Neujahr beendet, und für mich begann die Zeit, an meine Zukunft zu denken.

Da wir zu Hause keinen Computer hatten, musste ich die Ansuchen an die Universitäten von den Schulcomputern aus abschicken, was demütigend war, und Tante Suzie anrufen, um zu fragen, ob sie die Anmeldegebühren mit ihrer Kreditkarte zahlen könne, was noch demütigender war. Ich beschloss, bei meiner Bewerbung auf Ehrlichkeit zu setzen, indem ich alle Details meiner

Familiengeschichte erwähnte, und hoffte, damit bei der Person, die im zuständigen Büro über meine Aufnahme zu entscheiden hatte, Mitleid zu erwecken.

Meine Eltern gaben sich nicht geschlagen, und da es ihnen nicht gelungen war, mich von der Wichtigkeit eines Studiums in Safed zu überzeugen, setzten sie auf Rabbiner Hirsch. Dieser lud mich zu sich nach Hause ein, wo ich von seiner Frau mit einem Tablett Datteln empfangen wurde, bei denen ich ohne Umschweife ordentlich zulangte. Als mich Rabbiner Hirsch in sein Studio bat, hatte ich den Mund noch derart voll mit den süßen Früchten, dass ich seinen Gruß nicht erwidern konnte; eine riesengroße Blamage, die noch lange in mir nachwirkte. Er ließ sich jedoch nicht aus der Ruhe bringen, lud mich ein, Platz zu nehmen, und wartete geduldig, bis ich den letzten Bissen hinuntergeschluckt hatte.

„Ich weiß, warum ich hier bin", kam ich ihm zuvor. „Sie wollen mich überzeugen, nach Israel zu gehen."

„Ich will dich von gar nichts überzeugen, Ezra, sondern mit dir von Mann zu Mann sprechen. Deine Eltern haben mir von ihrem Vorschlag erzählt, dich nach Safed zu schicken, und ich glaube, dass du ihn in Betracht ziehen solltest. Nicht nur deine Eltern haben viel für dich getan, Ezra, und was das größte Geschenk wäre, das du ihnen machen könntest, wäre gleichzeitig eine Riesenchance für dich. Denk darüber nach. Du bist einer der brillantesten Köpfe unserer Gemeinde, und es wäre schade, so viel Intelligenz zu vergeuden."

„Ich will gar nichts vergeuden, Rabbiner. Auch an der Universität studiert man."

„Ach, Ezra. Wenn du älter bist, kannst du machen, was du willst. Doch jetzt, wo du erst siebzehn bist, warum willst du nicht die Chance ergreifen und zum Studium der Thora nach Israel gehen?"

„Vielleicht, weil das der Traum meiner Eltern ist und nicht meiner?“

„Ich verstehe, Ezra“, erwiderte der Rabbiner Hirsch, und erst jetzt fiel mir seine Gewohnheit auf, die Menschen ständig bei ihren Vornamen anzureden. „Ich bitte dich nur, über meine Worte nachzudenken. Du bist wirklich ein besonderer Junge, möge Gott dich so bewahren, und wir alle wollen nur das Beste für dich.“

Das „Beste“, das „alle“ für mich wollten, war wirklich nicht das Beste für mich, überlegte ich, während mir auf dem Nachhauseweg die Ohren von all dem Gehorsam den Eltern gegenüber summten und die Dattelreste zwischen meinen Zähnen klebten. Am Ende unserer Unterhaltung hatte mich der Rabbiner Hirsch gefragt, wie es Carmi gehe. „Gut“, antwortete ich, ohne zu verstehen, ob es sich um eine reine Höflichkeitsfloskel handelte oder ob sich der Rabbiner Hirsch auf etwas Bestimmtes bezog. „Diese Situation gefällt mir ganz und gar nicht“, verabschiedete er mich. Ich verließ das Studio, wo er fortfuhr, sich den langen Bart kraulend über Carmis „Situation“ nachzudenken. Eine Situation, die einige Wochen später eskalieren und uns alle zutiefst erschüttern würde. Carmi und ich hatten lange darüber gesprochen. Ich hatte Mühe, seine homosexuelle Identität zu verstehen. „Also gefallen dir die Frauen nicht einmal ein klitzekleines bisschen?“, hatte ich ihn eines Abends mindestens dreißigmal gefragt, worauf er mir immer wieder ein aufgebrachtes „Nein, das habe ich dir doch schon erklärt“ entgegenhielt. Bald war ich zur Überzeugung gelangt, dass es in dieser Situation wichtiger war, ihm zur Seite zu stehen als ihn zu verstehen. Seine nächtlichen Krisen häuften sich und traten nun auch untertags auf. Oft verweigerte er das Essen, was Mutter sehr kränkte, und ging nicht in die Schule. Meine Eltern wussten nicht, wie sie sich ihm gegenüber verhalten sollten, wo er doch ein Jahr zuvor bei seiner Ankunft als der Mustersohn erschienen war, gegen den sie sicher nie, so glaubten sie damals, die Stimme erheben müssten. In Carmis Kopf wütete das Höllenfeuer, und ich drang nur mehr begrenzt zu seinen Gedanken durch, über die der Sturm hinwegfegte. Er fragte sich unentwegt, was aus ihm werden solle; er wollte seine Identität für immer vergessen und verbergen, um ein „normales" Leben zu führen. Dann wieder verfiel er in seine Panikattacken, und ihm wurde klar, dass nichts für ihn je normal sein würde.

Die Schuldirektion rief an und sagte, dass Carmi zu oft fehle und außerdem viel zu dünn geworden sei. Weiters hoffe man, dass die Familie so schnell wie möglich auf das ungewöhnliche Verhalten von Carmi Taub reagiere, der bis vor einigen Wochen der beste und beliebteste Schüler seiner Klasse gewesen sei.

Meine Eltern berieten sich mit dem Rabbiner und mussten sich auch mit Herrn Taub auseinandersetzen. Dieser warf ihnen alle möglichen Vorwürfe an den Kopf und verkündete seine Absicht, das Sorgerecht annullieren zu lassen und seinen Sohn wieder bei sich zu Hause aufzunehmen. Die Drohung seines Vaters fuhr Carmi, als er davon hörte, dermaßen in die Knochen, dass er seine Teilnahme an den Abendessen nahezu auf null reduzierte und noch mehr in sich zusammenfiel. Sein ausgezehrter Körper war allerdings nichts im Vergleich zu seinem Blick, der jegliche Lebendigkeit verloren zu haben schien.

Ich war davon ausgegangen, dass Carmi sich erleichtert fühlen würde, nachdem er mir sein Geheimnis anvertraut hatte, doch ich hatte mich getäuscht. Genau in dem Moment, da er auf dem Höhepunkt seiner Kräfte angelangt war, begann er im freien Fall abzustürzen, ein Fall, der unaufhaltsam war.

„Du gräbst dir deine Grube ganz allein“, sagte ich eines Abends zu ihm, nachdem ich ihn umsonst zum Abendessen zu überreden versucht hatte. „Je länger du dich so verhältst, desto mehr wird man meinen Eltern vorwerfen, sich nicht ausreichend um dich zu kümmern.“

„Du hast leicht reden“, brummte er. Er lag mit dem Bauch nach unten auf dem Bett, das Gesicht im Kopfkissen vergraben. „Du bist ja nicht in dieser Scheiß-Situation.“

„Und wie ich das bin! Meine Eltern sind verzweifelt, dein Vater macht uns allen die Hölle heiß, und das Einzige, was du tust, ist, deine Lage zu rechtfertigen. Man könnte fast meinen, dass du zu ihm zurückwillst.“

„Niemals.“

„Weißt du noch, was ich dir vor einigen Monaten gesagt habe? Dass du von deinem Vater wegmusst. So wie du dich verhältst, gibst du ihm die Möglichkeit, sich wieder in dein Leben zu drängen.“

Carmi hob den Kopf und schaute mich an. „Es geht mir schlecht, verstehst du das? Mich interessiert nicht die Bohne, was deine Eltern sagen, was mein Vater sagt, was der Rabbiner sagt, was die Gemeinde sagt. Es geht mir schlecht.“

„Dann lass dir doch von mir helfen.“

„Du kannst mir nicht helfen. In ein paar Monaten hast du die Zusage einer Universität, und schon hast du mich vergessen. Derjenige, der in dieser Situation bleiben wird, bin ich. Ich bin es, der hier eingesperrt ist und herumgeschubst wird.“

Carmi sollte recht behalten.

Adam ließ mir während des Mathematik-Kurses einen Zettel zukommen, auf dem er sich tausendmal entschuldigte. Meine Zeit an der Nachmanides war bald zu Ende, und ich nahm Adams Einladung, wieder Freunde zu sein, ohne langes Nachdenken an. Es erschien mir nützlich, einen Freund zu haben, mit dem ich gemeinsam das heißersehnte New Yorker Leben beginnen konnte.

In der Zeit, in der ich auf die Antwort der Universitäten wartete, fühlte ich mich unangenehm machtlos. Mir war bewusst, dass ich außer warten nichts tun konnte, um meine Zukunft zu beeinflussen. Und genauso wie meine Klassenkollegen wartete ich mit angehaltenem Atem und den Erwartungen der Eltern im Nacken. Eine kollektive Sorge, die berauschen oder verschlingen konnte, begeistern oder entmutigen, je nachdem, wie man sie erlebte. Die sich in Feier oder Trauer auflösen konnte, in Freudenschreie oder in Zorn und Enttäuschung. Im Gegensatz zu den anderen konnte ich zu Hause keinerlei Empfindung zeigen. Ich wusste wirklich nicht, mit wem es schlimmer gewesen wäre zu reden: mit meinen Eltern, die überzeugt waren, dass ich nach Safed gehen würde, oder mit Carmi, den der Gedanke, allein gelassen zu werden, zu Tode erschreckte. Und so ließ ich es bleiben und wartete unter ständiger Anspannung auf die Bescheide, während mir die Frage durch den Kopf ging, was ich tun würde, sollte ich angenommen werden.

Auch Adam war sichtlich aufgeregt und ging mir mit seiner kindischen Art manchmal gehörig auf die Nerven. Nichts an ihm ließ jene wilde Entschlossenheit erkennen, mit der ich mich bis ins letzte Detail um die Aufnahmegesuche gekümmert hatte. Jene Wut, die jedes Mal in mir hochstieg, wenn ich am Schulcomputer die Taste „Senden“ drückte. Wir sprachen über den Big Apple, ich von den Fotos, die ich machen, er von den Studentenpartys, auf die er gehen würde. Wir sprachen von den belebten Avenues, von der Freiheit, der Veränderung, den zahllosen Möglichkeiten, die sich uns jeden Tag bieten würden, vom frühen Morgen an, wenn wir zur U-Bahn-Station gingen, bis zum Abend, wenn wir die Wohnungstür hinter uns ins Schloss fallen ließen.

Nachts, wenn Carmi schlief, lag ich wach und grübelte einsam vor mich hin. Dabei ging mir nichts von dem, worüber ich untertags mit Adam sprach, durch den Kopf. Vielmehr stellte ich mir tausend Fragen und kam auf keine einzige Antwort. Mich erschreckte der Gedanke, von zu Hause wegzugehen und die Möglichkeit zu haben, selbst zu entscheiden, wer ich war. Würde ich mit meinen Eltern in Verbindung bleiben, mit dem Rabbiner Hirsch, mit meiner Gemeinde? Welche Kleidung würde ich tragen, den schwarzen Hut, dieselbe Kleidung wie meine Mitschüler an der Nachmanides? Würde ich weiterhin eine Synagoge besuchen? Falls mich jemand fragte, welcher Art Judentum ich angehörte, der streng orthodoxen oder der modernen, was würde ich antworten? Was würde ich essen? Welches wären meine Freunde? Ich schleppte diese Fragen mit mir herum und konnte sie mit niemandem teilen, weil niemand mich verstand oder mir auch nur ansatzweise antworten konnte. Zu sagen, dass sich Antworten mit der Zeit finden würden, war einfach. Doch es war schwierig, abends mit meinen Eltern an einem Tisch zu essen und mit Carmi in einem Zimmer zu schlafen und dabei diese riesige Last mit mir herumzuschleppen.

Eines Nachts, Carmi murmelte etwas im Schlaf, betrachtete ich in aller Ruhe sein abgehärmtes Gesicht, das nichts mehr von der einstigen Rundheit und Sanftmut aufwies. Konnte ich mehr tun, um ihm zu helfen? Ich schaute zum Fenster, vor dem eine Laterne die Häuser gegenüber beleuchtete, und dachte, dass es nicht an mir lag, Carmi zu retten, sondern an denjenigen, die für seine unendliche Traurigkeit verantwortlich waren. Ich musste mich auf das konzentrieren, was im Moment für mich das Wichtigste war: auf meine Zukunft, meine Freiheit.

Im November trafen die beiden E-Mails im Abstand von nur wenigen Stunden hintereinander ein. In der ersten beglückwünschte mich die Direktorin des Aufnahmebüros der New York University zur erfolgreichen Annahme meines Gesuches und empfahl mir, so schnell wie möglich einen Vorschuss der Studiengebühren zu überweisen, um meine Inskription sicherzustellen. Die zweite kam vom Baruch College, das mir mitteilte, dass ich nicht nur erfolgreich aufgenommen, sondern unter zahlreichen Bewerbern als Gewinner eines Stipendiums hervorgegangen war. Dieses würde mir ein vierjähriges Studium der Ökonomie ermöglichen. Ich war in der Schulbibliothek, draußen ging gerade ein Wolkenbruch nieder, und ich schrie vor Freude laut auf.

„Ruhe!", wies mich die Bibliothekarin von ihrem Pult aus zurecht.

„Ich habe die Zusage von zwei Universitäten!", rief ich heraus, ohne mich um ihre Rüge zu kümmern. An der Nachmanides galt das ungeschriebene Gesetz, dass jeder, der die Zusage einer Universität erhielt, in lauten Jubel ausbrechen durfte, egal, ob er sich gerade in der Klasse beim Unterricht befand oder in der gedämpften Stille der Bibliothek.

„Ach so! Ja dann, Gratulation!", rief die Bibliothekarin ebenfalls mit lauter Stimme, als wollte sie sich damit für ihre Aufforderung von vorhin, still zu sein, entschuldigen.

Ohne den Computer auszuschalten, lief ich hinaus, um Adam zu suchen und ihm die Neuigkeiten mitzuteilen. „Hast du Adam gesehen?", fragte ich jeden, der an mir vorbeikam, doch niemand konnte mir Auskunft geben. Er war weder in der Schulmensa noch in den Gängen, und in den Klassenzimmern war niemand mehr, da die Mittagspause begonnen hatte.

Nachdem ich ihn über zehn Minuten erfolglos gesucht hatte, legte mir jemand die Hand auf die Schulter. „Du suchst Adam? Er ist da draußen“, sagte ein Junge, mit dem ich noch nie ein Wort gewechselt hatte, und zeigte durch das Fenster zum Baseball-Feld.

Ohne sich um den dunklen Himmel und den heftigen Regen zu kümmern, saß Adam allein auf einer Bank. Er hatte die Kapuze seiner blauen Regenjacke übergestülpt und hielt den Kopf zwischen beiden Händen, den Blick auf das Spielfeld gerichtet.

„Adam!“, rief ich ihm zu, „was machst du denn hier draußen?“

„Hallo“, grüßte er in eisigem Ton zurück und würdigte mich keines Blickes.

„Geh hinein, du holst dir ja eine Lungenentzündung, wenn du bei diesem Wetter draußen bleibst.“

„Das ist mir egal.“

„Komm schon, sei nicht dumm, was hast du denn?“

Adam drehte sich mir zu und sah mich an. „Ich habe die Bescheide der drei Universitäten erhalten, an denen ich mich beworben habe, die ersten beiden bereits vergangene Woche. Ich habe dir nichts gesagt, aber sie haben mich abgelehnt. Nun galt meine ganze Hoffnung der dritten. Heute habe ich von der NYU Post erhalten. Auch dort nehmen sie mich nicht auf“, sagte er ausdruckslos.

„Verdammt“, murmelte ich. „Du hast doch ein Ersatz-College im Ärmel, oder?“

Adam wartete ein wenig ab, bevor er ein klägliches „Nein“ herauspresste.

„Wie, was soll das heißen?“

„Ich habe bei keinem Ersatz-College angesucht, Ezra. Ich habe mich vor meinen Eltern geschämt. Sie sind davon ausgegangen, dass alle drei Universitäten mich aufnehmen würden. Das war dumm von mir, ich weiß. Doch nun ist es zu spät, um etwas daran zu ändern."

„Sag das nicht. Ich bin mir sicher, dass es private Colleges gibt, an denen du dich noch einschreiben kannst. Du wirst das erste Jahr dort studieren und dann wechseln ..."

„Das ist leichter gesagt als getan", unterbrach er mich. „Erzähl mal du diese Scheiße meinen Eltern."

Wir schwiegen einige Minuten, der Regen prasselte weiter auf uns herab.

„Und du?", fragte er schließlich. „Hast du bereits Antworten erhalten?"

„Ich wurde von der NYU aufgenommen. Und die Baruch gibt mir auch ein Stipendium", sagte ich hastig und hoffte, Adam würde dadurch meinen Worten wenig Aufmerksamkeit schenken.

„Wow", erwiderte er.

„Allerdings."

„Freilich ...", begann er und setzte ein knappes „Ach, macht nichts" nach.

„Was?"

„Ach, nichts, vergiss es."

„Nein, ich bitte dich, sag."

„Ich dachte nur gerade, wie ungerecht die Welt ist. Deinen Eltern ist es vollkommen egal, ob du nächstes Jahr an die Uni gehst; sie wollen dich nach Israel schicken, und was geschieht? Du wirst aufgenommen, erhältst sogar ein Stipendium. Für meine Eltern ist meine Ausbildung von grundsätzlicher Bedeutung, und ich wurde nirgends aufgenommen."

„Was willst du damit sagen?", fuhr ich ihn wutentbrannt an. „Die Tatsache, dass es meinen Eltern nichts bedeutet, heißt nicht, dass dasselbe für mich gilt. Für mich ist es sehr wichtig, nach New York zu gehen, so wichtig wie nichts in meinem Leben bisher. Ich habe hart daran gearbeitet, um die Aufnahmen zu erhalten."

„Willst du damit sagen, dass ich sie mir nicht verdient habe? Dass ich nicht hart genug daran gearbeitet habe?"

„Nun ja ...", ich zögerte. „Vielleicht hast du es nicht so sehr herbeigesehnt wie ich. Weil es der Traum deiner Eltern war, hast du vielleicht vergessen, was du selber willst ..."

„Du bist wirklich ein Stück Dreck, Ezra. Nicht genug, dass du überall aufgenommen wirst und ich nirgends. Nun musst du es mir auch noch unter die Nase reiben. Ich kenne niemanden, der ein solches Arschloch ist wie du!", schrie er mich an.

„Und warum bist du mir dann all die Jahre wie ein Hündchen nachgelaufen, wenn ich ein solches Arschloch bin?", übertönte ich ihn. „Kannst du mir das erklären?"

„Weil ich mir eingebildet habe, dass dir etwas an mir liegt! In Wirklichkeit lag dir nie etwas an mir! Seit dieser kleine ultraorthodoxe Versager bei dir zu Hause lebt, gibst du einen Scheißdreck auf mich. Du hättest mir beim SAT helfen können, wo du doch so toll bist, aber nein, warum die Zeit damit vergeuden, dem dummen Adam Sachs zu helfen ..."

„Dann ist es also meine Schuld, dass du beim SAT so schlecht abgeschnitten hast? Schuld des kleinen ultraorthodoxen Versagers? Wag es nicht, so über Carmi zu sprechen oder über ein anderes Mitglied meiner Gemeinde!"

„Ich dachte, du hältst nicht viel von diesen Leuten", zischte Adam.

„Weißt du hingegen, was ich dir sage? Ich halte viel mehr von ihnen als von dir!"

Ich drehte ihm das letzte Mal im Leben den Rücken zu und lief schnell durch das Schultor hinaus. Vielleicht hörte mich jemand im Inneren der eleganten Häuser von

Brookline, wie ich aus vollem Hals rief: „Ich gehe nach New York!“ Vielleicht aber verhinderten es die Kälte und der Regen, dass jemand den schmächtigen Jungen ganz in Schwarz wahrnahm, der ziellos umherlief und vor Freude jubelte und gleichzeitig vor Zorn weinte.

hatte noch nie so bitter geschmeckt. Meine Eltern nahmen die Nachricht meiner Aufnahme mit versteinerten Mienen entgegen, dann rief Mutter aus: „Wie kann man nur so undankbar sein!" In dem Moment kam Carmi die Treppe herunter, um nachzusehen, was los war.

„Oh, hallo Carmi, möchtest du etwas essen?", riss sich Mutter zusammen.

„Nein, ich habe nur das Geschrei gehört und Angst bekommen, es könnte etwas geschehen sein", sagte er. Dann fiel sein Blick auf das Blatt Papier in meiner Hand, und er verstand sofort, dass ich in New York angenommen worden war. Ohne ein weiteres Wort ging er ins Zimmer zurück. Ich wollte nur mehr weg von hier, griff zum Telefon und wählte Tante Suzies Nummer. Sie solle mich retten kommen, flehte ich sie an. Nach weniger als zwanzig Minuten hielt ihr Kleinbus vor der Tür und ich verschwand darin. Tante Suzie war die einzige Person, mit der ich meine Freude teilen konnte. Als Einzige gratulierte sie mir zum Stipendium und entkorkte eine Flasche Weißwein, um mit mir auf meine Zukunft anzustoßen. Freudig goss sie den Wein in zwei große Glaskelche und reichte mir einen davon.

„Ich kann nicht", wies ich ihn peinlich berührt zurück. „Er hat nicht das Koscher-Zertifikat."

Sie ließ sich nicht aus der Ruhe bringen, verzichtete auf einen Trinkspruch und leerte die Hälfte ihres Glases in einem Zug.

Als ich gegen halb zwölf nach Hause kam, lag das Haus im Dunkeln; meine Eltern und Carmi waren bereits schlafen gegangen. Ich stieg die Treppe hinauf, bemüht, keinerlei Lärm zu machen, und öffnete die Tür zum

Schlafzimmer, wo Carmi auf dem Rücken im Bett lag. Im Dunkeln suchte ich nach meinem Pyjama. Da es kalt war und ich meine Socken nicht finden konnte, schaltete ich die Nachttischlampe an und wühlte eine Weile in meinem Schrank. Schließlich hatte ich ein Paar gefunden, zog es heraus und drehte mich um. Dabei fiel mein Blick auf Carmi, dessen linker Arm vom Bett herabhing. Neben seiner Hand sah ich einen großen, dunklen Fleck auf dem Holzboden. Ich trat näher.

Es war Blut. Eine schreckliche, kleine, große Lache Blut. Ich blieb wie angewurzelt stehen und wusste nicht, was tun. Ich beugte mich näher zu Carmi und sah, dass auch der Ärmel seines Pyjamas voller Blut war. Mit zitternden Händen berührte ich seinen Arm und zog den Stoff hoch. Der gesamte linke Arm war von Schnitten übersät, feuerrote Armbänder, die er sich in die Haut geritzt hatte. Waren sie am Ellbogen noch dünn, fast wie Kratzer, wurden sie zum Handgelenk hin dunkel, tief und blutend.

Carmi rührte sich während all dem nicht. Ich war wie erstarrt. Ich stellte mir vor, wie er heimlich das Schlafzimmer verlassen hatte, an der Zimmertür meiner Eltern, die vielleicht schon schliefen, vorbei und die Stufen hinab in die Küche geschlichen war. Ich sah ihn den Gemüseschneider von der Anrichte holen, mit dem sich Mutter einige Wochen zuvor verletzt hatte. Mit Entschlossenheit, vielleicht mit Tränen des Schmerzes in den Augen, hatte er dann das Ende seiner Verzweiflung in seine Haut geritzt.

Endlich aus meiner Schockstarre erwacht, lief ich zum Zimmer meiner Eltern und klopfte heftig an die Tür. „Mutter!“, schrie ich und trat ein. Meine Eltern waren sofort wach. „Mutter!“, wiederholte ich.

„Was ist los?“

„Carmi! Komm, schnell!“, rief ich mit erstickter Stimme.

Unter dem fassungslosen Blick meines Vaters stieg Mutter aus dem Bett und folgte mir in mein Zimmer, wo wir Carmi nun halbwach und verwirrt um sich blickend vorfanden.

Wir saßen stundenlang im Gang des Krankenhauses.

Ich blieb unverletzt, weil es in dieser Welt nicht die Unfälle sind, die Wunden zufügen, sondern die Menschen mit ihren Worten und dummen Ideen.

Die Ärzte ließen uns nicht zu Carmi, der noch immer unter Narkose war und in einem der Zimmer lag.

Eine Frau aus der Nachbarschaft, die vom Geruch nach Verbranntem wachgeworden war, rief die Rettung.

Mutter schluchzte, Vater starrte ins Leere, und auch ich war wie betäubt, meine geröteten Augen brannten.

Neben Herrn Taub standen seine Kinder mit tränenüberströmten Gesichtern. Ich zählte sie: Es waren sieben. Shmuel, Carmi, Nechama, Tuvia, Ayala, Sheyna und die kleine Rivki, die wohl gerade einmal zwei Jahre alt war.

Rabbiner Hirsch traf ein und durfte als Einziger das Zimmer von Carmi betreten, der mittlerweile aufgewacht war.

Unter seiner Freundlichkeit trug er einen Schutzpanzer, der es ihm erlaubte, den Schmerz zu verbergen …

Während der zwanzig Minuten, die er bei Carmi blieb, fragten wir uns, was dort im Zimmer wohl vor sich ging, ob sie miteinander sprachen oder auf der Suche nach einer Erklärung einander nur stumm in die Augen schauten.

„Wenn er mich auf diese bestimmte Art ansieht, möchte ich mich am liebsten in Luft auflösen …“

Dann richteten sich unsere Blicke auf Herrn Taub, oder vielleicht war es auch nur sein Schatten, der durch die Korridore eilte und in die Leere sprang, in die sein Sohn gefallen war. Ohne die Krankenschwester zu fragen, betrat er das Zimmer und ließ die Tür hinter sich offen. So konnten wir sehen, wie er sich über Carmis Bett beugte und dort in einer verzweifelten Umarmung verharrte, die vielleicht erwidert wurde, vielleicht aber auch nicht.

„Du bist besonders, Ezra. Deine Geduld, deine Hilfsbereitschaft ...“

Drei Tage später verließ Carmi mit bandagierten Armen das Krankenhaus und zog stillschweigend ins Haus seines Vaters. Dort durften ihn weder ich noch meine Eltern besuchen. Herr Taub ließ nur den Rabbiner Hirsch ins Haus, der seine Lebhaftigkeit und Leichtigkeit verloren zu haben schien, mit der er sich gewöhnlich an die Mitglieder der Gemeinde gewandt hatte. Nun hielt er seinen Blick auf der Straße gesenkt und wartete den Gruß seines Gegenübers ab, bevor er diesen erwiderte.

Schließlich ging ich zum Haus der Taubs, ohne meinen Besuch anzukündigen, und läutete Sturm, so dass Herr Taub gezwungen war zu öffnen.

„Verschwinde“, sagte er frostig.

„Ich will zu Carmi.“

„Geh weg. Du und deine Familie, ihr habt ihn fast getötet.“

„Das weiß schon ich, was ihn getötet hat!“, schrie ich und konnte meine Tränen nicht mehr zurückhalten. „Nicht wir sind es gewesen. Sie haben ihn so zugerichtet. Sie. Carmi hat mir alles erzählt.“

„Hau ab“, zischte Herr Taub, bevor er die Tür vor meiner Nase zuschlug.

Ich wusste, was Carmi dazu gebracht hatte, sich die schrecklichen Schnitte am Arm zuzufügen. Ich wusste auch, dass er dort, wo er sich nun befand, so weit von mir entfernt war, dass mir vorkam, ihn nie gekannt und alles nur geträumt zu haben. Die Erinnerung an das Geschehen war lebendig, wenn ich daran dachte, wie ihm das Blut den Arm hinunterrann, und blass, wenn ich mir ins Gedächtnis rief, wie er wortlos und an der Seite seines Vater das Krankenhaus verließ. Ein Teil von mir wollte alles vergessen, ein anderer hingegen stachelte mich auf, die ganze Wahrheit hinauszuschreien. Niemand würde je den Mut haben, alles sichtbar zu machen. Carmi hatte es nicht geschafft, in Frieden mit seiner Wahrheit zu leben, und sich so lange gequält, bis er blinden Hass auf sich selbst verspürte. Die Mitglieder der Gemeinde wussten davon nichts. Sie dachten, es waren der Schock über den Tod der Mutter und das Unvermögen meiner Eltern, ihm eine neue, schützende und stabile Familie zu bieten.

Und so schlief ich wieder allein im Zimmer, das mit Carmis Abwesenheit erfüllt war, doch vom leibhaftigen Carmi und von unseren vielen Gesprächen fehlte jede Spur. So wie er aus dem Nichts aufgetaucht war, war er wieder im Nichts verschwunden. Meine Eltern verbrachten zahlreiche Stunden in ihrem Zimmer und diskutierten, doch mich interessierte nicht mehr, was sie sich zu sagen hatten. Ich wollte lauthals in die Welt hinausschreien, warum Carmi sich so quälte, damit alle verstanden und ihre Haltung änderten. Gleichzeitig wusste ich, dass ich damit ausschließlich Carmi einen noch größeren Schmerz zufügen würde.

Die Gemeinde sprach von Carmi und auch wieder nicht. Sie erkannte, wusste, erklärte, beurteilte, und auch wieder nicht. Niemand sagte irgendetwas, doch alle waren auf dem Laufenden. Und ich blieb ganz auf mich allein gestellt und konzentrierte mich wieder auf mein Leben.

Ich bewertete alles, womit ich zu tun hatte, nach einem utilitaristischen Standpunkt, fragte mich bei jedem Menschen, dem ich begegnete, ob die Bekanntschaft mit ihm mir nützlich oder hinderlich war. Jeder Schritt, den ich machte, war ein weiterer Schritt in ein neues Leben hinein.

Ich begab mich in die Synagoge und betete zu Gott, er möge diesen Augenblick schnell und ohne gröbere Kränkungen vorüberziehen lassen. Nach dem Kiddusch verkündete ich, dass ich in wenigen Monaten nach New York gehen würde.

Wieder zu Hause, packte Vater mich beim Kragen. „Welches Spiel spielst du mit uns?", und fügte, da ich nicht antwortete, ein pathetisches „*Na*?" hinzu.

„Ein Spiel, bei dem ich die Züge bestimme."

„Du hältst dich wohl für besonders schlau? Du hast Mutter und mir schon genügend Probleme gemacht, meinst du nicht auch? Zuerst die Nachmanides, und jetzt New York. In der Gemeinde zerreißt man sich den Mund über dich, über uns, über Carmi, und ich habe nicht vor, diese Situation noch länger fortzusetzen – du musst endlich *Vernunft annehmen*!"

„Was sagen sie? Dass sich Carmi meinetwegen die Venen aufgeschnitten hat? Da steckt schon ihr dahinter, nicht ich. Ich war der Einzige in diesem Haus, der ihm zu helfen versucht hat, während ihr ..."

„Sprich nicht so mit deinem Vater!", mischte sich Mutter ein; ihre Blicke wanderten erschrocken zwischen uns hin und her.

„Hör mal gut zu, junger Mann. Wenn du nach New York gehen willst, dann bitte. Aber zähle nicht auf uns. Zähle keinesfalls auf uns. Hast du verstanden?"

„Ich werde nicht auf euch zählen, so wie Carmi nie auf seinen Vater zählen können wird! Ihr versteht einen *Scheißdreck*, was hier in unserem Haus geschehen ist, und glaubt immer noch, die Regeln diktieren zu können!"

„Bitte, nicht dieses Wort verwenden", sagte Mutter.

„Ach, lass ihn doch, bei ihm ist Hopfen und Malz verloren. Vielleicht hat Herr Taub recht, wenn er sagt, du hättest einen schlechten Einfluss auf seinen Sohn. Vielleicht war es ein Fehler, Carmi bei uns aufzunehmen."

„Vielleicht war es ein Fehler, dermaßen engstirnig und schwer von Begriff zu sein", berichtigte ich. „Carmi sitzt in der Falle."

„Du bist es, der in der Falle sitzt, Ezra, ohne dir dessen bewusst zu sein!"

Mir schoss die Wut in mächtigen Strömen ins Gehirn, wie ein auf den Kopf gestellter Wasserfall. Vaters Halsader pulsierte heftig und Mutters Augen glänzten, bereit für den Tränenfluss, der gleich aus ihnen hervorströmen würde. Ich wollte nichts mehr hören. Ich wollte, dass sie wussten. Und zwar jetzt. Dass sie verstanden und die Absurdität der Welt erkannten, in der sie zu leben und mich großzuziehen entschieden hatten, ohne dass ich eine Möglichkeit der Wahl gehabt hatte.

„Ich wisst rein gar nichts!", brach es aus mir heraus, während der Tränenfluss nicht aus Mutters, sondern aus meinen Augen schoss. „Carmi hat ein schreckliches Geheimnis, sein Vater weiß davon und will ihn vernichten. Carmi ist homosexuell!"

Beide, Mutter und Vater, verharrten stumm und regungslos, unschlüssig, ob sie mir antworten oder meine Worte ignorieren und abwarten sollten, wie ich fortfahren würde. Doch auch ich sagte nichts, und so setzte Vater zu einer Reaktion an, was ihm sichtlich schwer fiel. Wir standen einander wie angewurzelt gegenüber und beobachteten uns, außer Atem von all dem Brüllen und mit Ohren, die von den Wahrheiten schmerzten, die wir uns gegenseitig an den Kopf geworfen hatten. Als Vater schließlich zu sprechen begann, kamen die Worte als ein Flüstern aus seinem Mund.

„Was hast du gesagt? Wag es nie wieder, das zu sagen."

„Was soll ich nie wieder sagen?"

„Dieses Wort."

„Aber das ist keine Beleidigung."

„Das ist kein Wort, das du verwenden sollst. Es bezieht sich auf eine Praktik, die Gott nicht erlaubt."

„Gott hat die Homosexualität erschaffen, weshalb sollte ich sie also nicht aussprechen?"

„Hör sofort auf damit!"

Mutter hatte es aufgegeben sich einzubringen und blieb schweigsam im Abseits. Zwischen Vater und mir war der offene Krieg ausgebrochen.

„Homosexuell, homosexuell, homosexuell ..."

„Schluss damit!", brüllte er, „Schluss. Carmi ist nicht homosexuell."

„Du hast es also gesagt, du hast das Wort ausgesprochen."

„Carmi ist es nicht."

„Er war es, der es mir gesagt hat. Das ist der Grund, weshalb es ihm so schlecht geht: Hier, an diesem Ort, ist seine Identität nicht erlaubt. Man darf ja nicht einmal das Wort ‚homosexuell' aussprechen, geschweige denn diese ausleben. Das ist, als ob du den Namen von Carmi nicht aussprechen wolltest. Als ob du seine Existenz nicht anerkennen würdest."

Ich lief die Stufen hinauf, stolperte und fiel hin, rappelte mich wieder auf und schlug die Tür zu meinem Zimmer hinter mir zu. Mein Herz pochte mir bis zum Hals, mindestens dreitausend Schläge die Minute, und ich fragte mich, ob das alles wirklich geschehen war.

Herr Taub gewann die Klage gegen meine Eltern und erhielt das Sorgerecht für Carmi zurück. Dieser hatte in der Zwischenzeit aufgehört, zur Schule zu gehen, und niemand hatte ihn mehr zu Gesicht bekommen seit dem Tag, an dem er das Krankenhaus verlassen hatte. Das Schweigen zwischen meinen Eltern und mir dauerte an, bis sich die Nachricht zu verbreiten begann, dass Carmi verschwunden war. Frau Fischer hatte es herausgefunden, als sie eines Tages Essen bei den Taubs vorbeibrachte und Herrn Taub mit leerem Blick im Wohnzimmer sitzend vorfand, von Carmi hingegen keine Spur. Sie hatte nachgehakt und erfahren, dass Carmi eine Woche zuvor das Haus verlassen hatte und nicht mehr heimgekehrt war. Wir gingen davon aus, dass Herr Taub etwas unternehmen würde, die Polizei rufen oder die Gemeinde um Hilfe bitten, aber nichts geschah. Er saß weiterhin auf seinem Sofa im Wohnzimmer und starrte ins Leere. Meine Eltern hüteten sich davor sich einzumischen, wie es Frau Fischer getan hatte, sie trugen ja auch keinerlei Verantwortung mehr für Carmi. Aus der Erfahrung mit Herrn Taub als gebrannte Kinder hervorgegangen, hatten sie keinerlei Absicht, ein Feuer neuerlich zu entfachen, von dem mittlerweile nur mehr Asche übrig war.

Auch ich blieb in der Rolle des Zuschauers und konnte mitverfolgen, wie die Gemeinde sich entrüstete, um sich bald darauf wieder zu beruhigen, wie Herr Taub immer dünner wurde und Tag für Tag ein kleines bisschen starb, ohne sich auf die Suche nach dem verschwundenen Sohn zu machen. Ich sah, wie meine Eltern einander anschwiegen und sich gegenseitig Blicke zuwarfen, die voller Schuld und Ohnmacht waren.

Eines Abends kam uns Rabbiner Hirsch besuchen. Es seien schwierige Monate für alle gewesen, sagte er, doch nun sei es an der Zeit, ein neues Kapitel aufzuschlagen. Während er sprach, hatte er unentwegt meine Eltern im Blick und tat so, als wäre ich nicht anwesend. Schließlich jedoch schaute er mich eindringlich an und fügte hinzu: „Aus dieser hässlichen Geschichte müssen wir alle unsere Lehren ziehen." Mir schien, als wolle er mir damit etwas ganz Bestimmtes sagen. Dann wandte er sich ab, verabschiedete sich und ging.

Ich fragte mich, ob Carmi weggelaufen war oder ob Herr Taub ihn aus dem Haus gejagt hatte. Nachdem er so viel unternommen hatte, um seinen Sohn wieder bei sich zu haben, erschien mir das ziemlich unwahrscheinlich, doch die Wege der Seele sind unergründlich, besonders in unserer Gegend. Womöglich musste Carmi nun betteln und nachts unter einer Brücke schlafen, womöglich, so dachte ich voller Angst, hatte er sich umgebracht.

Als ich mich an diesem Abend zum Schlafen fertig machte, kam mir in den Sinn, die Nikon zu nehmen und den Platz in meinem Zimmer zu fotografieren, an dem Carmi sich immer aufgehalten hatte und der jetzt verlassen war. Dann hätte ich die Fotografie ausgedruckt und mit aller Gewalt in Stücke zerrissen. Diese Vorstellung, die nie Wirklichkeit wurde, war nichts anderes als das Bild meiner aus den Fugen geratenen, in Trümmern liegenden Welt.

Sieben

Meine Liebesgeschichte mit Brooklyn

startete an einem Sonntagnachmittag gegen vierzehn Uhr, um nur wenige Stunden später am Boden zu zerschmettern. Ich war an der U-Bahn-Station Bedford Avenue ausgestiegen und lange umhergestreift, da ich einen geeigneten Ort für ein Fotoshooting am kommenden Tag mit Caitlyn, einem angehenden Model, suchte. Ich war immer wieder stehen geblieben, um die roten Backsteinhäuser zu betrachten und die Graffitis begabter Straßenmaler, Frauen mit langen schwarzen Haaren und riesengroßen blauen Augen, graue Züge und Karikaturen von bekannten Rappern. Ich war die Straßen am Fluss entlangspaziert, vorbei an den polnischen Bierhallen, vor denen sich die Bewohner des Viertels aufhielten, die dreitausend Euro und mehr bezahlten, um hier zu wohnen. Ich hatte vor der Bierfabrik Halt gemacht und mir einen Imbiss bei einem Straßenhändler gekauft, der vergnügt spanische Worte ohne Bedeutung durch die Gegend rief. Williamsburg war gänzlich anders als Washington Heights, wo ich lebte. Hier verbrachte niemand die Zeit auf den Stufen vor dem Haus, um ein paar Worte mit den Nachbarn zu wechseln, niemand spielte lateinamerikanische Musik aus laut dröhnenden, billigen Boxen. Doch es war auch nicht jene snobistische Atmosphäre von Upper West Side spürbar, wohin ich jeden Abend zu meiner Arbeit ging. Williamsburg war jung und alt zugleich, lebhaft, ohne roh, und bunt, ohne hektisch zu sein. Ich ließ mich ziellos treiben, fotografierte Winkel und Straßenecken, die mir für das Shooting geeignet erschienen, und schrieb die Adressen in mein Notizbuch, das ich immer mit mir trug. Da sah ich sie.

Von Kopf bis Fuß in Schwarz gekleidet, liefen sie unaufhaltsam durch die Straßen. Ihre Frauen hatten das Haar unter dunkelbraunen Perücken versteckt, das Gesicht völlig ungeschminkt. Einige trugen anstelle der Perücke eine Kopfbedeckung, die wie eine Schwimmhaube aussah. Ich blickte orientierungslos um mich und stellte fest, dass ich bereits seit einigen Häuserblocks eine unsichtbare Grenze überschritten hatte: Ich befand mich mitten im Reich der Satmar-Gemeinde von New York. Starbucks und Dunkin' Donuts waren verschwunden, an ihre Stelle waren Läden mit jüdischen Silberarbeiten, religiösen Büchern und koscherem Essen getreten. Auf den Schulbussen prangten Aufschriften in Jiddisch und an beinahe jedem Hauseingang war eine Mesusa angebracht.

Ein Mann machte eine undefinierbare Geste in meine Richtung, die sowohl *Was hast du hier zu suchen* bedeuten konnte als auch *Willkommen in unserer Parallelgesellschaft*. Ich wandte mich ab. Ich war nicht wegen ihnen hierhergekommen. War nicht gekommen, um die Zeit zurückzudrehen. Ich begann zu laufen, vorbei an alten Frauen mit Gehhilfen, an fröhlichen Kindern mit Locken an den Schläfen, wie auch ich sie bis vor einigen Jahren getragen hatte. Vorbei an Seniorenheimen und Kindergärten, an Wohnblöcken für die Ärmeren und an Villen mit Terrassen, auf denen man das Laubhüttenfest feiern konnte. Ich lief, bis ich völlig außer Atem war, und erreichte keuchend eine Brücke mit einer U-Bahn-Station. Ich zog meine Metrokarte heraus und war kurze Zeit später unterwegs nach Manhattan.

Als ich nach Hause kam, war es bereits an der Zeit, mich für die Arbeit fertig zu machen. Seth bereitete sich gerade ein Spiegelei zu und der Geruch der mediterranen Gewürze erfüllte die ganze Wohnung.

„Nun, Herr Williamsburg? Kommst du als Sieger heim?"

„Nein, ich muss Sydney anrufen und ihr sagen, dass es dort nicht geht. Morgen werde ich einen anderen Ort suchen", antwortete ich, ohne ihn anzusehen. „Würde es dir etwas ausmachen, das Fenster zu öffnen, wenn du kochst?"

„Aber nein." Seth machte einen Schritt zum Fenster hin und zog es mit beiden Händen hoch. Es ließ sich einen knappen Spalt öffnen und machte dabei einen Laut, ähnlich dem Wiehern eines Pferdes.

„Und warum muss ich dich dann immer darum bitten?", beharrte ich.

„Beruhig dich, was ist denn los mit dir? Jedes Mal, wenn etwas schiefläuft, kommst du schlecht gelaunt nach Hause."

Ich drehte mich um und stapfte in mein Zimmer, vorbei an dem von James, der an seinem Laptop arbeitete.

Ich hasste diese Wohnung. Ihren abgestandenen Geruch, die tröpfelnde Dusche, die Spinnweben an den Fenstern. Ich hasste den nie kleiner werdenden Stapel ungewaschenen Geschirrs in der Spüle und die schlecht funktionierende Wasserspülung im Klo. Der olivgrüne Teppichboden in meinem Zimmer verströmte Modergeruch, die Sofas im Wohnzimmer waren am Auseinanderfallen, auch das hasste ich, ebenso wie ihre Farbe, grau mit gelben Punkten, ursprünglich weiß, dann mit Senfflecken verziert.

Ich setzte mich an den Schreibtisch und rief Sydney an.

„Wie war's in Williamsburg, Ezra?", schoss sie sofort los.

„Ich habe es mir anders überlegt, ich mag das Fotoshooting nicht mehr dort machen. Gehen wir irgendwo anders hin. Brooklyn ist riesig, warum ausgerechnet Williamsburg?"

„Ich dachte, wir hätten uns alle darauf geeinigt. Hast du keine Location gefunden?"

„Nein."

Sydney schnaubte und verfiel aus Protest erst einmal in ein Schweigen, das sich so lange hinzog, dass es in den Ohren schmerzte. Es war mir egal, dass wir uns darauf geeinigt hatten. All die orthodoxen Juden dort zu sehen hatte mich erschüttert, mir war schwindlig geworden und ich hatte fliehen müssen. Klar, wir konnten nach Williamsburg gehen, ohne uns ins jüdische Viertel zu begeben, doch allein der Gedanke, dass *sie* nur wenige Meter entfernt von mir waren, irritierte mich ziemlich.

„Hör zu, ich muss bis morgen Abend ein Projekt abgeben. Ich kann mich unmöglich um die Location kümmern. Ich habe dich gebeten, das zu übernehmen, und du hast zugesagt. Kannst du dich nicht an die Abmachungen halten?"

„Es geht nicht darum, dass ich mich nicht an die Abmachungen halten will", erwiderte ich. „Ich habe nur gesagt, dass Williamsburg nicht geeignet ist."

„Dann such bis morgen Abend einen neuen Ort. Ich habe bereits die Visagistin und den Hairstylisten bestellt, komm schon, ärgere mich nicht."

Sydney ärgerte sich nicht. Hätte sie mich bestrafen wollen, hätte sie das Telefonat abgebrochen und sich auf die Suche nach einem anderen Fotografen gemacht. Aber sie wollte *mich*, keinen anderen, was bedeutete, dass sie sich nach meinen Entscheidungen richten würde, ob sie ihr passten oder nicht.

Es war ein gutes Gefühl zu wissen, dass man gefragt war. Dass man gebraucht wurde.

Mit den Schuhen an den Füßen warf ich mich aufs Bett und starrte an die Decke, nahm den Kopf zwischen beide Hände und atmete tief durch, damit der Herzschlag sich wieder beruhigte.

Es war mir unerklärlich, was heute mit mir los gewesen war. Ich sah täglich und zu jeder Uhrzeit Juden, da ich in unmittelbarer Nähe zur Yeshiva University wohnte und mindestens ein Drittel der Bewohner meines Wohnhauses die Kippa trug und samstags nicht arbeitete.

Doch Williamsburg war anders. Williamsburg hatte mich nach Brighton zurückkatapultiert. Nicht der Anblick der orthodoxen Juden hatte mich erschreckt, sondern dass unzählige Erinnerungen an die Oberfläche kamen, von denen ich geglaubt hatte, ich hätte sie erfolgreich verdrängt. In einem jener Kinder, die auf der Straße spielten, hatte ich geglaubt, den kleinen Carmi Taub wiederzuerkennen. Jede Frau mittleren Alters, die ihr Haupt bedeckt trug, konnte meine Mutter sein. Und jeder Mann, dessen Weg sich mit dem meinen gekreuzt hatte, war in meinen Augen ein Rabbiner Hirsch.

Ruckartig erhob ich mich vom Bett und ging zu James' Zimmer.

„Hi", sagte ich.

Da er sich nicht vom Bildschirm löste, rief ich noch einmal lauter, worauf er sich mit abwesendem Blick zu mir drehte. James hatte kurzes schwarzes Haar, glatte, glänzende Fransen, die ihm unregelmäßig in die Stirn fielen. Seine mandelförmigen Augen waren von einem dicken rechteckigen Brillengestell eingefasst, seine Wangen glatt wie die eines Kindes.

„Ich habe mir gedacht, ich bestelle mir Sushi. Möchtest du dich anschließen?"

„Nein, danke. Ich habe bereits gegessen."

Er wandte sich erneut dem Computer zu, um Zuflucht in der Welt der Logarithmen und HTML-Codes zu nehmen. In all den Monaten unseres Zusammenlebens hatte ich noch nie gesehen, dass James aß, sein Zimmer verließ oder duschte. Trotzdem war sein Zimmer das einzige, das sauber war und frisch duftete. Jedes Mal, wenn ich ihm vorschlug, gemeinsam zu Abend zu essen, behauptete er, bereits gegessen zu haben. Ich kannte nicht einmal seinen richtigen Namen, denn ich war überzeugt, dass er den Namen James angenommen hatte, um sich in New Yorks Straßen heimisch zu fühlen und die Existenz seines eigentlichen, sicher unaussprechlichen koreanischen Namens zu verschleiern.

Ich nahm Schlüssel und Handy und verließ grußlos die Wohnung. Einen Häuserblock weiter betrat ich ein kleines Sushi-Takeaway und bestellte Alaska Rolls mit Lachs, Avocado und Gurke. Eine kleine Gruppe Studenten wartete darauf, bedient zu werden. Alle standen und keiner der Tische war besetzt; eine unausgesprochene Regel in New York besagte, dass man nicht allein in einem Restaurant aß. Das einsame Mahl nahm man zu Hause, im Büro oder auf einer Parkbank ein. Also warf mir der Mann hinter der Theke, dem ich auf seine Frage, ob ich es mitnehmen oder hier essen wolle, ein „Hier“ entgegnete, einen verblüfften Blick zu, hatte er doch *selbstverständlich* angenommen, ich würde mein Abendessen mitnehmen.

Ich nahm an einem Tisch am Fenster Platz und schlang das Essen in kürzester Zeit hinunter, während ich die Passanten beobachtete, die auf dem Weg von der Arbeit nach Hause waren. Anschließend verließ ich ohne ein Wort das Lokal und nahm die U-Bahn in Richtung Upper West Side. Der Wagen war halbleer, das traurige Quietschen des Zugs und mein Wehklagen über meine Einsamkeit waren die einzigen Laute, die ich hörte.

Rox, das Lokal, in dem ich seit über sieben Monaten arbeitete, befand sich in der Siebenundsechzigsten. Ich nahm ein paar breite Stufen von der Straße hinab, ging durch eine Tür mit getönten Scheiben und schon befand ich mich in meinem „Büro“: eine dunkle und laute Bar, rot-schwarze Einrichtung und junge Professionals aus der oberen Mittelschicht, die, frisch von der Columbia University kommend, an der Wall Street arbeiteten und hier ihren Kopf von Zahlen und Quoten freibekommen wollten. Ich war jünger als die Gäste und unterstand einem Vorgesetzten, der mir strenge Blicke zuwarf, da er der Ansicht war, dass ich zu viel Alkohol in die Cocktails mixte. Ich mochte die Arbeit nicht und verließ das Lokal regelmäßig mit heftigem Kopfweh und lärmbetäubten Ohren. Doch mit dem Lohn konnte ich die Miete bezahlen und mir nach und nach ein Portfolio aufbauen, um eine Karriere als Modefotograf zu versuchen.

Seth hatte mich dazu angespornt. Sydney, seine Sexbeziehung, studierte *Visual Merchandising* am LIM College. Google hatte mir erklärt, dass es sich dabei um eine „optische Verkaufsförderung im Sinne von visueller Steuerung des Verkaufs“ handelte. Sie versuchte sich aber auch als Stylistin bei Fotoshootings zu profilieren. Ständig auf der Suche nach neuen Fotografen, mit denen sie zusammenarbeiten konnte, hatte sie mich eines Tages zu einem ihrer Shootings eingeladen. Während der offiziell beauftragte Fotograf seine Arbeit machte, schoss auch ich einige Fotos. Ich wollte mich selbst auf die Probe stellen und sehen, wie ich zurechtkommen würde. Sydney wählte letztendlich meine Amateurfotos und verwarf jene des professionellen Fotografen.

Und so geschah etwas völlig Unvorhergesehenes: Ich schlug einen Weg ein, an den ich so gut wie nie gedacht hatte, jenen der Modefotografie. Ich war verwundert über mich selbst, der ich mit fassungslosem Blick die Outfits und die Models betrachtete, und auch Sydney entging das nicht. Sie beließ es bei einem Lachen, denn das Wichtigste war, dass ich einen guten Job machte. Und von Belichtung, Perspektiven und Brennpunkten verstand ich einiges. Mein Sommerjob in Back Bay hatte mich die Grundelemente der Fotobearbeitung gelehrt, was für die Modefotografie unerlässlich war.

Sydneys Fotoshootings hatten alle etwas gemeinsam: Sie durften nichts kosten. Fotografen, Models, Hairstylisten und Visagistinnen, sie alle arbeiteten gratis mit ihr zusammen in der Hoffnung, diese Erfahrung würde sie eines Tages eine höhere Stufe in der Modeindustrie erklimmen lassen. Die Kleider stellten aufstrebende Jungdesigner zur Verfügung, die ebenso davon überzeugt waren, auf diese Weise auf sich aufmerksam zu machen, jedoch wurden die Fotos so gut wie nie veröffentlicht.

„In den zwei Jahren, die du das machst, hast du noch nie etwas damit verdient?“, fragte ich Sydney und konnte es nicht glauben, dass all diese Menschen bereit waren, sich so viele Stunden in der Woche ohne Bezahlung ins Zeug zu legen.

„Ezra, versteh doch“, verteidigte sie sich und stöhnte gequält auf, als hätte ich sie gebeten, mir das Kommutativgesetz der Addition zu erklären. „Wir reißen uns heute den Arsch auf, um morgen die Decke zu durchbrechen.“

Im Lauf einiger Monate hatte ich mich brav an die Dynamik angepasst, ohne allerdings Verständnis dafür aufbringen zu können. Ich hatte gelernt, dass es in der Welt der Mode nichts gab außer Arbeiten und Beten. Nachdem ich mich dieser Logik ergeben hatte, träumte auch ich davon, dass eines meiner Gratis-Fotoshootings es mir ermöglichen würde, mein Portfolio eines Tages jemandem mit Bedeutung und Einfluss in der Branche zu zeigen und einen ordentlichen Auftrag zu bekommen. Dasselbe galt für die Models: Während sie gratis für Sydney posierten, leuchtete in ihren Augen der Laufsteg einer Modeschau von Yigal Azrouël oder Francesca Liberatore, wenn nicht gar ein Werbeplakat der Marken Calvin Klein oder Tommy Hilfiger.

Alles geschah mit Blick auf die Zukunft. Während die Hände fleißig ihre Arbeit verrichteten, reckte sich der Hals nach vorne, gespannt, was die Zukunft wohl bereithielt. Ich war mir nicht sicher, ob mir diese Einstellung gefiel, sah jedoch zu, nicht allzu lange darüber nachzudenken.

Es war mittlerweile vier Uhr morgens und ich wartete, völlig erledigt vom Cocktailmixen und Tischewischen, auf den Lift, als ich im Postfach ein längliches, schmales Kuvert mit dem Poststempel Massachusetts liegen sah. Zwischen dem ersten und dem fünften Stock riss ich es auf, und eine Hundert-Dollar-Note fiel heraus. Ich betastete sie von oben bis unten und roch an ihr auf der Suche nach etwas Vertrautem, wie dem Fettfleck einer Apfeltorte oder dem Duft meiner Mutter.

Ich hoffe, dass alles in Ordnung ist. Möge Gott dich segnen.

Ich atmete einmal tief durch und stieß grob die Lifttür auf, als würde ich mich aus einem Käfig befreien. Der Blick zurück in die Vergangenheit schmerzte, aber ich wäre durchgedreht, wenn ich ein solches Kuvert nicht regelmäßig in den Händen gehalten hätte. Ich brauchte eine Verbindung zu meiner Familie, und das Kuvert mit dem Hundert-Dollar-Schein, das Mutter mir einmal im Monat schickte, war mein einziger Halt, abgesehen von der bescheidenen finanziellen Unterstützung.

Mutter wollte mich nicht loslassen und ich wollte nicht, dass sie mich losließ. Die Beziehung, die uns in wortloser und unsichtbarer Übereinkunft miteinander verband, glich einem komplizierten Verhältnis von Nähe und Distanz, und wir hielten daran mit einer Beständigkeit fest, die auf irgendeine Art wichtig für mein inneres Gleichgewicht war.

Dennoch musste ich mir jedes Mal, wenn ich das Kuvert öffnete und die hundert Dollar einsteckte, schmerzlich in Erinnerung rufen, dass das Haus, aus dem die Sendung kam, Feindesland war. Ich hatte meinen Fuß seit zwei Jahren nicht mehr über seine Schwelle gesetzt, und nichts hätte mich dazu gebracht, dorthin zurückzukehren. Mir kamen Vaters feindselige und aggressive Worte wieder in den Sinn und Mutters dumpfe, überflüssige Tränen. Was mir jedoch noch immer am heftigsten zusetzte, war der zugleich vielsagende und passive Blick des Rabbiners Hirsch, der den Hass gekonnt schürte und endlos am Köcheln hielt. Alle hatten gesehen, was geschah; einige hatten darüber gesprochen, niemand hatte auch nur einen Schritt unternommen. Ich empfand mich als der einzige und schweigsame Zeuge des größten Unrechts, das auf den Straßen Brightons begangen worden war. Dass die Gemeinde dermaßen unbeeindruckt blieb, hatte mich zutiefst verbittert, ein Gefühl, das ich nie mehr loswerden würde. Ich hatte sie jahrelang beobachtet, die Menschen, die Gewohnheiten, die auch die meinen gewesen waren. Und mich wiederholt gefragt, ob ich Teil dieser Welt sein wollte, über die ich mit äußerster Härte urteilte. Aber ich hätte nie erwartet zu erleben, was dann geschah. Carmis Tränen, seine blutigen Schnitte auf dem Arm, die blinde Wut seines Vaters, die Dummheit des meinen, die Schwäche meiner Mutter und die Ratlosigkeit der Gemeinschaft.

Ich wollte nichts mehr mit ihnen zu tun haben.

Dennoch blieb ich über einen dünnen, fast durchsichtigen Faden an sie gebunden, und ich akzeptierte den monatlichen Beitrag meiner Mutter, die mich damit daran erinnern wollte, und dies sicherlich vor Vater geheim hielt, dass es sie gab und sie mich liebte.

Und ich? Liebte ich Mutter?

Ich nahm ein Glas und zählte im Schein der Nachttischlampe das Schlafmittel Tropfen für Tropfen ab. Sieben, acht, neun. Bei zehn stoppte ich und stellte das Fläschchen auf das Nachtkästchen zurück. Ich fügte Wasser hinzu und trank das Glas in einem Zug aus. Dann legte ich mich ins Bett und bat Gott um einen traumlosen Schlaf. Stattdessen träumte ich von Mutter, die mich am ersten Tag zum Baruch College begleitete, meine Hand in der ihren, und auf mich wartete, während ich an einem Streetfood-Wagen auf der Siebenunddreißigsten einen nicht koscheren Hotdog kaufte. Als ich mich nach ihr umdrehte, hatte sie sich in Luft aufgelöst, und an ihrer Stelle reichte mir nun Herr Taub die Hand und warf mir vor, die Ursache all seines Unglücks zu sein, angefangen beim Tod seiner Frau bis zu Carmis Verschwinden. Ein paar Stunden später wachte ich schweißgebadet auf. Das Schlafmittel hatte mich zwar schlafen lassen, doch es hatte mich auch in meine Alpträume geführt.

Ich hatte fünf Stunden Zeit, um eine Location zu finden und allen Beteiligten die Adresse mitzuteilen. Hundemüde bestieg ich die U-Bahn ins Zentrum und fuhr von dort weiter nach Brooklyn. Ich überquerte den Fluss und war wieder bei der Brücke, genau zwischen den beiden Gesichtern von Williamsburg, entschlossen, mich meinen Ängsten zu stellen und meinen Auftrag zu Ende zu führen. Rechts lag die Gegend, die *in* war, *hip,* die kleine Hauptstadt des Vergnügens *made in Brooklyn,* links hingegen die ultraorthodoxe Metropole Amerikas. Und mir gegenüber stand ein Mann mit einem großen Plakat, auf dem „Kehret um zu Jesus!“ zu lesen war. Er sprach in ein schwarzes Mikrofon und rief alle Passanten auf, zum christlichen Glauben zurückzukehren. Ich beobachtete ihn lange, nahm schließlich meine Kamera und schoss ein Foto. Dann ging ich auf ihn zu.

„Hallo. Wie heißt du?"

Der Mann unterbrach seine Rede am Mikrofon und wandte sich mir mit übertrieben freundlichem Lächeln zu.

„Hallo, junger Mann. Ich bin Martin. Und du?"

„Ezra. Sehr erfreut", antwortete ich und streckte ihm meine Hand entgegen, die er energisch schüttelte.

„Was führt dich zu Jesus?"

Ich blickte um mich, auf der Suche nach einer guten Idee für eine Antwort. Zwei Mädchen mit schwindelerregend hohen Stöckelschuhen und unverschämt kurzen Röcken spazierten an uns vorbei.

„Die völlige Abwesenheit des Glaubens in meiner Generation. Weißt du, ich bin Fotograf und mache heute Nachmittag ein Fotoshooting hier in Williamsburg."

„Ach wirklich? Interessant", sagte Martin. „Welche Art von Fotografien?"

„Anklagende Fotos. Ich möchte, dass die Menschen die Augen öffnen und erkennen. Weißt du, meine Altersgenossen gehen vollständig in ihrer ... *Alltäglichkeit* auf. Sie schaffen es nicht, über den Horizont ihrer kleinen Welt hinauszublicken, die aus materiellen Dingen und vorgefertigten politischen Slogans besteht."

„Das hast du sehr weise gesagt. Das ist auch der Grund, weshalb ich hier täglich stehe. Auf dass sich die verunreinigten Ohren durch das Hören der göttlichen Botschaft läutern mögen!"

„Ich möchte den Fokus in meinen Fotos auf den fehlenden Sinn im Alltag meiner Altersgenossen legen. Ein Model wird die Leere der Jugend von heute symbolisieren. Dieser werden wir die Spiritualität entgegensetzen, die Menschen wie Sie in diese verlorene Stadt zurückbringen wollen."

Martin warf mir einen triumphierenden Blick zu. Während ich mir den Mund mit diesem Schwachsinn fusselig redete, kam mir eine Idee. Ich schickte allen Beteiligten eine E-Mail und vereinbarte als Treffpunkt die U-Bahn-Station, an der ich ausgestiegen war. *Zieht euch bequeme Schuhe an*, forderte ich sie auf. Es wird ein Shooting *in itinere* werden. Alle wussten, dass man bei Sessions wie diesen oft stundenlang unterwegs war, ohne auch nur die Gelegenheit zu haben, sich kurz hinzusetzen.

Sydney kam mit nur einer halben Stunde Verspätung, was mich sehr freute, weil das für sie ein absoluter Rekord in Sachen Pünktlichkeit war. Gleichzeitig ärgerte es mich aber auch, denn die Sonne ging in ein paar Stunden unter und wir mussten jede Minute nutzen.

„Entschuldige, Ezra. Ich musste noch zu J. Claire die Jacke holen. Sie war aber noch im Büro, also nahm ich ein Taxi zur Siebzigsten Ost. Und sie war zeitgleich mit dem Taxi auf dem Weg nach Hause ..."

„Das ist mir egal", unterbrach ich sie. „Legen wir los."

Caitlyn war genervt, weil sie sich nirgends umziehen konnte. Sydney öffnete ihren Rollkoffer und zog zusätzlich zu den Kleidern vier Kartonplatten hervor, die wir so hielten, dass Caitlyn sich nun in Ruhe umziehen konnte. Während Sydney noch unterwegs war, hatten Visagistin und Hairstylistin ihre Arbeit bereits erledigt. Nun halfen sie mir mit den beiden großen weißen Schirmen, die das Sonnenlicht filtern sollten, so dass sich keine schroffen Schatten auf dem Gesicht des Models bildeten.

„Unsere erste Etappe ist Martin", verkündete ich.

Wir gingen zu ihm, der noch immer ins Leere hinein von Jesus sprach. Ich hatte ihm seine Rolle beim Fotoshooting bereits erklärt. Also baute er sich mit starrem Blick vor dem Mikrofon auf, das Plakat mit der Aufschrift „Kehret um zu Jesus!“ vor seiner Brust haltend. Caitlyn stellte sich neben ihn und schaute intensiv ins Objektiv meiner Nikon.

Click.

Ich verschwendete keinen Blick auf die Kleider, die sie trug. Vielmehr interessierten mich das Licht, die Schattenspiele, Caitlyns Körperhaltung und die Sprache ihrer Gesten.

Nach mehreren Schnappschüssen bedankte ich mich bei Martin und warf eine kleine Spende in das Körbchen, das er am Fuß des Mikrofons aufgestellt hatte. Ich hieß die Mädchen wieder die tragbare Kabine aufstellen, so dass Caitlyn sich umziehen konnte. Ihr neuer Look war im Vergleich zum ersten sehr *risqué* und ich fragte mich, ob es eine gute Idee war, mit ihr ins Herz des ultraorthodoxen Williamsburg zu gehen, wo ich sie fotografieren wollte. Andererseits war sie noch nie dort gewesen, wusste also nicht, was sie erwartete, und folgte mir ohne Bedenken. Der Übergang war stufenlos: Es genügte, die Straße zu überqueren, um das jüdische Viertel zu erreichen und das einundzwanzigste Jahrhundert hinter sich zu lassen. Die Passanten warfen uns eher neugierige als feindliche Blicke zu, und ich forderte Caitlyn auf, sich mit dem Schal zu verhüllen, den Sydney immer in ihrem Koffer dabei hatte. Sollte er bei Fotoshootings im Winter die Models zwischen den Aufnahmen vor einer Lungenentzündung schützen, wehrte er nun die Beschimpfungen der Bewohner ab. Wir kamen zu einer Schule und postierten uns neben einem parkenden Schulbus.

„Ich *liebe* die hebräischen Inschriften!“, rief Sydney aus.

„Das ist Jiddisch“, korrigierte ich sie.

Caitlyn lehnte sich an den Bus, und ohne sich um die Umgebung zu kümmern, warf sie mir einen hochmütigen Blick zu, der ihr dank der dunkel geschminkten Augen perfekt gelang. Während ich das Objektiv auf sie einstellte, ließ sie den Schal fallen.

„Warte", rief ich ihr zu. „Sydney, leg ihr noch einmal den Schal um. Caitlyn, wenn ich ‚Loslassen' rufe, lass ihn genauso zu deinen Füßen fallen wie eben jetzt, okay?"

Caitlyn nickte und tat wie geheißen.

Erneut mussten wir unterbrechen. Ein Mann, ganz in Schwarz gekleidet und mit Bart und Hut, beobachtete uns aus einigen Metern Entfernung. Ich bat Visagistin und Hairstylistin, sich hinter mich zu stellen und mit den beiden Schirmen nicht nur Caitlyn, sondern auch mich zu verdecken. Vielleicht konnten wir so ein paar Minuten herausschlagen, denn ich war mir sicher, dass uns in kürzester Zeit jemand auffordern würde, das Viertel zu verlassen. Ich drückte so schnell und so oft wie möglich ab, rief Caitlyn zu, sie solle zornig sein, und sie war zornig, warf mehrmals den Schal zu Boden und trat heftig darauf herum. Bevor uns jemand fragen konnte, was wir hier machten, hatten wir auch schon die Schirme geschlossen, Caitlyn wieder den Schal umgelegt und waren unterwegs zurück zur Williamsburg Bridge.

Die letzte Etappe unseres Fotoshootings war eine kleine protestantische Kirche, wo uns ein junger afroamerikanischer Priester freundlich empfing. Caitlyn konnte sich im Badezimmer umziehen, bevor ich sie in der ersten Bankreihe sitzend und mit Blick auf das Kreuz gerichtet fotografierte.

Am Abend betrachteten Sydney und ich an meinem Schreibtisch sitzend die Fotos. Die Mauern mit den Graffitis, die niedrigen Backsteinhäuser, die vertrockneten Parks mit ihrem schütteren Gras, die schwarzen Borsalinos der ultraorthodoxen Juden, die große Aufschrift „Kehret um zu Jesus!“ – jedes einzelne Detail verlieh den Bildern Lebendigkeit.

Zufrieden schaute ich Sydney an.

„Du hast die Seele des Viertels eingefangen.“

„Ich habe mir überlegt, der Serie den Titel *Gods of Williamsburg* zu geben.“

„*Die Götter von Williamsburg*. Perfekt. Du hast mittlerweile ein beneidenswertes Portfolio. In den letzten Monaten hast du dich selbst übertroffen. Ich habe noch nie jemanden so hart arbeiten gesehen wie dich, Ezra.“

Seth schaute zur Tür herein. „Braucht ihr noch länger? Ich würde gern zu Bett gehen“, sagte er und zwinkerte Sydney zu.

„Ja, wir brauchen noch ein bisschen. Geh ruhig schlafen, ich wecke dich dann, wenn wir fertig sind.“ Sydney drehte sich wieder zu mir. „Ezra, hör zu. In einem Monat mache ich meinen Abschluss. Letzte Woche hatte ich ein Vorstellungsgespräch für ein bezahltes Praktikum bei Macy’s. Heute Morgen haben sie angerufen, sie möchten mich einstellen. Sie geben mir vier Tage, um mich zu entscheiden.“

„Gratuliere, Sydney. Tolle Sache.“

„Ja, aber mir gingen die letzten Monate durch den Kopf. Wir haben wirklich sehr gut zusammengearbeitet. Ich glaube an Teamarbeit, und wir waren ein unschlagbares Team und können es auch weiterhin sein. Ich bin überzeugt, dass wir beide eines Tages wichtige Positionen einnehmen werden und dann gemeinsam Großes auf die Beine stellen können.“

Sie schob mir ein Blatt Papier zu, das ich genauso aufmerksam las, wie ich anschließend an Sydneys Augen ihre Gedanken abzulesen versuchte. Der Tag, an dem ich sie kennengelernt hatte, war wirklich mein Glückstag gewesen.

„Diese E-Mail kursiert gerade am LIM, und ich habe mir sofort gedacht, dass ich niemanden kenne, der geeigneter für diese Position wäre als du."

„Danke", lächelte ich sie beglückt an. „Wer ist denn Viviana Scarpinelli?"

„Ezra, ich bitte dich. *Ich bitte dich.* Wir tun jetzt so, als ob du mich das nie gefragt hättest und als ob du wüsstest, dass Viviana Scarpinelli eine der berühmtesten Fotografinnen der Modewelt ist. Sie hat italienische Wurzeln, lebt aber seit einem Jahrzehnt in New York und alle, ich sage *alle*, reißen sich um sie. Sie zeichnet sechs Mal für das Cover von *Dope* verantwortlich und hat die letzten beiden Kampagnen für Gott Norwy ausgerichtet. Schreib mit, Ezra. Viviana Scarpinelli ist dort angelangt, wovon Millionen von Fotografen nicht einmal zu träumen wagen."

„Was sind denn die Aufgaben eines Assistenten dieser ...", ich blickte auf das Blatt, um den eigenartigen italienischen Namen abzulesen, „Viviana Scarpinelli?"

„Das weiß ich nicht. Ich glaube nicht, dass du viel Gelegenheit haben wirst, künstlerisch mit ihr zu arbeiten. Du wirst wahrscheinlich ihre Shootings überwachen und ihren Kalender führen. Eine Menge Arbeit. Aber du wirst Hunderte von richtig wichtigen Leuten kennenlernen. Du wirst Zugang zu den Models haben, ohne dass die Agenturen dazwischenpfuschen. Du wirst direkt mit Stylisten und Designern zusammenarbeiten. Ich nehme an, dass sie dich nach Mailand mitnehmen wird, nachdem sie sich doch bei den Journalisten ständig beklagt, wie sehr ihr ihre Heimatstadt fehlt. Das ist eine einmalige Gelegenheit, Ezra. Nimm dein Portfolio, geh zu ihr und hol dir diesen Job, als ob es um Leben und Tod ginge."

Sydney schlüpfte zur Tür hinaus und ich las mir noch einmal die Anweisungen für die Bewerbung als Assistent von Viviana Scarpinelli durch. In der Wohnung breitete sich eine unnatürliche Stille aus. Mir blieben knapp zehn Minuten, um zu duschen, mich anzuziehen und zur Arbeit zu geben. Stattdessen blieb ich am Schreibtisch sitzen, das Blatt Papier in der Hand, Sydneys Parfüm in der Nase, das noch im Zimmer hing. Es war Mittwochabend, und bis zum ersehnten freien Abend waren es noch fünf Tage. Ich nahm den Laptop, schickte mein Curriculum und zwei Probefotos an Viviana Scarpinelli und verließ die Wohnung, ohne geduscht zu haben, das frische Gewand ordentlich zusammengefaltet auf dem Bett.

Mir fiel mein Traum vom unkoscheren Hotdog ein. Noch vor ein paar Jahren hätte der Verzehr von Schweinefleisch für mich die letzte Hürde dargestellt, über die man, war sie erst einmal überwunden, nicht mehr zurückkonnte.

Ich hätte die moderne jüdisch-orthodoxe Gemeinde von Washington Heights umarmen können, so sehr genoss ich es, mich auf der Suche nach jenem moderaten Mittelweg, über den ich mit Carmi gesprochen hatte, mit den Studenten der Yeshiva University auszutauschen. Als ich allerdings feststellte, dass die Hälfte der Bewohner des Hauses, in dem ich wohnte, auch der jüdischen Religion angehörten, war mir, als würde ich von einem riesengroßen Scheinwerfer angeleuchtet, und meine Kippa verschwand, beinahe ohne dass es mir bewusst war. Seit ich Boston verlassen hatte, hatte ich keine Synagoge mehr betreten. Innerhalb kurzer Zeit war der Mietvertrag, den ich zusammen mit drei Studenten der Yeshiva abgeschlossen hatte, gekündigt, und ich zog mit anderen Studenten in eine andere Wohnung. Tante Suzie hatte die Garantie übernommen, ohne ihre Unterstützung wäre ich wohl auf der Straße gelandet. Seth war einer der Mitbewohner, er kam aus New Jersey und war in einer reformierten jüdischen Familie aufgewachsen. James, der Software-Entwickler, kam aus Südkorea. Den Nachbarn hatte ich gesagt, dass ich Ed hieß. Ich hatte keine Mesusa an der Haustür angebracht und kochte mit ein paar Pfannen und Töpfen, die ich meine Mitbewohner gebeten hatte nicht zu verwenden. Die fünfundzwanzig Stunden des hebräischen Samstags verbrachte ich eingesperrt in meinem Zimmer. Doch es dauerte nicht lange, und ich begann während des Sabbat das Licht ein- und auszuschalten. Am ersten Tag von Sukkot lud mich Seth ein, gemeinsam mit seinen Freunden in den Central Park zu gehen. Ich sagte zu, schlüpfte schweigend in eine Kapuzenjacke und verließ mit ihm das Haus. Ich ging die Treppen zur U-Bahn hinab, zog zügig meine Metrokarte durch und bestieg mit ihm die Bahn.

Von da an war alles viel einfacher. Es war, als hätte ich erleichtert aufgeatmet, als wäre die lange Übergangszeit, in der ich mich als einzigen lebenden Widerspruch empfunden hatte, endlich vorbei. Ich spürte, dass ich mich wohlfühlte, wie in einem neuen Heim, und erkannte plötzlich eine neue Kraft in mir. Niemand würde mir diesen Raum, den ich mir erobert hatte, streitig machen können. Ich war ein laizistischer Jude geworden.

Ich empfand keinerlei Schuld meinen Eltern oder dem Rabbiner Hirsch oder sogar Gott gegenüber, als ich das erste Mal unkoscheres Fleisch aß. Vielmehr versetzte es mir einen Stich ins Herz, wenn ich an Carmi dachte und an das Versprechen, das ich ihm gegeben hatte. Ich hatte ihm gesagt, dass es zwischen Schwarz und Weiß eine Zone mit vielen Schattierungen gab und dass ich sie ihm eines Tages zeigen würde. Stattdessen hatte ich diese Zone flugs hinter mir gelassen.

explodierte in wechselnden Rhythmen aus den Boxen und versetzte meinem Herz heftige Stöße. Seth reichte mir den Joint und ich zog gierig daran. Der Song riss mich mit seinem unberechenbaren Sound unaufhaltsam in seinen Schlund hinein. Er strahlte Selbstbewusstsein aus und klagte grimmig den Lebensweg seiner Verfasser, Jay und Kanye, ein. Während der Rauch in meine Lungen drang und die Wirkung von Marihuana in mein Gehirn, hielten die beiden Rapper der gesamten Welt vor, dass sie alles gewonnen hatten, was sich nur gewinnen ließ, ohne nach Frankreich emigrieren zu müssen wie viele andere afroamerikanische Künstler vor ihnen. Sie alle hatten Amerika verlassen, da sie es leid waren, eine Karriere in einem Land anzustreben, das sie systematisch diskriminierte.

Seth und ich hörten begeistert von den Fünfzig-Millionen-Dollar-Strafen, die Jay-Z bezahlte, ohne mit der Wimper zu zucken. Wir akzeptierten den anmaßenden Vergleich mit den Michaels – Jackson, Tyson oder Jordan – und eigneten uns eine Geschichte und Kultur an, die nicht die unsere war, uns aber das Gefühl gab, die Herrscher der Welt zu sein. Es lag etwas Toxisches und zugleich Wunderbares in den aggressiven und unverschämten Texten, das mich von meiner Vergangenheit losriss und auf das Podest eines Wettstreits hievte, an dem ich allerdings nie teilgenommen hatte.

Der Refrain ging los und wir bewegten unsere Köpfe im Takt mit.

„*You're now watching the throne / Don't let me get in my zone ...*", schrien wir lauthals, während unser Wohnzimmer sich um uns drehte und der Rhythmus pulsierte und ich nicht so viel Tequila hätte trinken sollen. Ich hatte vielleicht schon ein wenig davon ausgekotzt, ohne es zu merken, denn ich war ganz besudelt, aber das Lied war noch in vollem Gang und Seth und ich eroberten gerade den Himmel und hätten ihn um keinen Preis der Welt verlassen. Aus den Boxen dröhnte eine eigenartige Mischung aus Störfrequenz und religiösem Chor, und dann endete alles so, wie es begonnen hatte. Wir schauten uns in die Augen, und schon kam der nächste Song, Otis Redding, der von der Essenz der wahren Liebe predigte. Einige Sekunden nur, und es waren wieder die beiden verdammten Rapper am Wort, die die wahre Liebe unversehens in eine krankhafte Sucht nach Erfolg verwandelten. Seth und ich, die wir nichts von der Liebe verstanden, tanzten wild im Rhythmus und sangen lauthals: *„Can't you see the private jets flying over you?"*

Wir erschufen uns eine Welt, in der wir farbig waren und schwarze Autos hatten, schwarzen Ruhm und schwarze Frauen, und schamlos auf unsere Kumpels aus dem Ghetto herabschauten, um sie daran zu erinnern, wem der Thron zustand und wem nicht. Bei *Who Gon Stop Me* sprangen wir auf und hoben unsere vollen Gläser zur Decke, die überrannen, und der Tequila ergoss sich über uns, was uns noch mehr in Ekstase versetzte. Jay-Z behauptete, dass die Diskriminierung der Schwarzen in Amerika mit dem Holocaust vergleichbar war, er sang von „Millionen der Unseren, die verloren gingen", worauf ich fast unmerklich zu zittern begann, während Seth weiterhin jeden einzelnen Vers mitsang, ohne meine Scheu zu bemerken.

Ich weiß nicht, was diese Nächte im Zeichen des Alkohols, des Grases und der Musik dieser beiden Größenwahnsinnigen für einen Sinn hatten. Es war für mich und Seth wohl eine Art Volltanken auf einer rasanten Motorradfahrt. Einmal die Woche mussten wir Gewissen und Verstand auf null zurücksetzen, um am nächsten Tag wieder an unserer Karriereleiter bauen zu können.

Überflüssig zu sagen, dass wir am Morgen danach in einem erbärmlichen Zustand aufwachten, vielleicht in einem unserer Betten, vielleicht, zum Ärger von James, auf dem Wohnzimmerboden, inmitten einer Pfütze aus Alkohol und Kotze. So wachten wir auch an dem Tag meines Vorstellungsgesprächs bei Viviana Scarpinelli auf.

„In einer Stunde treffe ich mich mit der berühmtesten Modefotografin New Yorks und ich liege tot im Bett meines Mitbewohners“, scherzte ich mit Seth.

„Du solltest dich dringend frisch machen, Ezra. Man könnte meinen, du bist ein Drogensüchtiger.“

„Ich bin ein Drogensüchtiger“, lachte ich.

„Wo hat diese Fotografin ihr Studio?“

„In Tribeca. Ich schaffe es nie, pünktlich dort zu sein. Vielleicht sollte ich gleich auf den Job verzichten.“

Seth setzte sich im Bett auf und gab mir einen Rempler, so dass ich auf den giftgrünen Teppichboden fiel. „Sag das nicht einmal im Scherz. Zieh dich an und krall dir diesen Job, als wäre er die Chance deines Lebens. Hast du verstanden?“

Ich rappelte mich hoch, kippte aber gleich wieder vor Übelkeit und Schwindel um.

„Verstanden“, brummte ich.

Dass ich mich nicht so beeilen hätte müssen, wurde mir klar, als ich das Studio von Viviana Scarpinelli an der Südspitze Manhattans erreichte und der Portier des Gebäudes mir mitteilte, sie würde mich in circa eineinhalb Stunden empfangen.

„Sie können einstweilen hier Platz nehmen“, sagte er und zeigte auf die kunstlederne Sofagruppe in der Hall.

Warum um elf Uhr einen Termin vereinbaren, wenn man ihn dann um zwölf Uhr dreißig wahrnahm? Von außen war das Gebäude in hellem, unauffälligem Grau gehalten und ließ in keinster Weise auf die Eleganz schließen, die einen in der luftigen Eingangshalle erwartete. Die Eingangstür bediente der Portier in Livree vom Empfang aus. Ein kleiner Springbrunnen, der von einem Dschungel tiefgrüner, künstlich anmutender Pflanzen umgeben war, stieß feinste Strahlen kristallinen Wassers aus. Die Luft war von schwerem Frauenparfüm erfüllt.

Ich ließ mich auf einem der Sofas nieder. Da ich nichts zum Lesen dabeihatte, blieb mir nichts anderes zu tun, als durch die verdunkelten Scheiben die Passanten zu beobachten, die am Gehsteig vor dem Gebäude vorbeigingen. Ich konnte sie sehen, ohne von ihnen gesehen zu werden. Boten gingen aus und ein und gaben beim Portier mal mikroskopisch kleine, mal riesengroße Pakete ab; er schien sie alle zu kennen und grüßte sie diskret.

Gegen Mittag, als ich langsam ausgenüchtert war, nahm der Portier einen Anruf entgegen. „Nein, ich sehe keine Fotografen. Zumindest nicht vor dem Haus. Sie könnten beim Basketballfeld drüben warten, das stimmt." Er hörte aufmerksam zu, was die Person am anderen Ende der Leitung zu sagen hatte, und fuhr dann fort: „Verstehe ich richtig, Sie wollen zum Lunch ausgehen und kommen dann sofort wieder zurück? Perfekt. Sie können herunterkommen."

Die anschließende Szene hatte etwas Bizarres an sich. Die glänzende Metalltür eines der vier Lifte öffnete sich mit einem sonoren *Ding,* und heraus kam eine dicht aneinander gedrängte Gruppe äußerst korpulenter Männer im Anzug. Sie bewegten sich kompakt vorwärts, als wären sie eine geschlossene Einheit, die sich in einstudierter Choreografie stumm dem Ausgang zubewegte. Nach einer Geste des Grußes beeilte sich der Portier, die Tür per Knopfdruck zu öffnen, um sie hinauszulassen. Doch der Ausgang war zu eng, als dass die Männer gemeinsam hindurchkamen, und so waren sie gezwungen, sich im geordneten Gänsemarsch aufzustellen, um hintereinander die Eingangstür zu passieren. Als sich die Gruppe dabei auflöste, gab sie auch ihr Geheimnis preis: eine Frau mittlerer Größe mit kastanienbraunen Haaren, die mit einer Spange aus Perlmutt zusammengebunden waren, und sehr hohen Stöckelschuhen.

Die Gruppe verschwand, so wie sie aufgetaucht war. Der Portier warf mir von seinem Empfangspult einen vielsagenden Blick zu. Keine Fragen, sollte er wohl bedeuten.

Gerade als ich zu einer solchen ansetzen wollte („Wer zum Teufel ist diese Frau?"), öffnete sich eine weitere Aufzugstür und jemand rief: „Ezra?"

Ich drehte mich um. „Ja?"

Eine junge Frau mit wunderschönen grünen Augen und einem cremefarbenen Kleid, das farblich perfekt mit der Sofagruppe harmonierte, forderte mich auf, den Lift zu betreten.

„Viviana kann dich jetzt empfangen. Komm."

Das ist mein Moment, dachte ich. Der Parfümgeruch in der Hall hatte begonnen, mir leichte Übelkeit zu verursachen, und der Schwindel vom Rausch der letzten Nacht machte sich wieder bemerkbar.

Das Studio war ein Loft mit riesengroßen Fenstern, durch die natürliches Licht in den Raum flutete. Eine große Frau mit braunen Lederstiefeletten reichte mir die Hand. Sie hatte dunkelblondes Haar, Stirnfransen und wache graue Augen. Das Gesicht war jenes einer jungen Frau, doch am Hals konnte man erste Falten erkennen. Es war Viviana.

„Ich hatte ein Meeting mit meinem Webdesigner, er hat mir die verschiedenen Optionen auf der neuen Website gezeigt. Wir haben etwas länger als vorgesehen gebraucht", erklärte sie mir, ohne sich für die Eineinviertelstunde zu entschuldigen, die sie mich in der Hall warten hatte lassen. „Los, fangen wir an. Setz dich hierhin."

Sie sprach ein makelloses Englisch mit einem leichten italienischen Akzent. Wir nahmen im Sitzbereich des Studios Platz, wo ich meine Portfolio-Mappe auf den Glastisch zwischen den beiden Sofas legte. Die junge Frau mit den grünen Augen brachte zwei Wassergläser und verschwand wieder.

„Ich habe immer drei Assistenten. Perrie ist meine persönliche Assistentin; sie verwaltet meinen Terminkalender und hält den Kontakt mit den Kollegen und der Presse. Außerdem schaut sie die Post durch und ist immer mit mir unterwegs. Zusätzlich habe ich zwei Praktikanten, die mir bei jedem Fotoshooting zur Seite stehen, egal ob in meinem Studio oder sonst wo. Für diesen Job sollte man ein umfassendes Wissen über die Fotografie mitbringen, nicht so sehr künstlerisch, sondern technisch. Leuchten, Reflektoren, Schirme, sie alle müssen zur Perfektion aufgestellt und positioniert werden können. Der Set muss bei meiner Ankunft bestens vorbereitet sein, wenn nötig, muss man beim Einrichten mithelfen. Mein Team muss eins sein, alle sollen Hand in Hand zusammenarbeiten. Kurzum, ich brauche jemanden, der mir hilft, Zeit, Worte und Arbeit zu sparen."

Viviana machte eine Pause, ich verschluckte mich am Wasser, das ich in mich hineingekippt hatte.

„Sind das deine Arbeiten?", fragte sie mich und deutete auf die Mappe.

Vergeblich versuchte ich, den peinlichen Hustenanfall zu beenden, brachte jedoch ein Nicken zustande.

Sie nahm eine Fotografie nach der anderen in die Hand und betrachtete sie wortlos. An den Kopfbewegungen, die sie hin und wieder machte, konnte ich nicht ausmachen, ob sie begeistert oder empört war.

„Ich kann keine Theorie erkennen, keine Regeln“, sagte sie schließlich. „Du scheinst niemanden zu zitieren.“

„Ist das ... ist das schlecht?“, fragte ich kaum hörbar.

„Nein, aber überraschend“, antwortete sie und blickte mir direkt in die Augen. Das kam sehr unerwartet, und es fiel mir schwer, dem Blick standzuhalten. „Normalerweise sind die Assistenten, die zu mir kommen, Absolventen einer bestimmten Schule und ihre Arbeiten größtenteils Versuche, einen der Großen nachzuahmen. Wie viele zukünftige Ferdinando Sciannas waren bereits bei mir! Ganz zu schweigen von den neuen Terry Richardsons!“, kicherte sie. Ich hatte diese Namen noch nie gehört, ging aber davon aus, dass es sich um Fotografen handelte. „Aber zurück zu uns“, fuhr sie fort. Sprich, wenn du gefragt wirst, schien ihr Blick zu sagen, um zu unterstreichen, wie fehl am Platz meine Unterbrechung gewesen war. „Eine gute Ausbildung ist die Basis, und die großen Meister zu kennen unerlässlich. Sich von der Tradition zu lösen ist gut, steht aber nur jenen zu, die das Recht dazu haben. Ich sehe viel Unreife in deinen Bildern, aber hin und wieder auch ein Aufblitzen von Genie und Kreativität, und das Licht ... vielleicht bist du aber auch noch ein blutiger Anfänger ...“

Sie schwieg und blätterte das Portfolio durch. Bei den letzten Blättern, den Aufnahmen von Malka Portman in den Toilettenräumen der Yeshiva High School, hielt sie inne.

„Wer ist das?“

„Ein Mädchen.“

„Das sehe ich auch. Was sind das für Fotografien?“

„Die habe ich vor einigen Jahren gemacht, da war ich vierzehn. In den Toilettenräumen der orthodoxen Schule, die ich besucht habe. Wegen dieser Bilder wurde ich von der Schule geworfen." Ich erinnerte mich an die Empörung meiner Eltern, als sie vom Treffen mit dem Schulleiter nach Hause kamen, und meine Gedanken verdüsterten sich.

„Sie sind ... *anders*", murmelte Viviana und betrachtete die Fotos intensiver. „Das Licht ..."

„Das war nur ich mit meiner Nikon. Die Lichtverhältnisse waren völlig natürlich. Es war das erste Mal, dass ich ein Porträt von jemandem gemacht habe."

„Unglaublich. Man könnte annehmen, dass es die Schnappschüsse eines Meisters sind." Dann fügte sie hinzu: „Bist du Jude? Orthodoxer Jude?"

„Orthodox nicht mehr", gab ich zur Antwort.

„Was hält deine Familie von deiner Leidenschaft für die Fotografie?"

„Das letzte Mal, als wir darüber sprachen, und das ist einige Jahre her, wirkten sie nicht gerade begeistert", scherzte ich. „Ich bin dann allein nach New York gegangen. Ich arbeite nachts in einer Bar und untertags als Fotograf."

Viviana klappte meine Mappe zu und sah mir direkt in die Augen.

„Du hast den Job. Ab sofort."

Es war eine Ewigkeit vergangen, seit ich Brighton verlassen hatte, zumindest kam mir das so vor, aber bestimmte Angewohnheiten schienen auch mit der Zeit nicht zu verschwinden. Jedes Mal, wenn mir eine Frau die Hand zum Gruß reichte, ließ mich die Sekunde, in der ich zögerte, bevor ich sie drückte, wie einen Idioten dastehen. Allzu lange hatte man mir beigebracht, keine Frau zu berühren, geschweige denn ihr die Hand zu geben. Während der Probezeit bei Viviana kam ich mit neuen Leuten in

Kontakt und geriet mit alten Gewohnheiten auf Kollisionskurs. So geschah es mehrmals, dass mir Viviana nach einem langen Arbeitstag einen Müsliriegel anbot, den ich ablehnte, obwohl ich hungrig war. Es war mir dermaßen in Fleisch und Blut übergegangen, Essen, das nicht aus der Küche meiner Mutter kam, abzulehnen, dass es mir sogar jetzt, wo ich aufgehört hatte, koscher zu essen, schwerfiel, zu dem überzugehen, was man den „laizistischen Modus“ nannte.

Als mich Viviana dann in ihr Team aufnahm, gemeinsam mit einem afroamerikanischen Jungen namens Travon, der mindestens doppelt so groß war wie ich und in etwa fünfundzwanzig Jahre alt, musste ich mich einer beinharten Realität stellen: Das Assistentengehalt reichte nicht aus, so dass ich weiterhin drei Nächte in der Woche im Rox arbeiten musste.

Der erste Auftrag, den mir meine neue Chefin erteilte, war die Lektüre eines ganzen Stapels von Büchern und Zeitschriften, um mir Wissen über die Modefotografie anzueignen. „Es ist offensichtlich, dass dir das fehlt“, erklärte mir Viviana und warf mir einen ihrer berühmten Killerblicke zu, die ich bereits kannte. Es handelte sich um Fotobildbände, ältere Modereportagen, einige Ausgaben *Throwback* von *Dope* und um die umfangreiche Abhandlung eines Professors der New York University über die wichtigsten Werbekampagnen der Mode im 20. Jahrhundert. Angesichts der Unbekümmertheit, mit der ich nach nur einem Semester beschlossen hatte, die Universität zu verlassen, kam es mir eigenartig vor, zu den Büchern zurückzukehren. Die Hörsäle, so hatte ich damals befunden, waren nichts für mich. Ich wollte mich ins verrückte New Yorker Leben stürzen und nicht in einem Raum eingeschlossen stumpfsinnig eine PowerPoint-Folie nach der anderen studieren. Und nun saß ich wieder am Schreibtisch, über alte Fotobände gebeugt, mit denen ich mich, so wollte es Viviana, vertraut machen sollte.

Mein Blick fiel auf eine Reportage mit dem Titel *The Good Life* eines gewissen Steven Meisel. Auf einem Post-it am Cover der Zeitschrift stand:

Die legendäre Reportage in der Oktober-Ausgabe 1997 von Vogue Italia *porträtiert Carolyn Murphy, Chandra North, Colin Egglesfield und andere Models jener Zeit in künstlichen Posen, um den amerikanischen Traum zum Ausdruck zu bringen, dessen unweigerliche Hauptfiguren das Familienglück, die Autos und der Sport sind.*

Die Models, männliche wie weibliche, strahlten um die Wette. Sie lächelten einander an und flochten ein erregendes Netz von Blicken, das die gesamte Länge und Breite der Fotografien überspannte. Die Väter spielten am Piano und warfen den Töchtern zuckersüße Blicke zu; die Freundinnen verabschiedeten sich voneinander nach einem gemeinsam verbrachten Wochenende, die jeweiligen Verlobten an ihrer Seite, auch hier ein Spiel von Blicken, zu intensiv, um echt zu sein; als ob das nicht genügte, war da auch ein Kind (blond!, so verdammt blond!), das gerade dabei war, den Fernseher einzuschalten, und sogar diesem zulächelte. Im Eck einer Seite hatte jemand mit Bleistift hingekritzelt:

Das Amerika der 1960er Jahre – ich liebe seine Atmosphäre! Steven und Brana haben sie perfekt eingefangen!!!

Ich machte die Zeitschrift zu und legte mich aufs Bett. War es das, was Viviana mir beibringen wollte? Frauen von affektierter Zerbrechlichkeit zu fotografieren, die in einer Welt der aufgesetzt lächelnden Gesichter und der schreiend bunten Farben eingesperrt waren? Die Welt, in der ich aufgewachsen war, hatte damit nichts gemein, ebenso wenig die Welt, in der ich jetzt lebte. Brighton war stumm und kalt, Washington Heights laut und heiß. Niemand lächelte. Die Taubs beweinten den Tod der Mutter und der Rabbiner Hirsch versuchte, den Dramen im Hause Kramer ein Ende zu setzen. Mutter vergoss unnütze Tränen und Vater stöhnte in regelmäßigen Abständen auf. Herr Taub presste die Zähne zusammen, und Carmi weigerte sich, zum Abendessen herunterzukommen.

Nie würde ich mich dem falschen Spiel eines Meisel oder eines anderen hingeben, dachte ich. Ich würde als Fotograf immer nah an der Realität bleiben oder an dem, was ihr am nächsten kam.

Am Ende der Probezeit, während der Viviana die zehn vielversprechendsten Absolventen der Columbia für die Zeitschrift der Universität porträtierte, kündigte sie an, dass wir am Montag darauf nach Florida reisen würden, um an einem Coverauftrag zu arbeiten. In dessen Mittelpunkt stand Dylan Ralston, ein schottischer Magnat, der eine Rekordzahl an Armbanduhren besaß und in seiner Freizeit Golftrainer war. Wir würden am Montag bei Sonnenaufgang starten und Dienstag spätnachts zurück sein. Das Programm, das mir erst knapp davor mitgeteilt wurde, kollidierte mit meinen Diensten im Rox, und in den vergangenen Wochen hatte ich meinen Chef schon zu oft um einen Turnuswechsel gebeten. Ich hätte ihm mitteilen müssen, dass ich weder am Montag noch am Dienstag zur Arbeit kommen konnte, und dabei wusste ich noch nicht einmal von Vivianas Plänen für den Rest der Woche.

Also beschloss ich, kein Drama aus der Situation zu machen, was die Probleme ja auch nicht lösen würde, und fand mich am Montag um fünf Uhr morgens vor dem

Gebäude von Vivianas Studio ein, wo Travon bereits auf mich wartete.

„Du kommst zu spät“, sagte er in aller Gelassenheit anstelle eines Grußes.

„Guten Morgen“, antwortete ich, ohne auf seinen Kommentar einzugehen.

Wir gingen ins Gebäude, fuhren in den achten Stock und betraten das Studio in respektvollem, fast religiös anmutendem Schweigen. Draußen war es noch finster, und es kam mir unwirklich vor, diesen Raum, der von seiner Funktion her immer hell war, in Dunkelheit getaucht und nur vom Widerschein einiger Neonleuchten des Gebäudes gegenüber schwach beleuchtet zu sehen. Travon und ich trugen die Taschen und Koffer mit der Ausrüstung Vivianas nach unten, wo in der Zwischenzeit auch das Fahrzeug vorgefahren war, in dem die Fotografin saß und ewig lange E-Mails in ihr iPhone tippte.

Im Flugzeug saßen Travon und ich nebeneinander. Während der gesamten Fahrt zum JFK und der Prozeduren am Flughafen wechselten wir kein Wort miteinander. Es wurde ein angenehmer Flug in Begleitung des sympathischsten Arbeitskollegen der Welt.

Travon war älter als ich, ein Stück größer und gut gebaut. Er trug immer eng anliegende Shirts, die seine wohlgeformten Brustmuskeln und sein Bizeps zu sprengen schienen. Seine Haare waren ultrakurz, und nie kam ihm ein Lächeln aus. Ich war immer der Ansicht gewesen, Künstler seien sensible Wesen, aber im Fall von Travon musste ich diese Ansicht revidieren, außer seine Sensibilität war tatsächlich so gut unter seiner glänzenden, schokoladefarbenen Haut versteckt, dass man sie nicht wahrnahm. Er arbeitete aufmerksam und effizient, immer bereit, Vivianas Forderungen nachzukommen, und darauf bedacht, weder besorgt noch hektisch zu erscheinen. Er war schnell, ohne zu laufen, ruhig, ohne sich abzulenken, zielgerichtet, ohne aggressiv zu sein. Während über seine seltsam schmalen Lippen scharfe Worte kamen, nahm seine Stimme nie einen giftigen Ton an. Hätte ich ihn nur gesehen, aber nicht seine Worte gehört, wäre ich nie auf die Idee gekommen, dass er mich voller Sarkasmus kritisierte.

Während der Probezeit hatte ich egoistischerweise gehofft, dass Travon Perrie ebenso behandeln würde wie mich. Dann hätte ich eine Verbündete gehabt, und es wäre ein Leichtes gewesen, die Situation in den Griff zu bekommen. Stattdessen musste ich gegen die Tatsache ankämpfen, dass Perrie sichtbar heftig für den Kollegen schwärmte und ihm sein distanziertes Verhalten ihr gegenüber nicht übel nahm. Mehrmals bekam ich mit, wie er ihre Einladung, gemeinsam einen Kaffee trinken zu gehen, ablehnte, worauf sich Perrie immer mit niedergeschlagenen Augen und enttäuscht entfernte. Doch sie gab nicht auf.

Als wir das Hotel erreichten, in dem wir übernachten würden, reichte mir Viviana den Zimmerschlüssel, sagte: „Hier, wir treffen uns in der Hall in zwanzig Minuten. Ein Auto wird uns und die Ausrüstung abholen“, und verschwand in einem der Aufzüge, ihren Mini-Trolley hinter sich herziehend.

Ich drehte mich zu Travon um, der mich ungeduldig ansah. „Worauf wartest du denn?“, fragte er.

Ich wies mit dem Arm zu den Aufzügen. „Bitte schön, nach dir.“

Im Zimmer verstauten wir unser Gepäck; Travon schaltete den Plasmafernseher auf CNN ein und stellte ihn auf lautlos. Ich fragte mich, ob wir uns früher oder später wie normale Personen miteinander unterhalten oder einander während der gesamten Reise nur feindselig anstarren würden. Ich verstand nicht, was er gegen mich hatte, und beschloss, das Thema ein für alle Mal zur Sprache zu bringen. „Darf ich dich etwas fragen?", sagte ich also und fuhr, als er mich ansah, fort, ohne eine Antwort seinerseits abzuwarten: „Habe ich dir etwas getan?"

Travon kramte ein Weilchen schweigsam und unbeirrt in seinem Rucksack herum. Er zog ein MacBook heraus und steckte das Netzteil an den Strom an. „Nein. Aber du bist langsam. Und klein. Und jung", sagte er schließlich.

„Wie bitte?"

„Langsam, klein und jung. Muss ich es noch einmal wiederholen?", sagte er ohne mit der Wimper zu zucken und kümmerte sich weiter um seinen Laptop, der in der Zwischenzeit hochgefahren war.

„Travon", rief ich, „ich habe dir nichts getan, könntest du mich also mit Respekt behandeln?"

„Nein", gab er zurück und tippte auf der Tastatur herum.

Ich schnaubte und warf das Shirt, das ich gerade zusammenlegen wollte, auf das Bett. „Hör zu. Du bist mir weder nützlich, noch kenne ich dich, noch interessiert es mich, dich kennenzulernen. Aber wir sind beide am selben Projekt beteiligt, und du könntest dich ein wenig anstrengen, um diese Erfahrung nicht in einem Alptraum enden zu lassen. Was für ein Team sind wir denn, wenn wir nicht zusammenarbeiten?"

„Du bist als Letzter hinzugekommen. Ich wüsste nicht, weshalb ich mich wegen dir bemühen sollte."

„Ach so, du hingegen bist ein berühmter Guru der Fotografie, oder wie?", setzte ich nach. „Wir sind *alle* als Letzte hinzugekommen." Bevor ich mich in die Sache hineinzusteigern begann, kam es mir plötzlich dumm und sinnlos vor, mich mit Travon zu streiten.

„Hast du eigentlich eine Ahnung, wer ich bin?"

Ich brach das Gespräch ab, überzeugt, dass es sich um einen jener Sätze handelte, die man gerade mal so hinschmiss, und ging ins Bad. Als ich wieder herauskam, war Travon bereits auf dem Weg in die Hall.

Draußen herrschte drückende Schwüle. Ich war noch nie in Florida gewesen und hatte zuallererst den Eindruck, dass es schrecklich unangenehm war, im Freien zu arbeiten und gemeinsam mit Travon, mit dem ich mich mittlerweile im Krieg befand, Vivianas Ausrüstung herumzuschleppen. Dylan Ralston wohnte im selben Hotel, in dem Viviana die Aufnahmen machen würde. Wir bereiteten den Set im Park mit wolkenkratzerhohen Palmen vor und warteten darauf, dass Dylan sein Treffen mit dem Journalisten beenden würde. Als die beiden schließlich zum Set kamen, vergingen ein paar Minuten mit Küsschen und Händeschütteln zwischen Dylan, seinem Assistenten, dem Journalisten und Vivianas Team. Dazu gehörten neben Travon, mir und Perrie, die gerade in Vivianas Namen mit jemandem am Telefon stritt, die Visagistin, die Stylistin mit ihrer Assistentin und der Hairstylist, ein circa fünfunddreißigjähriger Mann mit schwarzer Lederjacke, die mir beim bloßen Anblick Schweißausbrüche verursachte.

Das Team hatte im ersten Stock des Hotels ein Zimmer zur Verfügung, wo Dylan geschminkt und angekleidet wurde. Die Fotos hingegen sollten anschließend im Park gemacht werden. Alles lief wie am Schnürchen, doch die Stylistin hatte noch nicht entschieden, welches Outfit Dylan tragen sollte, und Viviana lehnte stur jeden Vorschlag ab. Die Sonne Floridas sei viel zu aggressiv, behauptete sie. Und so warteten wir stundenlang zu, während Dylan, das improvisierte Model, die verschiedenen Garderoben durchprobierte, die die Stylistin von New York mitgebracht hatte.

„Ich bin *besessen* von diesem Hemd mit schwarzem Kragen von Alexander“, erklärte die Stylistin mit Namen

Diane ihrer Assistentin, die heftig nickend zustimmte. „Aber schau nur, wie *schlecht* es sitzt."

Dylan Ralston stand da und ließ sich von den indiskreten Fingern der beiden berühren.

Nach einer weiteren Stunde des Abwägens zogen sie einen kornblumenblauen, ziemlich nichtssagenden Pullover heraus, dessen eigenartiger V-Ausschnitt mit einem Stück Stoff versehen war. Dylan zog ihn an. Die Ärmel waren viel zu lang und warfen auf ihrer gesamten Länge Falten.

„*Göttlich*", kommentierten sowohl Stylistin als auch Hairstylist.

„Ist schließlich auch ein Margiela", proklamierte Diane, als wäre damit alles klar.

„Tja", kommentierten alle Anwesenden im Chor, was so viel bedeuten sollte wie: Das überrascht uns jetzt gar nicht.

Zum Kotzen, hätte ich gern hinzugefügt. Doch ich hielt mich zurück, da ich einen riesigen Schirm für Viviana zu halten hatte, die eineinhalb Stunden für die Probefotos brauchte, woraufhin wir ins Zimmer zurückkehren mussten, da Dylan sich vor lauter Hitze aufzulösen schien und ihm der Schweiß in Strömen von der Stirn lief. Die Visagistin hatte alle Hände voll zu tun, um sein Gesicht in Ordnung zu bringen. Anschließend ging es wieder in den Park und Viviana schoss Tausende Fotos und ich und Travon führten jeden ihrer Befehle aus. Meine Haare klebten nass an meiner Stirn, aber ich fuhr unbeirrt fort, gemeinsam mit Travon den Gepäckwagen, darauf Viviana, in der Gegend herumzuschieben. Sie hatte nämlich die glorreiche Idee gehabt, sich da hinaufzustellen, um besser fotografieren zu können. Nach rechts und nach links, nach vorne und nach hinten, immer die Schirme bei der Hand, falls wir sie für das richtige Licht aufspannen mussten, ohne dass sie dem Gepäckwagen im Weg waren.

Es war ein Alptraum. Endlich verkündete Viviana, dass die Arbeit für heute beendet sei. Am Morgen darauf würden wir Innenaufnahmen machen, um anschließend für Bearbeitung und Auswahl nach New York zurückzufliegen. Während wir wieder ins Hotel gingen, dachte ich darüber nach, wie schnell heute die Ereignisse aufeinander gefolgt waren. Gleichzeitig war mir jeder Augenblick unendlich lang vorgekommen und ich hatte den Eindruck gehabt, für immer in dem Park eingesperrt zu bleiben.

Beim Abendessen waren Viviana und ich allein. Wir häuften Salat vom Buffet auf unsere Teller und setzten uns, ohne allzu auffällige Blicke auf die leer gebliebenen Plätze von Perrie und Travon zu werfen oder ihre Abwesenheit zur Sprache zu bringen. Der Speisesaal war geräumig und hell, nur wenige Gäste hatten an den Tischen Platz genommen.

„Weißt du, wir hätten auch ein paar Fotos auf dem Golfplatz schießen können", unterbrach Viviana das Schweigen und warf mir einen ihrer vielsagenden Blicke zu. „Aber das wäre zu *voraussehbar* gewesen, findest du nicht?"

„Doch ... ich denke, du hast recht."

„Ich kann immer noch nicht glauben, dass du in einer ultraorthodoxen Gemeinde aufgewachsen bist. Deine Leidenschaft für die Kunst ist dort sicherlich auf Misstrauen gestoßen, oder? Es war gewiss nicht leicht. Aber die Kunst ist stärker als alles andere. An einem bestimmten Punkt kommt sie hoch, ob wir das wollen oder nicht, und von da an sind wir ihr unterworfen."

Ich lächelte respektvoll, unsicher, worauf sie mit ihrem Monolog hinauswollte. Zweifelsohne war meine Kunst nicht „hochgekommen", schon gar nicht vor ein paar Stunden, als ich Viviana auf dem Gepäckwagen durch die Gegend schob.

„Die Fotografie friert das Leben in einen Augenblick ein“, fuhr sie fort und nahm den Mund voll mit Worten, die mir für eine Fotografin ihres Formats zu abgedroschen erschienen. „Die größten Künstler und Intellektuellen sind der Faszination der Fotografie erlegen. Denk nur an Marcel Proust und an all die Stunden, die er mit der Betrachtung der Porträtaufnahme seiner geliebten Albertine zugebracht hat. Oder an Roland Barthes und seine Aussagen zur konzeptuellen Macht der Fotografie. Ganz zu schweigen von André Bazin, mein verehrter André, der vom ‚Mumienkomplex‘ geschrieben hat. Verspüren wir denn nicht alle das Bedürfnis, die Zeit anzuhalten, sie mit unseren Händen einzufangen und die einzelnen Momente zu verewigen? Ist es nicht nur natürlich, dass wir uns so stark zur Fotografie hingezogen fühlen und mit ihr verbunden sind?“

Viviana unterbrach ihren Monolog und sah mich befremdet an, als würde sie erst jetzt meine Anwesenheit wahrnehmen.

„Aber du ... du verstehst nicht einmal die Hälfte von dem, was ich sage, oder? Du hast noch nie von Marcel Proust gehört, nicht wahr?“, fragte sie mich ein wenig erschrocken und in jenem dramatischen Ton, der mich einschüchterte.

„Nein“, gab ich zu und senkte den Blick auf den Teller vor mir.

Viviana führte ihre Gabel zum Mund, auf der sie ein großes Stück frische Rote Bete aufgespießt hatte. „Gerade deshalb gefällst du mir. Auch wenn du nichts von Kunst und Literatur verstehst. Du bist so rein und unerfahren, was die Welt da draußen betrifft, dass du es dir erlauben kannst, einmalige und wunderbare Fotografien zu machen. Du gefällst mir, Ezra. Um die Wahrheit zu sagen: Du erinnerst mich ein wenig an mich. Auch ich bin von meiner Familie weggelaufen, habe meine Stadt verlassen, sogar mein Land ... in Italien war es *absurd*, an die eigenen Träume zu glauben! In New York hingegen wäre es absurd gewesen, nicht daran zu glauben."

„Wenn es dir gefällt, dass ich so unwissend bin, warum hast du mir dann aufgetragen, all die Journale und Zeitschriften zu studieren?"

„*Ha*! Sehr gute Frage. Du lebst jetzt in New York, mein Lieber. Da kannst du deinen Kopf nicht in den Sand stecken wie ein Strauß. Die Zeit der Isolation ist vorbei. Es ist unerlässlich, dass du die Arbeit deiner Kollegen kennst, Ezra. Ich bin aber auch überzeugt, dass du immer jene Distanz beibehalten wirst, die dich so einmalig macht. Erzähl mir doch ein wenig, was du von den Büchern hältst, die ich dir geliehen habe."

„Ich mag *schnappschussartige* Fotos sehr gern. Wenn sie impulsiv, ungekünstelt, ganz nahe an der Realität sind. Ich glaube, das ist die Art Fotografie, die ich machen möchte. Dann, die Kampagne von Bruce Weber für Calvin Klein ist wirklich großartig. Mir hat die Idee von ‚Jugend' als *Marke* gut gefallen. Heute strebt alles danach, eine Marke zu sein. Die Menschen wollen eine Marke sein, vor allem die Celebrities. Aber die Idee, eine ganze Generation als Marke zu bezeichnen, die hat mich sehr angesprochen."

Viviana warf mir einen forschenden Blick zu. Nach kurzem Schweigen sagte sie: „Hast du die Fotografien von Steven Meisel gesehen?"

Nun war es also geschehen. Ja, ich hatte sie gesehen, antwortete ich in möglichst neutralem Ton. Falls sie mich fragen würde, ob sie mir gefallen hätten oder nicht, wie sollte ich antworten? Sollte ich lügen? Vivianas Meinung kannte ich bereits: *Das Amerika der 1960er Jahre – ich liebe seine Atmosphäre,* hatte sie geschrieben.

„Haben sie dir gefallen?"

„Nicht sehr, um die Wahrheit zu sagen. Sie stellen das Gegenteil von dem dar, wie ich gerne fotografieren möchte.“

Viviana blickte mir für einige unendlich lang scheinende Sekunden in die Augen.

„Du hast noch viel zu lernen“, beendete sie dann unsere Unterhaltung. „Weißt du, wenn ich mit Travon sprechen würde ... der weiß mehr, als dem Teufel lieb ist.“

Zurück im Zimmer knallte ich zornig die Tür hinter mir zu, schaltete die Klimaanlage ein, zog mich aus und legte mich aufs Bett. War es das, was ich wollte? Eine Frau auf einem Wagen durch die Gegend schieben? Schwitzen bis zur Auflösung? Mich gedemütigt fühlen? Von diesem Idioten schlecht behandelt werden, der „mehr als dem Teufel lieb war“ wusste? Ich war allein, hatte niemanden an meiner Seite. Travon und Perrie waren wahrscheinlich mit einem Taxi in ein Restaurant weit weg von hier zum Abendessen gefahren, womöglich nach Miami Beach, um sich dann, endlich, in ihrem Bett zurückzuziehen. Ich hatte keine Perrie, die ich mit ins Bett nehmen konnte, keinen Travon, dem ich vertrauen konnte. Seit ewigen Zeiten hatte ich keinen Kontakt mehr zu meinen Eltern, und mit Seth, dem einzigen Freund, den ich in New York hatte, konnte man nur über die Karriere sprechen, Tequila trinken und sich einen Joint nach dem anderen hineinziehen. Niemand hatte erlebt, was ich in Brighton erlebt hatte. Niemand würde mich verstehen können.

Die Ader an meiner Schläfe pochte heftig. Trotz der Klimaanlage liefen mir Schweißtropfen über die Stirn.

Ich sprang vom Bett und zog wütend Vivianas Ausgabe der *Vogue* mit den Fotos von Steven Meisel aus meinem Rucksack. Dann öffnete ich das Federpennal, holte einen dünnen, schwarzen wasserdichten Stift hervor und machte mich über die Zeitschrift her.

Neun

Ein für die Stadt ungewöhnlicher Nebel

hatte sich über Boston gelegt, wie man ihn seit zehn Jahren im September nicht mehr gesehen hatte. So berichtete der *Boston Globe* online und führte aus, dass die Autofahrer zu höchster Aufmerksamkeit beim Fahren angehalten wurden, da das Unfallrisiko bei derartigen Wetterverhältnissen sehr hoch war.

Über New York hingegen war der Himmel klar, ganz so, wie es sich für die Fashion Week gehörte. Während es im Lincoln Center von Journalisten, Fotografen und Leuten wimmelte, die etwas von Mode zu verstehen glaubten, hatte uns Viviana ins Studio gerufen, um uns über ein neues Projekt aufzuklären: Gott Norwy hatte ihr zum dritten Mal seine Kampagne anvertraut. Doch statt sich darüber zu freuen, verkündete Viviana, dass die Annahme dieses Auftrags das größte Risiko ihrer Karriere darstelle. „Man kann im Leben mehrmals Glück haben“, sagte sie, „doch die Wahrscheinlichkeit zu scheitern ist beim dritten Mal am höchsten.“

Wir hatten uns um den Glastisch im Konferenzraum versammelt, wo die wichtigsten Meetings stattfanden, Viviana am Kopfende, zu ihrer Rechten Perrie, die ihre Aufregung kaum in Zaum halten konnte und Vivianas intensiven Blick imitierte, zur Linken Dan Philips, der Creative Director von Gott Norwy. Und dann, in unnatürlich großem Abstand zueinander, saßen da noch Travon und ich.

Nach Miami hatte ich seinen Namen auf Google eingegeben und herausgefunden, dass ich täglich mit einer kleinen Celebrity der Modewelt zusammenarbeitete. Travon hatte fünf Jahre als Model auf den Laufstegen von New York und Paris gearbeitet, als Covermodel bei *GQ* und einige Monate, bevor er zu Viviana kam, bei der Kampagne des Parfüms *Lushh* von Eddie Stuart. Auf den Werbeplakaten, die ich, wie mir erst jetzt einfiel, an diversen Busstationen in Manhattan gesehen hatte, posierte er mit nacktem, glänzendem Körper und erotisch aufgeladenem Blick. Nie wäre ich auf die Idee gekommen, dass das Travon sein konnte.

TMZ hatte zwei Artikel über ihn veröffentlicht. Der erste mit dem Titel „Wer ist das Model von Lushh?!" berichtete, dass Travon aus einer vermögenden Familie der Bronx stammte, jener Bronx, über die die Zeitschriften nie berichteten, und im Alter von neunzehn Jahren auf einem Schnellzug der Linie 1 Richtung Manhattan von einem Modeagenten entdeckt worden war. Für die Parfümwerbung, so erfuhr man weiter auf der News-Website, hatte Travon vierzigtausend Dollar erhalten. Der zweite Artikel hingegen war mit „Wo ist Travon, das Schoko-Model von Eddie Stuart, geblieben?!" überschrieben.

Ich konnte dem Impuls nicht widerstehen und sagte Perrie, dass ich herausgefunden hatte, wer Travon war.

„*Waaas*?", rief sie aus, „das wusstest du nicht?"

„So ist es. Aber was macht er dann hier? Als Assistent von Viviana?"

Perrie stöhnte auf, ganz hingerissen von der Idee, mir brühwarm erzählen zu können, was *TMZ* nicht wusste. „Nachdem Travon mehrere Jahre als Model gearbeitet hatte, reichte es ihm. Er wollte schon immer Fotograf werden und so hat er Viviana letztes Jahr, als er sie kennengelernt hat, gefragt, ob sie ihn als ihren Assistenten anstellt. Das ist so *demütig*, findest du nicht?"

Demütig war das letzte Wort, das mir in Zusammenhang mit Travon in den Sinn gekommen wäre. „Im Internet habe ich gelesen, dass Eddie Stuart ihm vierzigtausend Dollar für die Parfümwerbung gezahlt hat. Warum will er denn Assistent einer Fotografin sein? Noch einige solcher Aufträge, und er hat für die nächsten Jahre ausgesorgt."

„Ezra, die Karriere als Model ist eine Blitzkarriere. Wie sie beginnt, so endet sie auch. Travon hatte Glück, er kann nun ein beeindruckendes Curriculum vorlegen, aber nicht alles ist Gold, was glänzt. Diese Summe hat er dafür verwendet, um die Schulden zurückzuzahlen, die sich im Lauf der Jahre zuvor angesammelt haben. Da gab es Versuche über Versuche, ein Scheitern folgte auf das andere …"

„Und das Cover von *GQ* vor drei Jahren?"

Perrie brach in lautes, bitteres Lachen aus. „Weißt du, wie viel er dafür bekommen hat?"

„Keine Ahnung … fünftausend, zehntausend?", riet ich.

„Null. Ganz genau null Dollar für dieses verdammte Cover, Ezra. Die Modewelt ist anders, als du sie dir vorstellst. Viele der Jobs, die in dieser Branche angeboten werden, sind unterbezahlt oder sogar gar nicht bezahlt."

Ich kehrte nachdenklich zum Meeting zurück. Viviana hatte die Situation unter Kontrolle und schilderte die Details der Kampagne. Sie würde sich auf das Thema *melting pot* und auf die Multiethnizität des 21. Jahrhunderts konzentrieren, erklärte sie. Ein knappes Dutzend weiblicher und männlicher Models unterschiedlicher Ethnien sollten die Protagonisten sein, aus Asien, Skandinavien, Amerika, Afrika, dem Nahen Osten und so weiter. Jedes Model würde die typische Kleidung eines jeweils anderen Kulturkreises tragen. Unter jeder Fotografie würde das Herkunftsland des Models stehen.

„Man kann sich heute nicht mehr erlauben, nur mehr nach dem Äußeren darauf zu schließen, woher unser Gegenüber kommt. Eine Farbige könnte in Kopenhagen geboren sein, ein Junge aus dem Nahen Osten könnte perfekt Chinesisch sprechen; wir können das nicht mehr von vornherein wissen. Wir leben in einer Welt, die Chaos hervorbringt. Doch es ist ein künstliches Chaos, das aus unserem Bedürfnis heraus entsteht, die Menschen auf den ersten Blick zu kategorisieren“, führte Viviana aus.

Dan Philips ergriff das Wort: „Genau deshalb haben wir beschlossen, diese Kampagne zu machen. Um die Menschen zu beruhigen. Um ihnen zu sagen, dass das, was sie fühlen, *natürlich* ist.“

Viviana fuhr in der Erläuterung des Projekts fort und ich fragte mich, welche Rolle die Kleidung von Gott Norwy in den Fotografien spielen würde. Das, was Gott Norwy verkaufte, war keine Kleidung; Gott Norwy verkaufte eine Marke, ein Ideal, einen Lebensstil und eine Denkweise, gab ich mir selbst spöttisch zur Antwort.

„Alles klar soweit. Dann können wir mit dem Casting beginnen“, beendete Viviana zufrieden das Meeting, in dem außer ihr und Philips niemand den Mund aufgemacht hatte. Nun war ich an der Reihe, mich zu Wort zu melden.

„Und wenn ...“, wagte ich.

Alle blickten mich an, Travon feindlich, Perrie unsicher.

„Und wenn wir das Projekt noch einen Schritt weitertreiben? Wir haben drei Aspekte, mit denen wir spielen können: die Ethnie, die Kleidung und die Nationalität. Was, wenn wir alle drei Elemente miteinander vermischen und die Herkunftsländer unter den Fotografien nach dem Zufallsprinzip auswählen? Wäre das nicht eine noch extremere Aussage?“

Viviana schwieg, überzeugt davon, alles gesagt zu haben, was es zur Kampagne zu sagen gab. Das Meeting, zu dem sie uns zusammenkommen hatte lassen, war in Wirklichkeit eine Show gewesen, die zeigen sollte, dass die Werbekampagne bereits mit Philips abgestimmt und besprochen war. Nun hatte ich all dem noch etwas hinzugefügt.

Dan Philips beobachtete mich aufmerksam. „Wie heißt du?“, fragte er.

„Ezra. Ezra Kramer.“

„Deine Idee gefällt mir.“ Er sah Viviana an: „Wir müssen das Konzept überarbeiten.“

Nachdem ich das Studio verlassen hatte, rief ich als Erstes den Besitzer des Rox an und kündigte. Dann ging ich in den Weinladen, den Perrie mir empfohlen hatte, und kaufte auf Anraten des Verkäufers eine Flasche Brunello um hundertfünfzig Dollar, die ich bar bezahlte. Ich hätte eine ausgezeichnete Wahl getroffen, sagte der Verkäufer begeistert, ein äußerst delikater Wein, mit einer deutlichen Note von Rosmarin und Ingwer, rief er mir noch hinterher, als ich bereits beim Ausgang war, die Flasche sicher im Geschenkkarton verpackt. Ich fuhr mit der U-Bahn nach Washington Heights zurück und ließ den größten Erleichterungsseufzer meines Lebens los.

Ich war gerettet. Nach harten Monaten des Arbeitens hatte ich das große Los gezogen. Das Budget, das Viviana für die Kampagne für Gott Norwy zur Verfügung hatte, war so hoch, dass sie beschlossen hatte, uns drei Assistenten sechshundert Dollar zusätzlich zu bezahlen. Das hatte mir nicht nur erlaubt, bei Rox zu kündigen, zumindest für den Moment, sondern hatte mich buchstäblich völlig entspannt. Außerdem hatte dem Kreativdirektor meine Idee so gut gefallen, dass er mich nach dem Meeting beiseite nahm und meinte, er wolle, dass ich die Castings aus der Nähe verfolgte. Innerhalb weniger Stunden hatte mein Selbstvertrauen ein Maß angenommen, wie ich es seit Jahren nicht mehr verspürt hatte.

Zum Abschluss der Fashion Week würde Viviana am Donnerstagabend eine exklusive Party bei sich zu Hause geben, eine Tradition, die denjenigen, die hinter den Kulissen der New Yorker Modeszene arbeiteten, gewidmet war, berühmten Stylisten, Fotografen, Visagisten, Friseuren und so weiter. Perrie hatte mir zwei Fünfzig-Dollar-Scheine in die Hand gedrückt und mir den Auftrag erteilt, in ihrem, Travons und meinem Namen eine Flasche Wein als Geschenk für die Hausherrin zu besorgen.

Doch zuvor würden die Castings stattfinden, und Travon und ich mussten am Vorabend die Outfits, die dafür mit einem LKW angeliefert wurden, in Vivianas Studio bringen. Am Mittwoch wurden dann die Fotos geschossen, und am Donnerstagabend würde ich mich pünktlich um acht in Vivianas Haus in der Upper East Side einfinden, die Flasche Brunello in der Hand und ein aufgesetztes Lächeln im Gesicht. Ich war bereit für diese verrückte Woche und wusste, an Überraschungen würde es nicht mangeln.

Der Anruf, der mich um null Uhr fünfzehn von einer unbekannten Nummer mit der Vorwahl 617 am Handy erreichte, war allerdings eine Überraschung, die ich nicht erwartet hatte. Sechs eins sieben: die Vorwahl von Boston.

Es hätten alle möglichen Leute sein können. Viviana, die mir mitteilte, dass sie dringend nach Boston hatte fliegen müssen und sich nicht um das Casting kümmern konnte. Ein alter Herr, der seine Tochter anrufen wollte, sich aber aufgrund einer schweren Augenerkrankung, die es ihm seit Jahren nicht mehr erlaubte, Zeitung zu lesen, verwählt hatte. Aber nein, es war Mutter. Mutter, die ich seit über zwei Jahren nicht mehr am Telefon gehört und zu der ich keinerlei Beziehung mehr hatte außer jene der schmalen Kuverts mit den hundert Dollar und den beigefügten unnützen Zettelchen, in denen sie mir mitteilte, sie bete zu Gott, es möge mir gut ergehen.

„Ich bin's, Ezra", sagte sie. Das reichte vollkommen. Sie musste nicht mehr sagen. Denn es war klar, sonnenklar, dass nur Mutter mich um diese Uhrzeit aus Boston anrufen konnte, die Stimme tränenerstickt.

Sie hat soeben geweint, dachte ich. *Vielleicht sind ihre Wangen noch feucht*. Die Bosheit und die Wut, die ich so lange nicht mehr verspürt hatte, stiegen in Lichtgeschwindigkeit in mir hoch. Als wären sie nie weggewesen, als hätten sie sich versteckt und nur darauf gewartet, bei der erstbesten Gelegenheit wieder aufzutauchen.

„Hallo", war das einzige Wort, das ich hervorbrachte.

„Hallo", antwortete sie.

Wir hätten den Rest der Nacht so fortfahren und uns begrüßen können. Doch ich wusste, dass etwas geschehen war, nichts anderes konnte dieses Telefonat bedeuten. Und sie wusste, dass ich das wusste. Sie hatte immer meine Handynummer gehabt, mich jedoch seit Jahren nicht mehr angerufen. Vielleicht, weil ich mit der Zeit nicht mehr abgehoben oder weil Vater es ihr verboten hatte? Jetzt jedoch hatte sie mir etwas Dringendes mitzuteilen.

„Es ist etwas geschehen", sagte ich. Das war keine Frage, sondern eine Feststellung.

„Ja", bestätigte sie. „Tante Suzie hatte einen Verkehrsunfall auf der Autobahn. Sie war auf der Rückfahrt nach Newton, nachdem sie den Sommer am Meer verbracht hat. Sie war in ihrem Kleinbus unterwegs, doch dann war da dieser Nebel, und sie konnte nichts sehen ..."

„Lebt sie?"

„Ja", sagte Mutter schnell. „Ja. Sie wurde ins Krankenhaus eingeliefert, ihr Zustand ist äußerst kritisch. Es geht ihr sehr schlecht, Ezra."

Wir schwiegen, ich weiß nicht wie lange, sie wahrscheinlich, um ein paar Tränen zu vergießen, und ich, um darüber nachzudenken, wie verhärtet mein Gefühlsleben mittlerweile war. So brauchte es eine Tragödie, dass Menschen wieder Kontakt aufnahmen, brauchte es eine Tante im Krankenhaus, damit eine Mutter ihren Sohn anrief, dieser abhob, sie einander anschwiegen und warteten, bis einer von beiden den ersten Schritt machte. Ich hätte eigentlich damit rechnen müssen, dass früher oder später etwas geschah, das mich von meinem bequemen Sofa der Unabhängigkeit, Einsamkeit und Verantwortungslosigkeit stieß und in die grausame Wirklichkeit zurückwarf, in die Vergangenheit, die ich zu vergessen versucht hatte, in den unzähmbaren Zorn, den ich für meine Eltern und ihre verdammte Gemeinde empfand.

„Wie geht es dir, Ezra?"

„Ich bin ... verdammt, damit habe ich jetzt nicht gerechnet."

„Ich weiß."

„Bist du im Krankenhaus?"

„Ja."

„Ist Vater bei dir?"

„Nein."

„Weiß er, dass du mich anrufst?", wollte ich fragen. Weiß er, dass du nicht widerstehen konntest, dass du es mir so schnell wie möglich mitteilen musstest, sobald du alleine warst?

Ich setzte mich auf die Fensterbank und blickte auf die Straße. Auch des Nachts ging das Leben in Washington Heights ohne Unterbrechung weiter. Ein Autobus fuhr vor und eine alte Frau stieg aus. Ein junger Latino half ihr dabei und überließ sie anschließend ihrer Gehhilfe und ihrem Schicksal. Der Himmel war stockdunkel, kein einziger Stern war zu sehen, zahlreiche Fenster waren beleuchtet. Die Feuerleitern, die sich wie Gefängnisgitter über die Fassaden zogen, ließen nur erahnen, welche Szenen der Leidenschaft, Müdigkeit, Einsamkeit oder Erleichterung sich dahinter abspielten. Hätte jemand von der gegenüber liegenden Wohnung aus die Szene beobachtet, hätte er einen jungen Mann mit pechschwarzen Haaren gesehen, der, mit einer Hand das Telefon am Ohr haltend und die andere am Fenster, verloren um sich blickte.

„Wie schlimm ist es?"

„Sehr schlimm." Mutter seufzte. „Sie hat sich schwere Verletzungen zugezogen. Nun liegt sie im künstlichen Koma, wegen der Schmerzen. Sollte sie genesen, weiß man nicht, in welchem Zustand sie weiterleben wird."

„Verdammt", wiederholte ich.

Mutter fragte, ob ich sie besuchen kommen würde. Sie fragte es wie nebenbei, als wolle sie den Worten nicht allzu viel Gewicht beimessen. Ich schwieg. Sie besuchen? Wen besuchen? Tante Suzie im Koma oder Mutter, die Tränenfabrik auf zwei Beinen?

Mein Herz begann heftig zu schlagen.

In den letzten Jahren hatte ich eine mögliche Rückkehr nach Boston nie in Betracht gezogen. Ich hatte es vermieden, mich der Frage zu stellen, ob und wann ich meine Eltern je wiedersehen würde.

Und jetzt, wo ich endlich eine Art Gleichgewicht gefunden hatte und einen Platz in diesem verrückten Wirbel von Menschen, der New York war, genau jetzt sollte ich von hier weg? Sicher nicht. In wenigen Stunden begannen die Castings von Gott Norwy, dann das Shooting am Mittwoch, das Editing am Donnerstag und abends die Party bei Viviana ... Nein, es war nicht die richtige Woche, um New York zu verlassen.

Ich beendete das Telefonat, indem ich mich abrupt von Mutter verabschiedete. Mein Brustkorb wurde von heftigen Krämpfen geschüttelt, die Atmung beschleunigte sich und das Herz begann zu rasen, bis ich den Widerstand aufgab und den Tränen freien Lauf ließ. Ich wusste nicht, warum ich weinte: vielleicht wegen Tante Suzie, vielleicht wegen der Aufregung, nach so langer Zeit mit Mutter gesprochen zu haben, vielleicht wegen der Angst, die mir der erneute Kontakt mit meiner Familie in Boston machte, vielleicht wegen allem zusammen.

Am nächsten Morgen fand ich mich um sieben Uhr dreißig in Vivianas Studio ein, wo Perrie dabei war, die Verträge der Models für das Shooting von Gott Norwy auszudrucken. Ich ging zu ihr und legte einen Stapel Bücher und Zeitschriften vor sie auf ihren Schreibtisch.

„Die sind von Viviana“, sagte ich.

„Bestens“, war ihre karge Antwort, ohne dass sie vom Computer aufsah. Nachdem sie den Druckbefehl gestartet hatte, stand sie auf und blätterte die Bücher und Zeitschriften eine nach der anderen durch. Plötzlich hielt sie inne. „Und das?“

Sie hatte die *Vogue* mit Steven Meisels Reportage in der Hand. Das Cover hatte eindeutig Schaden genommen. Sie blätterte die Ausgabe durch und als sie sah, was Meisels Fotos angetan worden war, blieb ihr der Mund sperrangelweit offen. Blitzschnell schlug sie das Heft zu und starrte mich an. *„Das hast du gemacht??“*

Ich nickte. In dem Moment öffnete sich die Tür des Studios, Travon trat ein und legte seine Tasche auf seinem Stuhl ab. „Was ist los?“ Ihm war klar, dass er in etwas hineingeplatzt war.

„Nichts“, beeilte ich mich zu sagen.

Perrie hielt noch immer die Zeitschrift in der Hand. „Die kann ich Viviana nicht geben. Verstehst du?“

Ich zuckte mit den Schultern. „Ich werde schon eine andere finden. Ich bin mir sicher, auf Amazon oder eBay werden sie angeboten.“

„Ezra“, sagte Perrie und versuchte, geduldig und ruhig zu klingen. „Diese Zeitschrift ist über zehn Jahre alt. Sie ist ein wertvolles Dokument. Außerdem ist sie eine von Vivianas Lieblingsausgaben."

„Von welcher Zeitschrift redet ihr denn?", unterbrach Travon sie. Er kam näher und nahm ihr die *Vogue* aus der Hand, der ich in Miami kreativ auf den Leib gerückt war. „Wow", rief er aus und blätterte das Heft durch, „starker Tobak."

„Ezra", wiederholte Perrie in lehrerhaftem Ton, in dem sie nur mit mir sprach. „Lass diese Zeitschrift verschwinden. Viviana wird sehr sehr aufgebracht sein, wenn sie das sieht. Willst du etwa deinen Job verlieren?"

Ich riss Travon die Zeitschrift aus der Hand und steckte sie in meinen Rucksack, gerade noch rechtzeitig, bevor Viviana gemeinsam mit Dan Philips das Studio betrat.

In den folgenden zwei Stunden blieb keine Zeit zum Nachdenken. Die Agentur hatte fünfundzwanzig Models geschickt und im überfüllten Studio ging es laut zu. Obwohl die Klimaanlage eingeschaltet war, war es stickig im Raum, der sonst geräumig und komfortabel war, nun aber voll wie ein Nachtlokal in Greenwich Village. Dennoch warf mir Perrie zwischendurch vielsagende Blicke zu, vielleicht um mich zu ermahnen oder mich aufzufordern, in Zukunft besser Acht zu geben, das wusste ich nicht so genau.

In der Pause ging ich zum Wasserspender, und während ich den Pappbecher mit Wasser volllaufen ließ, hörte ich, wie mich jemand rief. Ich drehte mich um, es war Travon, der sich erstmals mit meinem Namen an mich wandte.

„Die Arbeit, die du da in der Zeitschrift gemacht hast, ist *genial*", sagte er.

Ich starrte ihn ungläubig an.

„Perrie ist aber nicht dieser Meinung ..."

„Perrie denkt zu kleinkariert. Sie ist nur darauf bedacht, ihren Job zu behalten. Du hingegen denkst außerhalb der vorgegebenen Muster. Das meine ich ernst. Du müsstest das veröffentlichen."

„Das ist nicht dein Ernst. Perrie hat gesagt, Viviana gerät außer sich, wenn sie es sieht."

„Hör zu." Eine Gruppe Models bewegte sich auf den Wasserspender zu, Travon zog mich beiseite. „Ich arbeite mittlerweile seit mehreren Monaten mit dir zusammen, und sehe zum ersten Mal, dass du Talent besitzt. Warum behältst du das alles in dir? In dieser Arbeit steckt kritischer Geist. Versteck sie nicht in deinem Rucksack. Ich habe eine Menge Kontakte, kenne den Herausgeber von *Native*, einer Zeitschrift für Mode, Gesellschaft und Politik. Du würdest mindestens dreihundert Dollar für deine Übermalungen von Meisel bekommen."

Wir fuhren mit der Arbeit fort und Travon verlor kein Wort mehr darüber. Er hatte recht: Warum sperrte ich meine Kunst in mir ein? Vielleicht aus Angst, mir Viviana zum Feind zu machen? Sicher, sie hatte Macht und konnte meine Zukunft als Fotograf beeinflussen. Doch war sie auch nur ein Mensch und konnte diesen Einfluss in der wankelmütigen Modewelt von einem Tag auf den anderen verlieren, wo ein Fingerschnippen genügen konnte, um aus mir den bedeutendsten Modefotografen und aus ihr eine Null zu machen. Ich war sicher nicht vor dem Gott meiner Eltern geflohen, um mir in New York einen neuen zu schaffen. Die Zeiten des Schweigens und der Unterwerfung waren vorbei, nun galt es, die Krallen auszufahren und zu handeln. Meine Intervention während des Meetings mit Philips am Tag zuvor hatte klar aufgezeigt, welche Richtung ich einschlagen wollte, und meine kritische Revision von Meisels Reportage würde definitiv aufzeigen, dass ich vom *Follower* zum *Leader* geworden war. Dennoch konnte ich nicht leugnen, dass Travon mir vom ersten Moment unserer Begegnung an feindlich gesinnt war. Es war ziemlich unwahrscheinlich, dass er in jener kurzen Zeitspanne, in der er die *Vogue* durchblätterte, feststellte, dass ich Talent hatte, seine Meinung über mich änderte und es plötzlich für richtig hielt, mich zu unterstützen. Perrie hatte gesagt, dass ich mit der Veröffentlichung dessen, was ich gemacht hatte, meinen Job aufs Spiel setzte; wenn Travon also einen Weg gefunden hatte, mich loszuwerden, ohne sich die Hände schmutzig zu machen? Mir waren sowohl diese Möglichkeit als auch das Risiko, das ich einging, bewusst, als ich ihn am Ende des Tages bat, den Kontakt zwischen dem Herausgeber von *Native* und mir herzustellen.

Es war nach neun, als ich völlig erledigt, aber zufrieden nach Hause kam. Ich überlegte kurz, Mutter anzurufen und mich nach dem Zustand von Tante Suzie zu erkundigen, konnte mich aber nicht dazu durchringen. Sollte es wesentliche Veränderungen geben, würde sie sich schon melden.

„Ezra!“, rief Seth aus der Küche.

„Hi. Du, ich bin total fertig, ich gehe gleich schlafen.“

„Nein, warte. Ich habe Sangria gemacht. Trinken wir doch ein Glas miteinander.“

Ich betrat die Küche und sah ihn eine dunkle Brühe, in der große, schlecht geschnittene Fruchtstücke herumschwammen, in einem Riesentopf umrühren. Das Ergebnis sah alles andere als einladend aus. Ich drehte mich also wieder um und machte mich auf den Weg in mein Zimmer, wo mich ein gemütliches Bett erwartete.

„Ach ja, ich hoffe, es macht dir nichts aus, dass ich die Flasche Wein verwendet habe, die in dem schönen Karton hier herumstand. Mein Wein war gerade alle. Ich kaufe sie nach.“

Ich erstarrte vor Schreck.

„Welcher Wein denn?“

„Na der, der auf der Anrichte stand."

„Nein!!!" Ich schnappte die leere Flasche, die mir Seth entgegenhielt. Es war der Brunello, den ich für Vivianas Fest gekauft hatte. „Sag mir, dass das ein Scherz ist."

Seth blickte mich fragend an.

„Seth!"

„Was habe ich denn angestellt?"

„Warum hast du meinen Wein genommen, ohne mich zu fragen?"

Er zuckte mit den Schultern. „Entschuldige, ich habe dir ja gesagt, ich kaufe ihn nach."

„Dieser Wein kostet 150 Dollar, du Idiot!", schrie ich ihn zornig an.

James kam aus seinem Zimmer heraus. „Entschuldigt, könntet ihr ein wenig leiser sein? Ich bin mitten in einer Videokonferenz mit Seoul."

Ich ignorierte ihn und wandte mich erneut an Seth.

„Du kaufst ihn nach, und zwar auf der Stelle!"

Ich bahnte mir einen Weg durch die Menge und hielt erfolglos Ausschau nach einem bekannten Gesicht. Mit der nachgekauften Flasche Brunello in der Hand streifte ich zwischen Leuten umher, die ich nie zuvor gesehen hatte. Sie nippten an ihren Sektgläsern und unterhielten sich lautstark miteinander. Der Saal war gerammelt voll und ich schwitzte ordentlich im Anzug von Zara, den ich mir noch schnell gekauft hatte, und nun hoffte ich, dass das niemandem auffallen würde. Ich näherte mich dem Buffet, das sich unter der Last der Canapés bog, und stellte die Flasche Wein ab. Ein Kellner kam vorbei, und ich bat ihn um ein Glas Wasser. Er murmelte etwas wie „Ich schau mal nach" und verschwand. Scheinbar war es in diesem Haus leichter, Sekt zu bekommen als ein Glas Wasser. Ich verdrehte die Augen. Ein junger Mann kam auf mich zu, nicht gerade groß, stämmig, intelligenter Blick, braune Haare und ungepflegter Bart.

„Ezra?", fragte er, bemüht, den Krach zu übertönen.

Ich musterte ihn: Er war bescheiden angezogen, strahlte aber eine ordentliche Portion Selbstsicherheit aus.

„Ja. Und wer bist du?"

„Patryk. Freut mich." Er reichte mir die Hand, die ich kräftig schüttelte. Er war mir sofort sympathisch, wohl einer der wenigen auf dieser Party. „Ich arbeite immer wieder mit Travon zusammen; er hat mir von dir erzählt." Er sprach mit ausgeprägtem ausländischem Akzent, den ich nicht einordnen konnte.

„Travon?"

„Ja, zerbrich dir nicht den Kopf darüber. Er ist auch zu mir unausstehlich. Er hat mir von einem Kollegen erzählt, der klein, hässlich und schwarzhaarig ist, und inmitten all der Menschen bist du der erste, der mir auffällt. Lustig, was? Aber ich muss sagen, dass er sich getäuscht hat. Du bist überhaupt nicht hässlich."

„Überaus freundlich von Travon, wie immer", kommentierte ich sarkastisch. Ich bemühte mich erst gar nicht, mit einem Lächeln auf das Kompliment zu reagieren, da mir Sinn und Zweck des Urteils nicht klar waren.

„Und, was arbeitest du?"

„Ich bin Hairstylist. Sieht man das nicht? Wie bei jedem guten Friseur sind auch bei mir die Haare immer unordentlich", grinste er. „Du hingegen wirst in Kürze in *Native* publizieren, habe ich gehört. Nicht übel."

Er erzählte mir, dass er vor einigen Jahren von einem Dorf in der Nähe von Warschau nach New York gekommen war, um eine Ausbildung zum Friseur zu machen. Anschließend hatte er zu arbeiten begonnen und war nie mehr nach Polen zurückgekehrt, um seine Eltern zu besuchen. Es war nicht wegen des Geldes, weswegen er nicht nach Hause fuhr, er verdiente nämlich ausgezeichnet. In seinem Herkunftsland war er wegen seiner Homosexualität häufig diskriminiert worden und fühlte sich nicht mehr als Teil des polnischen Volkes. Warschau war eine lebendige und moderne Stadt, erklärte er mir, was man von den Städten in der polnischen Provinz nicht behaupten konnte.

„Hör mal ...“, ich versuchte das Gespräch abzukürzen, obwohl mir Patryk ziemlich in Ordnung schien. „Hast du zufällig Viviana gesehen? Ich muss ihr diese Weinflasche überreichen.“

„Nein, aber Travon. Er ist dort hinten.“

„Danke dir.“ Bevor ich mich entfernte, gab mir Patryk seine Visitenkarte. Mit einem Lächeln drehte ich mich um und ging auf Travon zu, der mir grußlos die Flasche Brunello aus der Hand riss und mir bedeutete, ihm zu folgen. Ich weiß nicht, ob es an seinem Status als Celebrity in der Modewelt lag oder an seiner Größe, jedenfalls war es für ihn viel leichter als für mich, sich einen Weg durch die Menge zu bahnen; alle stellten anstandslos aus.

Endlich sah ich Viviana, Perrie stand neben ihr. „Da bist du ja“, begrüßte diese mich. Sie hatte ihre großen grünen Augen mit einem breiten Lidstrich und einem Hauch bronzefarbenem Lidschatten betont und strahlte. Mit weitaus größerem Feingefühl als Travon zuvor bei mir nahm sie ihm die Weinflasche aus der Hand und überreichte sie Viviana. „Die ist von deinen Assistenten.“

Viviana trug ihre blond gesträhnten Haare offen, zum auffallenden roten Kleid hatte sie sehr hohe Stöckelschuhe an, die sie noch größer und majestätischer erscheinen ließen als ihre geliebten Stiefeletten, die sie immer am Set trug. Sie gab uns hintereinander ein Küsschen, goss den Wein in Gläser und stieß mit uns auf den Erfolg der neuen Kampagne für Gott Norwy an. Mir gab es einen Stich ins

Herz, als ich an das Geld dachte, das ich für die zweite Flasche auslegen hatte müssen. „Sehen Sie, er hat Ihnen geschmeckt", hatte mich der Verkäufer begrüßt, und ich brachte nicht den Mut auf zu sagen, dass ich ihn mir auch dann kein zweites Mal gekauft hätte. Seth hatte sich geweigert, die Flasche zu bezahlen; ich könne ja die Sangria in die Flasche zurückschütten, nachdem ich die Fruchtstücke entfernt hätte, hatte er gesagt. Schade nur, dass der Wein mit drei Esslöffeln Zucker und einer Dose Sprite malträtiert worden war und Viviana keine zwei Sekunden gebraucht hätte, um zu bemerken, dass es sich nicht um original italienischen Brunello handelte. Zum Teufel mit Seth und seiner Sangria, dachte ich, während ich den Wein in kleinen Schlucken trank. Im Gegensatz zu dem, was der Verkäufer behauptet hatte, konnte ich weder das Aroma von Rosmarin noch jenes von Ingwer erkennen.

Zwei Stunden später stieg ich aus dem Taxi, das mich nach Hause gebracht hatte. Die Wohnung lag ruhig da; James schlief und Seth war zu Rosch ha-Schana zu seinen Eltern nach New Jersey gefahren. Ich war gerade dabei mich auszuziehen, um unter der Dusche alle Empfindungen des heutigen Abends von mir abzuwaschen. Bei Viviana hatte ich mich völlig fehl am Platz gefühlt, ein Fisch ohne Wasser, das war der kleine Ezra Kramer in seinem Zara-Anzug unter all den Snobs gewesen. Da klopfte es an der Tür. Um diese Uhrzeit waren es sicher nicht die Nachbarn, die Mehl oder einen Dosenöffner brauchten.

Ich öffnete die Tür, vor der Sydney stand.

„Hi, was für eine Überraschung!"

„*Ezraaaa*", säuselte sie, warf ihre Arme um mich und drückte dabei ihr ganzes Gewicht gegen mich. „*Wie geeeeht's diiiir?*" Sie war geschminkt und duftete leicht nach Orangenblüten. Sanft schob ich sie von mir weg.

„Gut, danke. Was machst du hier? Seth ist bei seinen Eltern."

„Ich weeeeeiß. Aber er feeeehlt mir so sehr, und ich dachte, ich lege mich ein wenig in sein Beeeeett."

Sichtlich betrunken, nahm sie mich bei der Hand und zog mich ins Wohnzimmer, wo sie mich aufs Sofa stieß. *„Warum bist du naaaackt? Willst du mich provoziiiiiieren?"*

„Ich wollte gerade unter die Dusche."

„Die Duuuuusche. Ich will auch."

Bevor ich reagieren konnte, war sie aus Kleid und BH geschlüpft. Regungslos betrachtete ich sie, ihre Brüste, die rund und fest waren, genauso, wie ich sie mir vorstellte, wenn wir gemeinsam am Arbeiten waren. Die Brustwarzen aber waren viel größer. Mein Herz begann schneller zu schlagen. Sydneys halbnackter Körper war so nah und gleichzeitig so fern. Ich konnte die roten Pünktchen auf ihren Beinen sehen, sie hatte sich wohl kürzlich enthaart, ihren Rücken, dessen unterer Teil leicht nach vorne gebeugt war, ihre Lippen, auf denen ein schelmisches Lächeln glänzte. Meine Neugierde war geweckt, gleichzeitig war ich auf der Hut, unter Strom und ängstlich zugleich, während Sydney mit langsamen Bewegungen auf das Sofa zukam. Das Blut pochte in meinen Schläfen, im Herz und in den entlegensten Teilen meines Körpers, doch ich rührte mich nicht, wie gelähmt von der unerwarteten Entwicklung der Ereignisse.

„Was waaaartest du denn? Geh'n wir in die Duuuusche."

Sie war die Freundin meines besten Freundes. Sie war nicht nüchtern. Ich hätte sie mit keinem Finger berühren, sondern sie zwingen sollen, sich anzuziehen, und sie anschließend wegschicken. Doch in dem Zustand, in dem sie sich befand, war es wohl das Beste, sie hier schlafen zu lassen, bis sie wieder nüchtern war. Sie war ja hier mit mir. Ich war ein Freund und würde ihr nie etwas Böses antun.

Wobei, wenn ich genauer darüber nachdachte, war sie gar nicht Seths richtige Freundin. Sie war nur seine Bettgenossin. Er hatte sich immer geweigert, sich ernsthaft mit ihr einzulassen, also hatte sie alles Recht der Welt, sich ein wenig mit jemand anderem zu vergnügen ... Außerdem hatte sich Seth in dieser Woche wirklich unmöglich benommen. Und er war in New Jersey, würde also nichts erfahren ... Sydney war betrunken, und das bestärkte mich nur, ihre Einladung anzunehmen ... Vielleicht würde sie aufwachen, ohne sich zu erinnern, was gerade zwischen uns geschah ... und schon umklammerte ich sie, küsste Gesicht, Brüste, Brustwarzen. Wir gingen nicht einmal in mein Zimmer, kümmerten uns nicht um James' Anwesenheit, um die Welt oder um die guten Absichten. Dahin mein Vorhaben, nur mit einer Person ins Bett zu gehen, die ich wirklich liebte. Als ich mit der Zunge unter Sydneys Bauchnabel ankam und ihr das Höschen auszog, stöhnte sie leise auf und ein Zucken fuhr durch ihren Körper. Ich packte ihre Schenkel und es war nicht mehr klar, wo sie anfing und wo ich. Wir waren eins mit dem Sofa, eins mit unserer sexuellen Begierde und der Lust zu geben und zu empfangen. Ich entdeckte, wie sehr ich es genoss, ihren Körper ganz auf dem meinem zu spüren, Lippe an Lippe, Brust an Brust, Bauch an Bauch, Schenkel an Schenkel, Fuß an Fuß. Ich drang immer tiefer in ihren weichen und duftenden Körper ein, ohne darüber nachzudenken, dass es vielleicht klug gewesen wäre, für ein Kondom zu sorgen. Und ich glaube, in dem Moment, in dem ich zum Höhepunkt kam und Sydney vor Lust aufstöhnte, wurde mir bewusst, dass vierhundert Kilometer von uns entfernt in einem Krankenhausbett am Stadtrand von Boston gerade Tante Suzie gestorben war.

den Geschmack von Boston angenommen. Innerhalb weniger Stunden war alles wieder so, wie es einst gewesen war, und Verbitterung, Zorn, Ohnmacht und Trauer hatten erneut von mir Besitz ergriffen.

Während der Bus über die Autobahn raste, vorbei an den hohen Bäumen von Massachusetts, ließ ich meinen Tränen freien Lauf. Wie hatte ich nur so tief fallen können? Mich derart abkapseln, dass ich sogar Tante Suzie vergaß und alles, was sie für mich getan hatte? Ich wusste nicht, wann ich den Tiefpunkt erreicht hatte – vielleicht, als ich es vorzog, mich auf Vivianas Spiel einzulassen, anstatt zur einzigen Person auf der Welt zu fahren, die immer bereit war, mir zu helfen, oder vielleicht, als ich meinen besten Freund verriet, indem ich mit seiner Freundin ins Bett ging. Was ich mit Sicherheit wusste: Ich war ganz unten angekommen und hatte keine Ahnung, wie ich die Kraft aufbringen konnte, um wieder nach oben zu gelangen.

Je mehr wir uns Boston näherten, desto eindrücklicher kam mir Carmi in den Sinn, der einzige Mensch aus meiner Vergangenheit, an den ich regelmäßig dachte, seit ich nach New York gegangen war. Ich dachte an Brighton, an mein Zuhause, wo ich aufgewachsen war, und an die Wut, die mich dazu gebracht hatte, meine Gemeinschaft zu verlassen.

Carmi war der größten Ungerechtigkeit zum Opfer gefallen, die ich je erlebt hatte. Hatte ich mich in der Zeit, während der ich in New York meinem Traum nachjagte, die Geschehnisse in Brighton zu vergessen bemüht, so wurde mir erst jetzt bewusst, wie stark und leidenschaftlich mein Wunsch geblieben war, Carmi zu rächen. Ich hatte Jahre damit zugebracht, in anderen Menschen danach zu suchen, was nützlich für mich war. Sydney war nützlich gewesen. Adam und Seth ebenso. Tante Suzie – gesegnet sei ihr Andenken – war mir verdammt nützlich gewesen, und ich hatte es skrupellos ausgenutzt. Carmi hingegen nicht. Ihn hatte ich nie auf diese Weise betrachtet. Er war mein Freund und Bruder gewesen, gab mir Trost und Rettung ebenso wie er Anlass für Verzweiflung, Frustration und Enttäuschung gewesen war. Carmi war für mich alles und nichts gewesen, das Größte und das Kleinste, das Beste von ihm und das Schlechteste von mir und umgekehrt.

Das Haus meiner Eltern wirkte ausgestorben. In meinem Zimmer hatte sich nichts verändert, als hätte niemand es über die Jahre betreten, was vielleicht auch so gewesen war. Meine Eltern hingegen waren sichtlich gealtert. Beide waren abgemagert, hatten mehr Falten im Gesicht und weniger Kraft in den Körpern und schienen sich gemeinsam auf einen frühzeitigen Lebensabend hinzubewegen.

Ich setzte mich auf das Bett, in dem Carmi während seiner Zeit bei uns geschlafen hatte. Mutter betrat wortlos das Zimmer.

„Was für eine Sehnsucht", sagte ich und musste schluchzen.

„Ja. Eine große Sehnsucht", wiederholte sie flüsternd, setzte sich neben mich und drückte mich fest an sich.

Wir bezogen uns wahrscheinlich nicht auf denselben Menschen, aber uns beiden fehlte jemand, und beide litten wir unter dessen Abwesenheit. Es war unwichtig, ob mir Carmi fehlte und ihr Tante Suzie. In diesem Augenblick zählte einzig und allein, dass wir uns nahe waren.

„Du hast mir gefehlt, Ezra. Ich habe Tag und Nacht zu Gott gebetet, du mögest zu uns zurückkehren und wieder an unserem Leben teilnehmen."

Ich antwortete nicht.

„Es waren sehr harte Jahre. Ich weiß nicht, wie alles dermaßen schiefgehen konnte und warum Gott uns diese Prüfungen auferlegt hat. Seit Frau Taub gestorben ist, ist so viel Unglück über uns alle hereingebrochen. Ein nicht enden wollender Fluss an Negativität. Aber wir vertrauen fest in Gott. Ich jedenfalls, ich vertraue fest in ihn. Auch diese Schwierigkeiten werden einen Sinn haben."

„Das stimmt, es war schwierig. Es war schwierig, hier zu leben, abgekoppelt von eurer Wirklichkeit und euren Ideen. Genauso wie es schwierig war, mir ein unabhängiges Leben aufzubauen, weit weg von allem, was mir vertraut war. Tante Suzie war eine wunderbare Tante. Sie hat mich in jedem Augenblick meines Lebens unterstützt. Das habe ich ihr nie gesagt. Ich habe sie nie meine Dankbarkeit spüren lassen. Kann auch sein, dass ich sie erst heute erkenne."

„Ach, Ezra. Es tut mir so leid, dass alles so schwierig war."

„Ich denke, für Carmi war es weitaus schwieriger als für uns alle. Glaubst du nicht auch?"

„Ich weiß es nicht, Ezra, ich weiß es wirklich nicht. Es war alles so ... *falsch*. Ich habe Nächte damit zugebracht, darüber nachzudenken."

Meine Augen, die von den Tränen brannten, wurden schmal vor Zorn. „Du hast Nächte damit verbracht nachzudenken? War das alles, was du zustande gebracht hast? *Nachdenken*??"

Mutter sah mich irritiert an. Sie hatte erwartet, dass ich sie früher oder später angreifen würde, aber nicht so schnell. Ich ließ mich von ihrem Blick nicht abschrecken und fuhr fort.

„Warum bist du nur so passiv? Carmi ist weggegangen oder wurde davongejagt, das wissen wir nicht, und die Gemeinde hat dazu geschwiegen und zugesehen. Nicht einmal der Rabbiner hat einen Finger gerührt. Alle haben

Nächte damit zugebracht, *darüber nachzudenken*, aber niemand hat es gewagt zu handeln. Weil es besser ist, sich bestimmten Problemen nicht zu stellen, nicht wahr? Sie sind zu unbequem. Richtig?"

„Fahr mich nicht so an", sagte sie und berührte mich am Handgelenk. „Es war eine Angelegenheit der Familie Taub. Wir konnten uns nicht einmischen. Herr Taub hatte die volle Verantwortung über seinen Sohn zurückerhalten, was hätten wir tun sollen? Wir haben nie vorgehabt, die Entscheidung der Anwälte anzufechten."

„Es geht doch nicht um die Anwälte! Und auch nicht um Herrn Taub. Sondern um einen Jungen, der gelitten hat, während die Gemeinde ihre Hände in den Schoß legte."

„Ezra, du beschuldigst mich für etwas, wofür ich nichts kann. Ich habe keine Stimme. Ich habe keine Autorität. Wenn es Carmi schlecht ging und wir ihm nicht helfen konnten, so sehe ich nicht ein, warum du mich nun anklagst, dafür verantwortlich zu sein."

„Nicht *du* bist dafür verantwortlich, Mama, nicht du. *Ihr* seid es. Ihr als Gemeinschaft. Ihr als die ultraorthodoxe Gemeinde von Brighton. Ihr als ultraorthodoxes Judentum. *Ihr*."

Nun war sie es, der die Worte fehlten. Ich sah zum Fenster hinaus. Der Bostoner Herbst hatte bereits begonnen, die Bäume rot, orange und kastanienbraun zu tönen, ein prächtiges Farbenspiel, das mir in New York abgegangen war. Doch im Haus schien sich nichts verändert zu haben. Meine Eltern waren noch immer blind vor Glauben, und ich blind vor Hass.

„Bleibst du bis Rosch ha-Schana?", fragte Mutter schließlich. Das jüdische Neujahr war in einer Woche.

„Ich weiß noch nicht, Mama. An diesem Ort gibt es zu viele Probleme. Ich habe zu viele Probleme. Ich weiß nicht. Vater hat noch kein Wort mit mir gesprochen."

„Und du? Hast du ihn angesprochen? Gerade, dass du ihn begrüßt hast."

„Muss ich dich daran erinnern, wie er mich behandelt hat, als ich beschloss, nicht an der Yeshiva zu studieren?"

„Ezra ...", setzte sie an, ohne fortzufahren. Sie hielt eine Hand in der anderen, als müsste sie beide vor den Worten schützen, die scharf wie Klingen aus meinem Mund kamen, vielleicht aber auch, um sich selbst daran zu erinnern, dass sie zwei Hände besaß. Sie hatte die Augen zu Boden gesenkt: „Was haben wir falsch gemacht?"

Was hatten sie falsch gemacht. Alles? Oder mehr? War es falsch von ihnen gewesen, mich hier aufzuziehen, in dieser Welt von unumstößlichen Sicherheiten und Regeln, von Tabus und Verboten? Hatten sie falsch gehandelt, als sie sich um jeden Preis an eine Gemeinschaft anpassen wollten, als deren Teil sie sich in Wirklichkeit nie fühlten? Hatten sie in ihren Entscheidungen gefehlt, in den Prioritäten, die sie gesetzt hatten?

Ich sah Mutter an. „Ihr habt mir nie die Möglichkeit gegeben zu entscheiden. Der Glaube ist eine sehr persönliche und subjektive Angelegenheit. Ihr habt mir eure Auslegung als die einzig richtige präsentiert. Ihr habt mir nie die unterschiedlichen Arten des Judentums gezeigt, sondern habt mich von der euren verschlingen lassen, und das war's. Als ich dann entschieden habe, einen Weg einzuschlagen, der anders als der eure ist, habt ihr mir die Tür vor der Nase zugeschlagen."

„Das ist es, woran wir glauben", sagte Mutter mit Nachdruck. „Wie konnten wir dich aufziehen und sagen, dass es andere Möglichkeiten gibt? Andere Religionen? Andere Lebensweisen, die du annehmen könntest? Das hätte unseren Prinzipien widersprochen."

Ich hielt den Blick fest auf sie gerichtet und schleuderte ihr meine Wahrheit ins Gesicht. „Ihr habt euch dermaßen abgemüht, alle Teile miteinander in Einklang zu bringen, dass ihr das Wesentlichste aus den Augen verloren habt. Ihr wolltet eine Gemeinschaft und habt die Familie entkommen lassen. Ihr wolltet Gott und habt die Menschen vergessen. Manchmal denke ich, dass ihr die Wirklichkeit im Weitwinkel betrachtet habt: Um den Überblick nicht zu verlieren, habt ihr in Kauf genommen, dass sich der Blick auf die Dinge im Vordergrund verzerrt."

Mutter umarmte mich schluchzend, und mir war klar, so sehr sie von meinen Worten verletzt und von deren Wahrheit überzeugt war, in Brighton würde sich nie etwas ändern. Ich konnte mich ändern, unsere Beziehung konnte sich ändern. Meine Eltern jedoch hatten Position bezogen, hatten Partei ergriffen, und nunmehr war es zu spät, um die Uhr zurückzudrehen.

Hand in Hand gingen Mutter und ich die Treppen hinab und stiegen schweigend zu Vater ins Auto, der auf uns wartete, um zum Friedhof zu fahren. Vater und ich ignorierten uns mit Bestimmtheit. Tante Suzie wurde im Beisein von Rabbiner Hirsch, der mich freundlich begrüßte, sowie dessen Frau und einigen Mitgliedern der Gemeinde in der Nähe von Frau Taub beerdigt. Nach der Zeremonie gingen meine Eltern und ich zum Friedhofsausgang. Ich drehte mich noch einmal um und überraschte den Rabbiner, wie er mir nachdenklich hinterhersah, als überlegte er, ob er mir etwas mitteilen sollte oder nicht. Wir stiegen ins Auto und fuhren nach Hause.

Die Augen noch vom Weinen gerötet, schnappte ich meine Reisetasche und nahm den ersten Bus nach New York. Es war mir unmöglich, auch nur eine Nacht in jenem Haus zu verbringen, geschweige denn den jüdischen Neujahrstag.

Zurück in Washington Heights, wusste ich, dass alles anders war als vorher. Es war sinnlos, sich das Gegenteil vorzumachen. Seth und ich konnten keine Freunde mehr sein; ich hatte sein Vertrauen missbraucht und die Schwäche von Sydney ausgenutzt, während sie beide mich von Beginn an unterstützt hatten. Auch meine Einschätzung von Viviana hatte sich geändert. War ihre Anerkennung bis vor kurzem noch das Allerwichtigste für mich gewesen, erschien sie mir plötzlich unwesentlich. Ich war überzeugt, mir mit meinen Fähigkeiten auch ohne ihre Hilfe eine Karriere aufbauen zu können. War ich beruflich am Gipfel meines Selbstbewusstseins angelangt, ließ sich das von meiner Moral nicht behaupten. Tante Suzies Tod und meine Reise nach Boston hatten mir mein egoistisches Verhalten vor Augen geführt. Ich hatte mich so daran gewöhnt, das Nützliche in den Personen zu suchen, dass ich unmerklich ein widerwärtiger Mensch geworden war. So musste erst Tante Suzie sterben, damit ich meiner Familie einen Besuch abstattete.

Der Zeitpunkt war gekommen, die Karten neu zu mischen. Das Spiel hatte sich abgenutzt und unerfreuliche Züge angenommen.

Ich holte Laufschuhe und Regenjacke aus dem Schrank und zog sie nach langer Zeit wieder an. Es regnete in Strömen, doch ich ließ mich davon nicht abhalten, verließ das Haus und begann zu laufen in der Hoffnung, die Spannung, die sich in den letzten Stunden in meinem Körper aufgebaut hatte, loszuwerden. Ich lief, so schnell ich konnte, ohne mich um meinen immer kürzer werdenden Atem zu kümmern. Es war das erste Mal seit Monaten, dass ich wieder Sport betrieb: Gleichzeitig für Viviana und im Rox zu arbeiten hatte mir keine Zeit für den Luxus körperlicher Aktivität gelassen. Ich kam zum Fort Tryon Park, der dunkel und verlassen dalag, und lief quer durch ihn hindurch, klatschnass vom Regen und bibbernd vor Kälte. Mein Kopf begann leer zu werden, ich konzentrierte mich ganz auf den Weg, um nicht über eine Baumwurzel oder eine Steinstufe zu stolpern. Nach einiger Zeit, ich kann nicht sagen wie lange, kam mir vor, als ob jemand mein Leben zurücksetzte und mir so die Möglichkeit gab, noch einmal von vorne zu beginnen. Es fühlte sich bizarr an. Die Regentropfen spülten all den Dreck weg, der sich im Lauf der Jahre angesammelt hatte, jenen, mit dem die anderen mich bewarfen, und jenen, mit dem ich mich selbst besudelt hatte. Dennoch hatte ich keine Ahnung, wie das gehen konnte, von vorne anfangen. Als ich nach der High School nach New York gekommen war, hatte ich bereits geglaubt, das sei die Chance meines Lebens: Weit weg von der Gemeinde und von meinen Eltern hatte ich die konkrete Möglichkeit gehabt, mich neu zu erfinden. Konnte es sein, dass ich diese Möglichkeit in so kurzer Zeit verspielt hatte? Dass ich mich wieder am Anfang befand?

Diese bösen Gedanken ärgerten mich. Ich war zu hart gegen mich selbst, sagte ich mir dann, von einer unerwarteten Welle des Wohlwollens durchflutet. Dass nun eine andere Seite aufgeschlagen wurde, bedeutete nicht, dass die Jahre in New York umsonst gewesen waren. Im Geist ging ich die Liste meiner Erfolge durch: Ich hatte zusammen mit Sydney ein wunderbares Portfolio erstellt, war von meinen Eltern unabhängig geworden und konnte mir meinen Lebensunterhalt durch meine Arbeit im Rox selbst verdienen. Ich hatte den Job als Vivianas Assistent erhalten, meine Ideen hatten dem Kreativdirektor von Gott Norwy gefallen; ich war gewachsen, und mit jedem Tag fühlte ich mich stärker und selbstsicherer – bis jetzt. Denn jedem Erfolg stand ein Scheitern gegenüber. Ich hatte die Situation ausgenutzt, als Sydney betrunken vor meiner Tür stand, und ihr den letzten Rest an Würde genommen, der ihr geblieben war. Ich hatte die Gelegenheit ergriffen und sie anschließend weggeschickt mit den Worten, sie solle vergessen, was geschehen war. Ich war gerade dabei, meinen Job bei Viviana aufs Spiel zu setzen, nur um meinen kindischen Wunsch erfüllt zu sehen, meine Arbeit bei *Native* zu publizieren, was ihr sicherlich ganz und gar nicht gefiel. All die Monate, die ich im Studio verbracht hatte, um an der Seite einer Nervensäge wie Travon und einer Süßholzrasplerin wie Perrie für sie zu schwitzen und zu schuften, wurden sogartig in der Toilettenspülung nach unten gezogen.

Wieder zu Hause schluckte ich zwei Schlaftabletten. Eigentlich hätte eine halbe reichen müssen, aber ich war dermaßen abhängig geworden, dass ich gezwungen war, regelmäßig die Dosis zu erhöhen, um eine schnelle Wirkung zu erzielen. Mit den Laufschuhen an den Füßen schlief ich ein.

Am kommenden Morgen ging ich zur Arbeit, als wäre nichts geschehen. Ich unterschrieb die Honorarnote von Gott Norwy über die zusätzliche Summe für meinen Kreativbeitrag zur neuen Kampagne. Dann setzte ich mich schweigend hin und hörte Viviana zu, die uns vom nächsten Projekt erzählte, ohne auch nur ein Wort von dem, was sie sagte, zu verstehen. Ich beobachtete Travon, der Notizen in seinen Laptop klopfte. In wenigen Tagen würde ich herausfinden, wie ehrlich er zu mir gewesen war, als er mich überredet hatte, meine Arbeit an *Native* zu schicken.

Es war, als würde alles um mich herum in Schwarzweiß ablaufen, und ich mittendrin, der schaute, ohne zu sehen, und lauschte, ohne zu hören.

Am Abend setzte ich mich aufs Sofa, wo ich Sex mit Sydney gehabt hatte, und blieb dort weiß Gott wie lange sitzen. Seth war noch nicht von New Jersey zurück und James war wie immer in seinem Zimmer und arbeitete. Daher war ich ziemlich überrascht, als er mich rief: „Ezra?"

„Ja?"

Auf dem Rückweg vom Bad zu seinem geliebten Computer war er vor mir stehen geblieben. Ihm im Flur über den Weg zu laufen war schon ein außergewöhnliches Ereignis, erst recht, von ihm angesprochen zu werden.

„Alles klar?"

„Nein. Doch, ja. Warum?"

„Du bist regungslos dagesessen und hast eine Ewigkeit ins Leere gestarrt, ohne mich zu bemerken."

„Entschuldige. Ich bin etwas durcheinander."

Ich war völlig verblüfft, als er fragte, was mit mir los sei. Und im nächsten Moment schon brach alles, was mir gerade ständig durch den Kopf ging, aus mir heraus: Tante Suzies Tod, der endgültige Bruch mit meinen Eltern, mein verzweifelter Wettlauf um die Karriere. „Ich gehe gleich einmal in die Luft", beendete ich meinen Wortschwall.

„Ich kenne einen ausgezeichneten Arzt in Queens", sagte er daraufhin, ging in sein Zimmer und kam nach einigen Minuten mit einer Visitenkarte zurück.

Doktor Wagner war ein Psychiater, der sich auf Angststörungen spezialisiert hatte. Obwohl ich noch nie in meinem Leben unter einer Panikattacke gelitten hatte – Carmi hätte während meines letzten Jahres in Brighton wohl einen Arzt wie ihn gebraucht –, beschloss ich, dass ein Versuch nicht schaden konnte. Ich vereinbarte einen Termin für die darauf folgende Woche, wo ich mich in der kleinen Praxis einfand, ohne zu wissen, was ich von mir, und erst recht nicht, was ich von ihm erwarten konnte. Ein etwa dreißigjähriger Mann empfing mich, er hatte eine Glatze und trug eine Brille mit schwerem, schwarzem Gestell. „Guten Abend", begrüßte er mich, gab mir die Hand und nannte mich „Herr Kramer". „Ist es das erste Mal, dass Sie einen Psychiater aufsuchen?"

„Ja“, antwortete ich und schaute mich um. Der Raum war nüchtern und schmucklos eingerichtet. Weder ein Bild an der Wand noch eine gerahmte Fotografie am Schreibtisch, nichts. Ich erinnerte mich, wie mich meine Eltern als Jugendlichen zu Nora Oppenheimer geschickt hatten, und musste lächeln. „Um die Wahrheit zu sagen, ich weiß nicht, ob ich richtig bei Ihnen bin. Ich fühle mich zurzeit etwas desorientiert, obwohl ich immer alles unter Kontrolle haben will. Daher mein Entschluss, Sie aufzusuchen. Ich möchte diesen Knoten, den ich in mir spüre, auflösen.“

Ich begann ihm meine Geschichte zu erzählen, von meinen Eltern und der Gemeinde, von Carmi, von meiner Flucht nach New York und von meinem beruflichen Leben. Je mehr ich erzählte, desto klarer wurde mir, wie schwierig alles zu erklären war. Es erschien mir unmöglich, die chaotische und ungeordnete Abfolge der Ereignisse in einen vernünftigen Zusammenhang zu bringen, damit ich zur Wurzel meines Problems vordringen und es ein für alle Mal lösen konnte. Der Arzt unterbrach mich nicht, forderte mich aber auch nicht auf weiterzusprechen; er ließ es mir über zu entscheiden, wann er an der Reihe war.

Als ich schließlich fertig erzählt hatte, begann Doktor Wagner, in monotonem Tonfall zu sprechen. Er blickte mich dabei nicht an und stellte Fragen, bei denen ich keinerlei Zusammenhang mit meiner Geschichte erkennen konnte: Welche Medikamente ich regelmäßig zu mir nehme, ob darunter Psychopharmaka seien. Ich sagte ihm, ich litte unter Schlaflosigkeit und nähme seit mehr als einem Jahr Schlafmittel ein; er wollte wissen, welches Schlafmittel in welcher Dosis.

Schließlich kam er auf meine Ausführungen zu sprechen. „In Anbetracht Ihrer Jugend haben Sie sich großen

Herausforderungen stellen müssen. Sie sollten sich stark fühlen, dass Sie trotz aller Widerstände dazu fähig waren. Sie sollten nicht zulassen, dass diese Geschehnisse Ihr Leben weiterhin prägen und Sie zu einem hoffnungslosen Opfer machen. Es liegt an Ihnen festzulegen, wann der Moment gekommen ist, ein neues Kapitel anzufangen."

„Ich möchte ja, aber wie? Wie kann ich neu anfangen, wenn ich mich noch so stark an meine Vergangenheit gebunden fühle? Mir kommt vor, ich habe mit meinem Leben vor New York noch nicht abgeschlossen. Wie kann ich in einer derartigen Situation etwas Neues beginnen?"

„Machen Sie sich auf die Suche nach Wahrhaftigkeit, knüpfen Sie echte Beziehungen. Sie waren ohne Geld, mussten sich also stark auf die Arbeit konzentrieren. Nun jedoch ist es wichtig, dass Sie sich auch auf andere Aspekte des Lebens einlassen. Das ist es, was Sie selbst tun können. Den Rest werden die Medikamente für Sie erledigen. Sie haben zu lange versucht, Ihre Probleme ausschließlich mit Schlafmitteln zu lösen. Schlaflosigkeit ist nur ein Symptom Ihres Unwohlseins. Meiner Meinung nach umfasst es zahlreiche weitere Bereiche Ihres Lebens. Ich empfehle Ihnen ein Antidepressivum. Es wird Ihnen helfen, schwierige Momente zu überwinden, Sie allgemein ruhiger machen und Ihnen so erlauben, ohne Schlafmittel auszukommen."

Er füllte ein Rezept aus, reichte es mir und wirkte dabei viel natürlicher als während des gesamten Gesprächs. Ich hatte den Eindruck, dass seine Arbeit mehr darin bestand, Rezepte auszufüllen und unter die Leute zu bringen, als mit diesen über ihre Probleme zu reden. Ich faltete es zusammen, warf dabei einen flüchtigen Blick auf den Namen des Medikaments und merkte ihn mir. Amerika lebte von Vitamintabletten, Proteinriegeln und Psychopharmaka. Ich war mir nicht sicher, ob ich diese Tradition fortsetzen wollte.

Es war nach sechs, als ich die Praxis verließ, und regnete in Strömen. Ich hatte keinen Schirm dabei und hielt das Rezept in Händen. War es Versehen oder Absicht, jedenfalls ließ ich zu, dass sich der Regen erbarmungslos über das Blatt Papier hermachte und die Schrift sich in nichts auflöste. Was davon übrig blieb, waren die Tintenspuren auf meinen Fingern.

Die Oktoberausgabe von *Native* war in transparenter Folie verpackt. Auf einem weißen Blatt Papier waren mein Name und meine Adresse aufgedruckt. Ich riss die Verpackung auf, während ich auf den Lift wartete, und blätterte ungeduldig das Heft durch, dessen Seiten nach frisch bedrucktem Papier dufteten. Mein Beitrag war auf Seite 46.

Was die Protagonisten von Steven Meisels The Good Life *wirklich dachten.*

Auf den folgenden Seiten waren die Fotografien der Kampagne von Meisel abgedruckt, die Viviana so sehr mochte. Doch jede abgelichtete Figur war mit einer dunklen Wolke versehen, in der ihre Gedanken kreisten, düstere, traurige, unanständige, wütende, bittere, hässliche, Selbstmordgedanken.

Meisels Protagonisten verkörperten die Perfektion schlechthin. Jedes Härchen war am richtigen Platz; sie liebten ihre Freunde und ihre Familien, trugen sorgfältig gebügelte Kleidung. Doch ihr Leben war genauso chaotisch wie das all der Menschen um mich herum. Frauen waren an Männer gebunden, die sie nicht liebten, junge Menschen hatten ihre besten Freunde verloren, Söhne hassten ihre Väter, Verlobte waren einander untreu, Frauen an Krebs erkrankt, Freunde konkurrierten untereinander.

Ich hatte die Protagonisten von *The Good Life* bloßgestellt, indem ich ihnen mit einem schwarzen Stift eine Reihe von Sätzen verpasst hatte, das war alles. Das Ergebnis war ätzend kritisch und unendlich schmerzvoll. Meine Augen brannten und ich blinzelte mehrmals. Schließlich merkte ich, dass der Lift wohl bereits seit einer geraumen Weile zum Stehen gekommen war.

In der Wohnung stellte ich Nudelwasser auf und ging in mein Zimmer. Während ich darauf wartete, dass das Wasser kochte, fuhr ich den PC hoch und sah, dass eine E-Mail von Travon eingegangen war. Er schrieb mir: *Gratuliere zur Publikation, Ezra!*

Die Mail, die auch an Viviana gegangen war, enthielt einen Scan der ersten Seite meines Beitrags.

Travons Absichten, das war hiermit definitiv bewiesen, waren also böswillig gewesen. Er hatte die Gelegenheit genutzt, um mich von Viviana feuern zu lassen. In Erwartung einer Nachricht von ihr starrte ich für mehr als zehn Minuten auf den Bildschirm. Keine Antwort. Weitere zehn Minuten: nichts. Schließlich sank ich müde am Schreibtisch zusammen, wo mich ein verdächtiger Geruch nach Verbranntem aus meinem Halbschlaf riss. Ich lief in die Küche, wo das Wasser vollends verdampft und der Topf auf der Herdplatte dabei war, Feuer zu fangen.

Ich hatte keine Ahnung, was mich am nächsten Morgen bei der Arbeit erwarten würde. Zu meiner großen Überraschung geschah rein gar nichts. Viviana begrüßte mich wie immer. Travon warf abwechselnd ihr und mir Blicke zu. Am Abend, als ich wieder daheim war, fand ich im Posteingang einundsiebzig Mails. In den meisten gratulierte man mir begeistert zum Beitrag in *Native*, alle ziemlich bedeutungslos, bis auf die letzte Nachricht: Ein Redakteur von *Dope* wollte mich so bald wie möglich bei einem Kaffee in Midtown treffen.

Am Tag darauf traf ich mich mit einem gepflegten, hochgewachsenen Mann, Glatze, Markenanzug, polierte bordeauxrote Schuhe und ein gigantisches rotes Brillengestell auf der Nase. Ich sah ihn direkt vor mir, wie er aus einem schwarzen Auto mit Chauffeur stieg und schnellen Schrittes auf den Wolkenkratzer zuging, in dem sich die Redaktion von *Dope* befand. Er sagte, er wolle mich *unbedingt* besser kennenlernen, meine Arbeit in *Native* sei nämlich *göttlich*. Während der zwei Stunden unseres Treffens kam ich kein einziges Mal dazu, das Wort zu ergreifen. Er sprach ohne Unterbrechung, bis ich mein Portfolio herauszog und es ihm zeigte. Daraufhin sagte er einige Sekunden lang nichts, um dann wieder loszulegen und mich für den kommenden Tag in sein Büro zu bestellen. „Ich möchte dich ein paar Kollegen vorstellen", beendete er das Gespräch und verabschiedete sich von mir mit einem Augenzwinkern, bevor er das Lokal verließ. Verblüfft, dass er mich nicht einmal auf den Kaffee einlud, fragte ich den Kellner nach der Rechnung. Dieser lachte und meinte: „Die Redakteure von *Dope* lassen bei uns anschreiben, du musst nicht bezahlen."

Ich hatte mir oft den Moment ausgemalt, in dem Viviana mir mitteilte, ich solle meine Sachen aus dem Büro holen und mich nicht mehr blicken lassen. Einige Wochen darauf musste ich lauthals auflachen, weil genau das Gegenteil eintrat. Ich war es, der kündigte und sich bei ihr für die wunderbare Erfahrung bedankte.

Perspektiven
Manama, 2011

ELF

Die rot-weiße Fahne

flatterte heftig im Wind, wir waren in Manama gelandet. Die Sonne ging gerade unter, als unser Flugzeug, eine kleine Maschine von Emirates mit weniger als fünfundsechzig Passagieren an Bord, von Dubai kommend auf das Gebäude des Flughafens zurollte, um an der Gangway anzudocken. Es war sechzehn Uhr fünfzig, sagte mir meine Uhr, perfekt im Zeitplan also. Ich drehte mich um und nickte den drei Passagieren, die hinter mir saßen, zu. Patryk, Liza und die wunderbare Sierra Hajjar nickten zurück und öffneten in perfekter Simultaneität die Sicherheitsgurte, bereit für das Abenteuer, das sie draußen erwartete.

Ich hatte erst vor ein paar Monaten für *Dope* zu arbeiten begonnen, und schon war mir eine ebenso wichtige wie heikle Aufgabe anvertraut worden: die Fotos für eine Coverstory in Bahrain zu schießen. Erstmals sollte darauf ein Model arabischer Herkunft mit einer sehr kreativen und wenig keuschen Version des Hijab abgebildet sein. In diesen Monaten hatte ich oft mit Patryk zusammengearbeitet, dem polnischen Friseur und Visagisten, den ich auf Vivianas Party kennengelernt hatte. Nicht nur, dass wir ein gutes Team waren, wir hatten auch enge Freundschaft geschlossen, so dass ich, als ich vom Auftrag in Bahrain erfuhr, sofort zum Handy griff und ihm die Mitarbeit anbot.

Einige Tage vor unserer Abreise hörten wir von politischen Unruhen im Golfstaat, den wir für das Shooting besuchen würden. Das State Department sicherte jedoch der Direktion von *Dope* zu, dass keinerlei Gefahr drohe, sofern wir immer in Begleitung der Guides blieben, die uns die Regierung von Bahrain zur Seite stellte.

Auf dem Flug von New York nach Dubai waren mir unzählige Fragen durch den Kopf gegangen. So sehr ich Feuer und Flamme für den Auftrag war, war mir die Entscheidung, in einen Golfstaat zu reisen, nicht leicht gefallen. Ich hatte einen neuen Pass beantragen müssen, um meine Reisen nach Israel, die ich gemeinsam mit den Eltern unternommen hatte, zu verbergen. Zusätzlich beunruhigte mich meine religiöse Zugehörigkeit – wenn auch alle Reiseführer versicherten, dass in Bahrain Religionsfreiheit herrschte: mit einem Namen wie dem meinen wäre es schwierig gewesen, diese zu kaschieren. In New York hatte ich nie verbergen müssen, Jude zu sein; die Hälfte der Leute, die ich traf, waren es. In Manama würden mir nicht viele Juden über den Weg laufen, das war sicher.

„Wenn die Uhr stimmt, sind wir acht Stunden voraus. Meiner Meinung nach gehen wir gerade einige Jahrhunderte in der Zeit zurück", sagte Patryk und deutete ein Lächeln an, während wir durch die Gangway gingen.

Ich lächelte zurück. Also war es auch für ihn nicht einfach, dachte ich.

„Gut gesagt. Ich dachte gerade etwas Ähnliches. Aber um die Wahrheit zu sagen, ich war noch nie zuvor in einem arabischen Staat."

„Ezra." Er blieb ruckartig stehen und wandte sich zu mir. „Du weißt nicht, wie schwer mir die Entscheidung zu fahren gefallen ist. Vor einigen Jahren habe ich mir geschworen, meinen Fuß niemals in eines dieser rückständigen Länder zu setzen, in denen Homosexualität ein Verbrechen ist. Und jetzt bin ich hier, am Flughafen dieser Stadt. One-Way-Ticket in die Hölle."

„Warum hast du dann doch beschlossen mitzukommen?"

„Weil ich mir nie im Traum gedacht hätte, einmal für eine Fotoreportage von *Dope* zu arbeiten. Noch dazu", er zeigte in Richtung Sierra Hajjar, „wenn sie das Model ist."

Ich stimmte zu. „Praktisch unmöglich, der Zeitschrift oder dem Model abzusagen."

„Du vergisst den Fotografen!"

„Komm schon, Patryk, sei kein Schleimer. Du weißt, wie sehr ich deine Arbeit schätze, und ich wollte niemand anderen für diesen Auftrag. Jedenfalls, auch mir ist die Entscheidung nicht leicht gefallen. Nie hätte ich *Dope* absagen können, aber die Vorstellung, mir das Leben schwer zu machen, indem ich in einen Golfstaat reise ... Na ja, zum Glück habe ich keinen Kontakt zu meinen Eltern. Sie bekämen einen Herzinfarkt."

„Es wird für uns beide eine Herausforderung, aber wir werden gestärkt daraus hervorgehen. Ich schwuler als zuvor, du jüdischer."

Wir brachen in Lachen aus, während wir unsere Pässe für die Polizei vorbereiteten.

Die Autofahrt von al-Muharraq nach Manama dauerte knappe zwanzig Minuten. Am Steuer saß Jasim, ein Mittzwanziger mit orientalischen Gesichtszügen und weißem, makellosem Hemd. Er würde uns während des gesamten Aufenthalts betreuen. Ich saß neben ihm, blickte zum Fenster hinaus und sog jedes Detail der Landschaft auf, die an uns vorbeizog. Die Autobahn verlief erhöht die Inselküste entlang und schenkte uns einen unvergleichlichen Ausblick auf das Meer, das majestätisch in jede Bucht drang, die das Land freigab. In Manama angekommen, überragte zu unserer Rechten das beeindruckende World Trade Center alle anderen Gebäude um ein Vielfaches. Es bestand aus zwei hellblau beleuchteten Haupttürmen, die mittels mehrerer Querstreben miteinander verbunden waren. Von al-Muharraq aus, das wenige Meilen von der Hauptstadt entfernt war, konnte man meinen, dass die beiden Türme die einzigen Gebäude in der Stadt waren. Eine eigenartige Stadt. Wenn ich mich umsah, erblickte ich wüstenähnliche Gegenden und daneben Autobahnkreuze, Gebäudeansammlungen und Wolkenkratzer.

Wir kamen gegen sechs Uhr abends im InterContinental an, einem hässlichen schmutziggelben Hotelblock, der verzweifelt versuchte, geschmackvoll und elegant zu erscheinen. Die Eingangshalle war so geräumig, dass man sich in ihr verlor, und auch die bizarren Werke zeitgenössischer Kunst und das ausgesuchte Mobiliar trugen nicht dazu bei, eine Atmosphäre zu erzeugen, in der man sich als Gast wohlfühlte. Wir zeigten unsere Pässe und erhielten die Keycards. Jeder von uns hatte ein eigenes Zimmer. Mir fiel die Reise nach Miami ein, wo ich gezwungen gewesen war, mit dem Idioten von Travon das Zimmer zu teilen, und lächelte zufrieden in mich hinein, nahm die Karte und ging zu den Aufzügen.

„Ihr habt eine halbe Stunde, dann treffen wir uns hier in der Hall und ich führe euch zum Abendessen aus“, kündigte Jasim an.

Patryk und ich warfen uns vielsagende Blicke zu. Dieser Ort verlangte nach unendlich vielen Bemerkungen, die wir auch machen würden, sobald Jasim uns alleine ließ. Wir hatten Glück, unsere Zimmer lagen nebeneinander.

„Der Ausblick ist zum Kotzen“, war der erste Kommentar Patryks in seinem formlosen Englisch, als er mein Zimmer betrat und zum Fenster ging, während ich mein Gewand in den Schrank räumte. Die Fotoausrüstung befand sich sicher in einem großen schwarzen Koffer, die Garderobe für die Fotoaufnahmen war Liza anvertraut. Das Budget, das *Dope* uns zur Verfügung gestellt hatte, ließ keinen Assistenten zu, und wir hatten keinen Praktikanten gefunden, der bereit war, Reise und Aufenthalt aus eigener Tasche zu bezahlen. Die Zeitschrift hatte über sechstausend Dollar allein für Flug und Aufenthalt von uns vieren ausgelegt, außerdem würde sie nach Abschluss des Projekts auch noch die Rechnungen bezahlen müssen, die wir vorlegten. „Hier unten gibt es einen endlos großen Parkplatz, weiter drüben Gebäude, die wirken, als hätte man sie nach dem Zufallsprinzip hingebaut, und dann diese beiden Türme, die wie zwei riesige spitze Zäpfchen aussehen."

„Was sagst du denn. Wie zwei Segel!"

„Komm schon, gib's zu, diese Stadt übt eine eigenartige Wirkung aus."

„Das habe ich nie bestritten."

Ich startete den Laptop und öffnete die Seite von CNN, um die aktuellen News zum Mittleren Orient zu lesen. Es hatte eine neue Welle von Protesten in Manama und in weiteren Gebieten Bahrains gegeben.

„Perfektes Timing", sagte Patryk nach einem kurzen Blick auf den Bildschirm. Er schaltete den Fernseher ein, wo eine Nachrichtensendung in arabischer Sprache einen Bericht mit arabischen Politikern ausstrahlte, die sich gerade die Hände schüttelten. Es folgten weitere Berichte, die die lokale Wirtschaft und Ereignisse in umliegenden Staaten wie dem Iran und Saudi-Arabien betrafen, und dann war die Sendung zu Ende. „Die Sender hier vor Ort scheinen die Proteste nicht zu erwähnen. Was soll das?"

„Ich weiß nicht. Vielleicht sind sie doch nicht so bedeutend, wie sie CNN erscheinen lassen will", überlegte ich.

„Oder das lokale Fernsehen versucht, sie zu zensurieren."

„Klingt plausibel."

Ich schaltete den Fernseher ab. Es war Zeit, in die Hall zu gehen, wo Jasim uns bereits erwartete, immer noch in weißem Hemd, doch in einem anderen als zuvor. Er führte uns in ein libanesisches Restaurant, fünf Minuten mit dem Auto vom Hotel entfernt. Wir hatten kaum Platz genommen, da kam ein Kellner und stellte zahlreiche Teller mit orientalischen Vorspeisen, den Mezze, wie Jasim uns erklärte, auf den Tisch. Sierra betrachtete sie gründlich, um uns schließlich mitzuteilen, sie würde nur etwas Pita essen („Ich gehe das Risiko lieber nach den Aufnahmen ein", scherzte sie). Liza, Patryk und ich hingegen zögerten nicht lange und langten bei den Köstlichkeiten zu. Das Restaurant war voll, die Gäste waren vorwiegend Männer, wie ich feststellte. Die wenigen anwesenden Frauen trugen den traditionellen Schleier. Liza und Sierra, die ohne Schleier waren, waren angewiesen worden, schlichte westliche Kleidung zu tragen, die Arme und Beine bedeckte. Im Hintergrund lief arabische Musik mit Anklängen an den amerikanischen Hip-Hop. Jasim klärte uns auf, dass die beliebtesten Sänger im Mittleren Orient der Araber Haitham Shaker und der Iraker Majid al-Muhandis waren. Persische Musik hingegen war nicht gern gesehen, fügte er hinzu. Als schließlich ein bekannter Song von 50 Cent gespielt wurde, brachen wir in befreiendes Lachen aus.

„Die Zeitungen berichten von Demonstrationen quer durchs Land", sagte Patryk an Jasim gewandt, während der Kellner den Hauptgang servierte. Die Heiterkeit, die eben noch an unserem Tisch geherrscht hatte, war mit einem Mal wie weggefegt.

„Das stimmt. Aber ich glaube, es ist nichts, worüber man sich Sorgen zu machen braucht. Die Bevölkerung will mehr Mitspracherecht. Sie hat die Proteste in Ägypten mitverfolgt und träumt davon, es ihnen hier, am Pearl Roundabout, nachzumachen."

„Bahrain ist eine Monarchie, nicht wahr?“, warf Liza ein.
„Ja. Das Problem ist, dass die königliche Familie sunnitisch ist, der Großteil der Bevölkerung hingegen schiitisch. Auch ich bin Schiit. Unter meinen Freunden bin ich eine Ausnahme, weil ich trotz meiner religiösen Zugehörigkeit eine Arbeit habe, die mit Politik zu tun hat. Normalerweise schaffen es Jungs wie ich nicht so weit.“

Jasims Worte verwunderten mich, aber nicht wegen des ausgezeichneten Englisch, das er sprach, sondern wegen ihrer Klarheit und Ehrlichkeit. Er fuhr fort: „Es ist eine große Ehre für uns, die Abordnung von *Dope* bei uns zu Gast zu haben. Als sie mir eure Ankunft ankündigten, wusste ich sofort: Damit beginnt ein neues Kapitel in der Geschichte!“

„Stimmt“, schaltete ich mich ein. „Auch wir sind sehr aufgeregt. Es ist das erste Mal, dass ein Model mit Schleier auf dem Cover einer so wichtigen Modezeitschrift wie *Dope* zu sehen ist.“

Dope verfügte über ausgezeichnete Kontakte in der gesamten Welt; das hatte ich erfahren, nachdem mir die Coverstory in Bahrain vorgeschlagen worden war. In der Redaktion kümmerte sich ein ganzes Büro ausschließlich um die Public Relations mit anderen Ländern, und in weniger als einer Woche lag die Erlaubnis der Regierung von Bahrain für die Aufnahmen in Manama auf dem Tisch. Wir hatten zuvor Beispielfotos mit den Outfits schicken müssen, die verwendet würden, um zu beweisen, dass wir nichts Unschickliches vorhatten.

„Wir hätten in die Vereinigten Emirate gehen können“, hatte mir der Redakteur gesagt. „Doch wir von *Dope* lieben die Herausforderung. Dass zudem gerade politische Unruhen stattfinden, verleiht dem Ganzen einen zusätzlichen Reiz.“

Reizvoll vor allem für ihn, der in seinem noblen New Yorker Büro geblieben war, dachte ich. Für uns hier in

Manama stellte dieser Zusatz eine Quelle der Beunruhigung dar.

Nach dem Abendessen gingen wir gemeinsam in eine der mehreren Hotelbars auf einen Drink. Bahrain, so erklärte uns Jasim, war von den Saudi-Arabern scherzhalber „Bar“ getauft worden, da sie hin und wieder auf ein Wochenende nach Manama kamen, um sich ein alkoholisches Getränk oder gar eine Prostituierte zu leisten; das Land hatte sich den Ruf erworben, der jüngere, rebellische Bruder des erwachsenen, strengen, religiösen Saudi-Arabien zu sein. Auch wenn dieses Land der verantwortungsbewusstere Bruder war, vor allem in politischer Hinsicht, blieb Bahrain nach wie vor dem Einfluss des saudischen Königshauses ausgesetzt.

Zurück im Zimmer, lud ich Patryk auf eine zweite Runde Drinks ein.

„Ein wirklich eigenartiger Abend“, sagte ich und holte alle verfügbaren Alkoholika aus der Minibar: Jack Daniel’s, Absolut, Jose Cuervo und so weiter. „Jasim ist ein spannender Typ.“

„Ja, er vertritt sein chaotisches Land sehr gut“, antwortete Patryk und nahm das Fläschchen Cuervo entgegen, das ich ihm hinhielt. Ich war mir sicher, er würde es in einem Schluck hinunterkippen, und so war es dann auch. „Aber am unglaublichsten ist, dass Bahrain für die anderen Golfstaaten als *liberales* Land gilt. Genau, liberal! Hast du gesehen, wie die Frauen herumlaufen müssen?“

„Alles sehr seltsam, ja. Ganz zu schweigen von der Architektur. Du glaubst, du bist mitten in der Wüste, und dann taucht da plötzlich ein Gebäude auf, vor dem das Empire State Building vor Neid erblassen würde.“

„Ich bin mir sicher, du schaffst es, den Eklektizismus dieser Stadt mit deiner Kamera einzufangen.“

„Ich werde es versuchen.“

Wir blieben schweigend sitzen, jeder mit seinem Drink beschäftigt. Patryk nahm den Alkohol in sich auf wie ein Schwamm, ohne betrunken zu werden; ich hingegen musste leiser treten, um nicht die Kontrolle über mich zu verlieren, dachte ich in einem Anflug von Panik.

„Weißt du, mir geht gerade Folgendes durch den Kopf: Es heißt, dass hier Religionsfreiheit herrscht. Dass man offen sein Judentum leben kann. Ich frage mich, wie viel davon wahr ist. Im Internet habe ich gelesen, dass es eine kleine jüdische Community gibt, an die dreißig Personen."

„Willst du in Bahrain deine jüdischen Wurzeln wiederentdecken?", grinste mich Patryk an.

„Warum nicht? Ich bin vor meiner Religion davongerannt. Und jetzt komme ich zum ersten Mal an einen Ort, wo mir nahegelegt wird, sie zu verstecken. Ich brauche nur die Autobahn zu überqueren und schon bin ich ein Outlaw."

Ich dachte über das Paradoxon nach, das mir im Kopf herumgeisterte. In Brighton war ich Atheist, in Manama Jude; vielleicht lag es in meiner Natur zu rebellieren.

„Du sprichst mit dem Schwulen, der nie seinen Fuß auf den Boden eines Golfstaates setzen wollte."

„So ist es. Hast du schon herausgefunden, ob es Gay Clubs hier in der Gegend gibt?"

„Vor dem World Trade Center habe ich eine große Hinweistafel gesehen, aber ich werde nicht hingehen, glaube ich. Es laufen zu viele hier herum und ich wüsste nicht, welchen nehmen", gab er ironisch zur Antwort.

„Komm schon, im Ernst jetzt. Ich kann mir nicht vorstellen, dass es keine solchen Underground Clubs gibt."

„Wahrscheinlich schon. Aber wenn die Behörden schon nicht imstande sind sie auszumachen, dann ich bestimmt nicht. Außerdem bin ich nicht hergekommen, um meinen Prinzen aus *Tausendundeiner Nacht* zu finden. Ich bin hier, um zu arbeiten."

Wir waren beide mit unseren Drinks fertig. Patryk hatte es sich auf der Couch bequem gemacht und ich auf dem großen Bett.

„Es ist unglaublich, wie Juden und Homosexuelle im Lauf der Geschichte immer wieder mit denselben Feinden konfrontiert waren; das hinderte zahlreiche orthodoxe jüdische Gemeinschaften allerdings nicht daran, die Homosexuellen auszuschließen und zu diskriminieren, wenn nicht gar zu hassen", sagte ich nach einer Weile. Carmis Gesicht stand mir lebendig vor Augen und für einen Augenblick träumte ich, er wäre hier, neben mir. Wie viel hatte sich in all der Zeit, in der wir uns nicht gesehen hatten, verändert. Ich fragte mich, ob er manchmal an mich dachte, so wie ich an ihn. Ich fragte mich, ob er noch am Leben war.

„Wenn du erlaubst ...", setzte Patryk an und hielt wieder inne.

„Was?"

„Ach, nichts."

„Los, sag schon", ermutigte ich ihn.

„Nein, ich wollte nur sagen ... noch unglaublicher ist, dass man über den Genozid an den Juden Bescheid weiß, aber nicht über die Ermordung der Homosexuellen. Man spricht von der Schoah, aber nicht davon, was die Nazis den Schwulen angetan haben. Man weiß, wie viele Juden in den Gaskammern umgekommen sind, aber nicht, wie viele Homosexuelle gemeinsam mit ihnen interniert und umgebracht wurden. Man weiß, was die Reichspogromnacht ist, aber die wenigsten haben von der Nacht der Langen Messer gehört. Dabei spielt es für mich keine Rolle, dass es viel mehr jüdische Opfer gab. Was mich befremdet, ist, wie sehr hier mit zweierlei Maß gemessen wird."

Ich schwieg, da ich darauf nichts zu sagen wusste, auch wenn ich gewollt hätte. Noch nie war mir jemand mit der Haltung von Patryk begegnet, hart, unerbittlich, vielleicht etwas extrem, aber ohne Zweifel berechtigt.

Mein iPhone läutete, es war eine unbekannte Nummer aus den USA.

„Hallo?“

„Ezra Kramer?“

„Ja. Mit wem spreche ich?“

„Judy Oneil, ich arbeite für die *New York Times*. Ein Kollege hat mir gesagt, dass du gerade in Manama bist, stimmt das?“

„Ja.“

„Aufgrund der Proteste der vergangenen Tage haben wir versucht, unseren Korrespondenten nach Bahrain zu schicken, aber der Staat hat sich geweigert, ein Visum auszustellen. Dasselbe beim *Wall Street Journal*, wie mir ein Kollege dort gesagt hat. Keine Ahnung, wie wir ins Land kommen können. Wie hast du das angestellt?“

„Ich bin im Auftrag von *Dope* hier. Wir haben die Visa vor drei Wochen angefordert und sie umgehend erhalten.“

„*Dope*? Wie ist es möglich, dass sie *euch* reinlassen und *uns* nicht?“

Ich konnte hören, wie die Frau am anderen Ende der Leitung in Rage geriet. Diese abwertende Unterscheidung zwischen *uns* und *euch* ging mir gehörig auf die Nerven, und beim Gedanken, sie noch mehr zu ärgern, musste ich lächeln.

„Nun, wir sind zufällig hier, um eine Fotoreportage zu machen, über die die Regierung sehr erfreut ist. Ihr hingegen wollt über die demokratiefreundlichen Kundgebungen berichten, und das gefällt der Regierung gar nicht.“

Ich drückte den Anruf weg und schaltete das Handy aus, um keine weiteren Anrufe zu erhalten. Nachdem

Patryk sich verabschiedet hatte, ging ich zu Bett und dachte daran, wie angenehm es am kommenden Tag sein würde, mit Sierra Hajjar zu arbeiten.

Das menschenleere Areal direkt am Meer gab den Blick auf al-Muharraq zur einen und auf die beiden Türme des World Trade Center zur anderen Seite hin frei, ein grenzenloser, staubiger Ort, der uns Fremde ununterbrochen zum Husten reizte. Jasim wirkte an diesem Mittwochmorgen angespannt. Von seinem lockeren und heiteren Gesichtsausdruck des vergangenen Abends war nichts mehr zu sehen, an dessen Stelle war ein düsterer und abwesender Blick getreten.

Sierra Hajjar stieg aus dem Auto in einem der Outfits, die der legendäre Kin Savasch eigens für das Fotoshooting entworfen hatte: ein Hijab-Kleid, das aus transparenten Swarovski-Kristallen und wasserfarbenen Edelsteinen bestand. Es ließ der Imagination wenig Freiraum und spielte auf Sierras geschmeidigem Körper mit dem Effekt von Enthüllen und Verhüllen. Und doch, bei flüchtigem Hinsehen konnte man meinen, dass das Kleid ihn vollständig bedeckte. Eine bislang einzigartige Kombination aus Cocktailkleid und muslimischem Tschador, strömte es Geheimnis und Sinnlichkeit aus und setzte einen aparten Kontrapunkt zur Vorstellung, dass unter den Kristallen und Edelsteinen die nackte Haut des Models vibrierte.

In meinen Fotografien griff ich diesen Kontrast auf und spiegelte ihn im Gegensatz zwischen Sierras Eleganz und dem verlassenen Areal, zwischen dem staubigen Boden und dem futuristischen Hintergrund der Skyline von Manama.

Erstmals hatte es mir ein Kleid richtig angetan. Als ich mit Viviana arbeitete, war mir das Getue um die Mode lächerlich erschienen. Jetzt hingegen versuchten wir, eine

Idee darzustellen, und überwanden dabei die Grenzen, die uns das Land, in dem wir uns befanden, auferlegte. Wir bezogen Position, zeigten Haltung.

Während Sierra sich im Auto für den zweiten Teil des Shootings umzog und Patryk ihre Haare zurechtmachte, die nun zu sehen sein würden, näherte sich mir Jasim mit sorgenvoller Miene.

„Ezra, wir haben ein Problem", sagte er.

„Was ist los?"

„Die Proteste am Pearl Roundabout sind stärker geworden. Die Regierung hat mich beauftragt, euch ins Hotel zurückzubringen."

„Wir sind noch nicht fertig."

„Ich weiß, aber die Kundgebungen könnten gewalttätig werden, und es ist für mich von großer Bedeutung, dass ihr in Sicherheit seid. Wenn es gelingt, die Menge zu beruhigen, können wir morgen mit der Arbeit fortfahren. Gestern ist ein Mann getötet worden, ebenso vorgestern. Wir können keinerlei Risiko eingehen, für den Moment müsst ihr zu eurer eigenen Sicherheit im Hotel bleiben."

Patryk, der dem Gespräch zugehört hatte, kam näher. „Die internationale Presse berichtet, dass die Menschen friedlich protestieren. Warum sind die beiden Männer gestorben?"

„Ich bin nicht befugt, Auskunft zu erteilen. Die einzige Zuständigkeit, die mir übertragen wurde, ist, für euer Wohlergehen zu sorgen. Los, steigen wir ins Auto."

Wir bauten die Schirme ab und klappten die Regiestühle zusammen, die wir mitgebracht hatten. Dann verstauten wir alles im geräumigen Kofferraum des Wagens und stiegen ein. In den fünf Minuten, die wir für die Fahrt zum Hotel brauchten, sahen wir keinen einzigen Demonstranten. Die Stadt schien wie leergefegt, eine surreale, post-apokalyptische Stimmung lag spürbar über ihr.

Sierra und Liza waren angespannt, Patryk schaute aufmerksam zum Fenster hinaus, ich hingegen hielt meinen Blick auf Jasim gerichtet, der die Zähne zusammenbiss und zutiefst beunruhigt war.

Zurück im Hotel, bat uns Jasim, das Hotel unter keinen Umständen zu verlassen. Wir versammelten uns alle in meinem Zimmer.

„Und, was nun?", fragte Liza.

„Wenn sich die Demonstranten beruhigen, können wir morgen fortfahren, hat er gesagt. Aber diese Angelegenheit scheint mir nicht in wenigen Stunden erledigt zu sein", antwortete Patryk. „Ezra, vielleicht sollten wir mit *Dope* telefonieren?"

Ich nickte und wählte die Nummer des Redakteurs. In New York war es tiefe Nacht, doch er hob sofort ab. Ich erklärte ihm die Situation, woraufhin er meinte, wir sollten im Hotel bleiben, wie Jasim gesagt hatte, und einen Tag abwarten. Anschließend würde man weiterentscheiden.

„Wir haben bereits das Coverfoto. Was uns noch fehlt, sind die Aufnahmen für den Innenteil."

„Das besprechen wir morgen", antwortete er und beendete das Telefonat.

Wir verbrachten den Nachmittag mit den Nachrichtensendungen auf Al Jazeera und CNN. Lieber hätten wir die Proteste in Echtzeit auf Twitter mitverfolgt, doch niemand von uns sprach Arabisch und so wie es aussah, war kein internationaler Journalist am Pearl Roundabout. Über den Bildschirm flimmerten die Bilder von Tausenden Demonstranten, die sich am Kreisverkehr mit dem berühmten Perlenmonument in der Mitte niedergelassen hatten.

Gegen sechs Uhr abends, die Sonne war bereits untergegangen, erhielt ich die E-Mail eines Journalisten der Nachrichtenagentur Reuters.

Ich habe deinen Kontakt von Judy Oneil. Wir brauchen dringend einen Fotografen in Manama und wir wissen, dass du dort bist. Wenn du uns einige Aufnahmen der Proteste am Pearl Roundabout schicken könntest, würden wir das sehr zu schätzen wissen. Wir bieten dir ein großzügiges Honorar an, angesichts der außergewöhnlichen Umstände.

Ich schaute zu meinen Kollegen, die sich auf die Nachrichten im Fernsehen konzentrierten, dann wieder auf das Display meines iPhones. Wir sollten auf keinen Fall das Hotel verlassen, hatte Jasim gesagt. Da draußen verlangten die Menschen von ihrer Regierung mehr Rechte, und den internationalen Journalisten war die Einreise ins Land verwehrt worden. Zum Pearl Roundabout zu gehen und die Menge zu fotografieren, vielleicht die eine oder andere Frage an ein paar Demonstranten zu stellen, war aber zur Informierung der internationalen Community von großer Bedeutung. Vielleicht war jetzt der Moment für mich gekommen zu handeln.

„Ich gehe kurz in die Bar in der Hall", verkündete ich. Niemand wandte den Blick vom Bildschirm. Ich griff nach der am wenigsten auffälligen Kamera, warf eine Jacke über und überließ meine Kollegen ihrer kollektiven apathischen Angst.

Der Map auf dem iPhone folgend, ging ich in Richtung Markt und Kreisverkehr, wo sich die Demonstranten rund um die beeindruckende Skulptur niedergelassen hatten. Die dunklen und leeren Straßen standen in unwahrscheinlich anmutendem Kontrast zur schier endlosen Menge, die sich am Platz versammelt hatte. Die Menschen hatten Zelte aufgeschlagen und bereiteten sich darauf vor, die Nacht im Freien zu verbringen; unter einem großen Zelt wurde Essen verteilt. Die Stimmung war entgegen meinen Erwartungen nicht aggressiv oder angespannt, sondern festlich, Siegessicherheit lag in der Luft. Die Schiiten von Bahrain schienen, trotz des Todes zweier Demonstranten in den letzten Tagen, optimistisch zu sein. Die Regierung würde ihre Forderungen anhören müssen.

Ich schoss unzählige Fotos, wagte jedoch nicht, jemanden zu interviewen aus Angst, dabei von den Behörden beobachtet zu werden. Es war besser, nicht aufzufallen, auch angesichts der expliziten Anordnung von Jasim, das Hotel nicht zu verlassen. Zwanzig Minuten später war ich wieder im InterContinental. Liza und Sierra waren auf ihre Zimmer gegangen, und so erzählte ich Patryk, wo ich gewesen war und was ich getan hatte. Er war völlig verblüfft, als ich ihm die Fotos zeigte, während ich sie auf den Laptop übertrug.

„Du bist ein Phänomen!“, rief er aus.

„Man glaubt, sich auf einem großen Fest zu befinden da draußen. Die Menschen sind überhaupt nicht entmutigt, ganz und gar nicht. Sie wollen Demokratie und Freiheit“, erklärte ich ihm.

„Du bist ein Rebell, Ezra. Indem du da hinausgehst und diese Fotos machst, leistest du deinen kleinen Beitrag zu ihrem Protest. Schickst du sie an Reuters?“

„Ich glaube nicht. Solange ich im Land bin, fühle ich mich nicht sicher genug, um sie zu publizieren. Jemand in Bahrain könnte wissen wollen, wer sie gemacht und weitergeleitet hat. Lieber kein Risiko eingehen. Sobald wir draußen sind, werde ich es tun.“

Patryk ging in sein Zimmer und ich blieb allein zurück. Ich löschte die Lichter und schlüpfte unter die Bettdecke, den Kopf voll mit Gedanken, Ängsten, Zweifeln und Fragen. Ich wollte gerade die Hand zum Nachttisch ausstrecken, wo eine Packung Schlaftabletten lag, die ich von New York mitgenommen hatte, hielt dann aber inne. Ich hätte meinen Gedankenfluss unterbrechen und mich in einen friedvollen, aber künstlichen Schlaf flüchten können. Doch ich entschied, wach zu bleiben und weiter nachzudenken. Ich wollte alle Gefühle, die Manama an diesem Tag in mir ausgelöst hatte, voll und ganz auskosten, bevor ich einschlief.

Durch das Fenster konnte ich die Gesänge der Menge vernehmen. Oder waren sie nur ein Traum? Diese Männer, Frauen und Kinder hatten genug davon, von ihrer Regierung unterdrückt zu werden und unter einem Regime zu leben, das ihnen die Grundrechte verweigerte. Ein Regime, das die Zensur liebte und sich mit dem strengen, milliardenschweren Saudi-Arabien verbrüderte.

In diesem Land waren die Juden eine Minderheit und durften nicht nach Israel reisen. Das erste Mal nach Jahren der Abgrenzung fühlte ich mich meiner Religion verbunden, meiner Welt, meiner Identität. An einem Ort, wo dies im Grunde unmöglich war, wollte ich *spüren*, was es hieß, Jude zu sein. Plötzlich überkam mich der Wunsch, am kommenden Tag das Hotel zu verlassen und mich auf die Suche nach der geheimnisvollen Synagoge Manamas zu begeben.

Dann dachte ich an Patryk und an seine Identität, die in dieser Kultur, dieser Religion und unter diesem Regime als falsch, schändlich und gefährlich erachtet wurde. Patryk und ich machten gerade dieselbe Erfahrung an einem Ort, der Welten entfernt war von dem New York, das wir beide so sehr zu lieben gelernt hatten, trotz der Ratten, des Lärms und des Gestanks.

Es war nicht das erste Mal, dass ich mich einer verschlossenen und grausamen Welt wie dieser hier in Bahrain gegenübersah. In meiner Vergangenheit hatte ich eine solche nicht nur gesehen, ich hatte sie *erlebt*. Meine Gedanken kehrten zu Brighton zurück, und irgendetwas in mir flammte wieder auf. Es war Zorn: der Zorn auf meine Gemeinde, der so sehr in Fleisch und Blut übergegangen war, dass er mich nicht blind, sondern hellsichtig machte. Auch meine Gemeinde hatte, genauso wie es hier geschah, ihren Mitgliedern die fundamentalsten Rechte verweigert, Carmis Homosexualität als Schande betrachtet und begangenes Unrecht verschwiegen. Dieser Zorn erwachte nun wieder und schrie mir zu, mich zu bewegen und zu handeln, etwas zu tun, das zugleich großartig und schrecklich war und der Regierung dieses Landes, seinem System und seiner rückwärtsgewandten Ideologie eine Lektion erteilte. Ich wollte mich erheben und meiner Empörung über jene Instanzen Ausdruck verleihen, die den Personen, die ich am meisten liebte, ein friedliches und ruhiges Leben verunmöglichten.

Ich hätte den Laptop nehmen und die Fotos direkt an Reuters schicken können. Aber das war mir zu nahe liegend und vorhersehbar.

Ich hätte zum Pearl Roundabout gehen und die Nacht gemeinsam mit den Demonstranten auf dem sandigen Asphalt verbringen können. Doch da wäre ich einer unter vielen gewesen.

Ich wollte etwas Extremes tun, etwas, das mir das Gefühl gab, *mit mir eins zu sein*, und das nicht von außerhalb kam, sondern in mir entstand. Ich wollte spüren, dass ich Kraft hatte, und mir wieder bewusst machen, dass ich die Kontrolle über mein Leben und meine Entscheidungen besaß.

Ich warf die Bettdecke zurück und stand langsam auf.

Ich wusste nicht, was ich tat, doch ich tat es.

Jahre zuvor, als ich Carmis Leid sah, hatte ich das erste Mal den Wunsch verspürt, ihm meine Zuneigung zu zeigen und ihn zu trösten. Ich war jedoch so unerfahren darin gewesen, anderen zu helfen und sie zu lieben, dass ich scheiterte. Carmi war verschwunden, ohne dass ich etwas unternehmen hatte können, das ihm sein Leben leichter machte.

Im Hotelzimmer nebenan war Patryk. Wie Carmi in Brighton, hielt auch er sich an einem Ort auf, der seiner Identität, seiner Natur, seinem Innersten feindlich gesinnt war. Und die Handlung, mit der ich meine Verachtung dieser Gesellschaft zum Ausdruck bringen würde, sollte ein Akt der Liebe, der Zuneigung und des Trostes sein.

Ich nahm die Magnetkarte meines Zimmers und steckte sie in die Jacke, die ich schnell über den Pyjama zog. Der Hotelgang war ausgestorben, das Geräusch meiner langsamen, aber sicheren Schritte verschwand im dicken Teppichboden.

Ich klopfte dreimal.

Ich hatte einen Bruder zu rächen, einem Freund meine bedingungslose Solidarität zu beweisen. Und ich hatte eine ganze Welt um mich, gegen die ich mich auflehnen wollte. Es sollte ein Protestschrei sein, der stärker als jeder Slogan am Pearl Roundabout war.

Patryk war noch wach, er öffnete die Tür. Sein Zimmer lag im Dunkeln, durch die Fenster drang schwaches Licht der umliegenden Gebäude. Wortlos forderte er mich auf einzutreten.

Ohne seine Reaktion abzuwarten, nahm ich ihn in die Arme. Ich umarmte ihn, während sich meine Augen beim Gedanken, wie sehr eine Umarmung wie diese Jahre zuvor Carmi geholfen hätte, mit Tränen füllten. Doch ich war ein miserabler Bruder gewesen und nicht über einen schüchternen, dummen, ja nutzlosen körperlichen Kontakt hinausgekommen. Während ich Patryk umarmte und meinen Kopf an seine Brust legte, begann ich heftig zu weinen. Ich presste die Lippen aufeinander und hasste mich für mein Zuspätsein, für die Ewigkeit, die ich gebraucht hatte, um jemandem all die Liebe zu geben, die ich in mir trug.

Ich ließ zu, dass Patryk mich tröstete. Er besaß das Feingefühl, mich nicht zu fragen, was los sei, und beschränkte sich darauf, mir entschlossen über Rücken und Schultern zu streichen. Die Rollen hatten sich verkehrt: War ich zu ihm gegangen, um ihm Trost zu spenden, war er es nun, der mich tröstete.

Ich hob den Kopf und schaute zum Fenster. In der Ferne hörte man das Heulen einer Sirene.

Stunden später weckte mich heftiges Klopfen an der Tür. Ich blickte um mich und begriff, dass ich auf dem Sofa in Patryks Hotelzimmer eingeschlafen war. Er lag in seinem Bett. Beide schreckten wir hoch und schauten uns im Dunkel des Zimmers an.

„Patryk, mach auf!“ Es war Liza, die da schrie.

Patryk sprang vom Bett und öffnete die Tür. „Was ist los?“

Liza wirkte erschüttert, und als sie mich sah, rief sie aus: „Ach, *hier* bist du! Ich habe zehn Minuten lang an deine Tür gehämmert und dich auf deinem Handy zu erreichen versucht. Ich dachte schon, du wärst tot.“

Verlegen stammelte ich: „Wir haben bis spät miteinander gequatscht und dann bin ich auf dem Sofa eingeschlafen ...“

„Also? Was ist los?“, unterbrach mich Patryk. Meine Uhr zeigte fünf Uhr morgens an.

„Jasim hat angerufen. Es gab heftige Zusammenstöße am Pearl Roundabout. Scheinbar hat die Polizei auf die Menge geschossen. Es gibt viele Verletzte, man spricht von einigen Toten. Du brauchst nicht einzuschalten, man berichtet nicht darüber“, fügte sie hinzu, als sie Patryk zur Fernbedienung greifen sah. „Man hat uns Plätze für den ersten Flug nach New York reserviert, er geht in wenigen Stunden.“

Ich konnte es nicht glauben. Ich war doch gerade erst am Pearl Roundabout gewesen, wo mir die Stimmung friedlich und ruhig erschienen war. Warum nur sollte die Polizei in die Menge geschossen haben?

„Packt eure Koffer, ein Regierungsauto wird uns zum Flughafen bringen“, beendete Liza ihre Ausführungen.

Die Tür ging auf und Sierra kam herein, bereits fertig für die Abreise. „*Dope* wird mir nach diesem ganzen Chaos Überstunden bezahlen müssen. Ich kann es nicht glauben, dass ich mich für diese dumme Zeitschrift in Gefahr begeben habe.“

Sprachlos schaute ich alle drei an.

„Ich gehe dann mal Koffer packen.“ Ich hatte mich wieder gefangen und verließ das Zimmer. Dort fuhr ich den Laptop hoch und begann nach Flügen zu suchen. Am Abend zuvor hatte ich kurz vor dem Einschlafen auf Patryks Sofa einen Entschluss gefasst: Es gab einen Ort, den ich so schnell wie möglich aufsuchen wollte. Um keinen Verdacht zu erregen, musste ich allerdings zwei Tickets lösen; am Flughafen von Manama würde ich nur jenes nach Amman vorweisen. Der Flug ging um neun Uhr morgens, kurz nach dem Flug nach Dubai, den Jasim für uns gebucht hatte. Ich bezahlte mit der Kreditkarte, lud die Tickets auf mein iPhone, schloss die Koffer und begab mich in die Hall, wo unnatürliche Stille herrschte.

Die Sirenen von Rettungswägen durchschnitten mit ihrem Heulen die Luft und Blut bedeckte den staubigen Boden von Pearl Roundabout, während wir schweigend im Wagen saßen, der zum Flughafen raste. Dort verabschiedeten wir uns von Jasim und gingen zu den Check-in-Schaltern.

„Ich komme nicht mit euch“, verkündete ich, als Jasim gegangen war. „Ich fliege nach Amman.“

„Was sagst du da?“, fragte Liza.

„Es gab eine kleine Programmänderung, die ich jetzt nicht erklären kann ..."

„Wie du willst", sagte sie kurz angebunden und ungeduldig. Ohne noch etwas hinzuzufügen, ging sie gemeinsam mit Sierra, die ihr ängstlich folgte, zum Schalter.

Patryk blieb bei mir, er schien aufgewühlt zu sein.

„Ezra ...", setzte er an. Es war das erste Mal, dass wir seit meinem Besuch in seinem Hotelzimmer miteinander sprachen. „Was passiert gerade? Geht es dir gut? Brauchst du Hilfe?"

Ich verneinte entschieden. „Nein, das ist eine Angelegenheit, die ausschließlich mit mir zu tun hat, und ich will allein sein. Aber danke für deine Fürsorge. Kümmer dich nicht. In den letzten Stunden ist mir einiges klar geworden, und es gibt da einen Ort, wo ich unbedingt hin will. Ich spüre, dass ich meinem Instinkt folgen muss."

Patryk umarmte mich und ging zu den zwei Frauen, während ich mich mit meinen Koffern zum Check-in-Bereich für die Direktflüge nach Jordanien begab. Ein Polizist fragte mich nach den Gründen meines Aufenthalts, ich antwortete, dass ich als Tourist dorthin reise. Er prüfte mich kurz argwöhnisch und ließ mich dann zur Sicherheitskontrolle weitergehen.

Ich konnte noch nicht glauben, was in den letzten Stunden geschehen war: das Risiko, das ich eingegangen war, als ich allein zum Pearl Roundabout ging, der verrückte Impuls, dem ich nachgegeben hatte, als ich Trost bei Patryk suchte. Und was ich jetzt gerade machte, war, ich konnte es klar und deutlich spüren, die Fortsetzung meiner persönlichen und moralischen Unabhängigkeitserklärung. Den amerikanischen Pass und das Ticket nach Amman in den Händen ging ich entschlossen zum Gate.

Einige Stunden später saß ich in der Eingangshalle des Flughafens von Amman, mein Koffer neben mir, und schaute in die Leere, die sich vor mir ausbreitete: Neun Stunden lagen bis zum Anschlussflug vor mir, doch ich hatte beschlossen, den Flughafen nicht zu verlassen. Ich aß ein schlechtes Käsebrot und kontaktierte den Redakteur von Reuters. Nachdem ich ihm einige meiner Aufnahmen vom Pearl Roundabout in geringer Auflösung geschickt hatte, rief er mich an. Er wollte die Fotos so schnell wie möglich in Originalgröße und bot für jedes dreihundertfünfzig Euro. Ich verkaufte ihm acht. Am späten Nachmittag ging ich zum Check-in, war aber weder erleichtert, Amman zu verlassen, noch glücklich, so viel Geld verdient zu haben. Während der fünfundvierzig Minuten, die der Flug dauerte, ging mir nur eines durch den Kopf: Dieses Geld würde mir sehr nützlich sein, bis ich in New York einen neuen Job gefunden hätte.

Ich landete in Tel Aviv um einundzwanzig Uhr dreißig und mein Herz klopfte laut vor Freiheit, Glück und Energie. Ich hatte die Welt der verschleierten Frauen, der verletzten Menschenrechte und diskriminierten Minderheiten hinter mir gelassen und befand mich nun an einem freien und vertrauten Ort, an dem es überraschend lebhaft zuging.

Nachdem ich erstmals im Leben erfahren hatte, was es hieß, die eigene religiöse Identität zu verbergen, um nicht sein Leben aufs Spiel zu setzen, hatte ich das unwiderstehliche Bedürfnis empfunden, jenes Land aufzusuchen, das für die Juden gegründet worden war. So einfach war der Grund, weshalb ich nach Israel geflogen war. In New York war es ein Leichtes gewesen, meine Wurzeln zu vergessen; in Manama aber, wenige Kilometer von Saudi-Arabien und vom Iran entfernt, hatte ich mich daran erinnert, dass meine Identität bewahrt und beschützt werden musste. Vielleicht hatten mir meine

Eltern nicht jenes Judentum weitergegeben, von dem ich fühlte, dass ich ihm angehörte. In Bahrain hatte mich allerdings meine Schuld Carmi gegenüber eingeholt. Sie lastete so schwer auf meinen Schultern, dass es nun an der Zeit war, mir selbst und der gesamten Welt zu beweisen, dass jene Zone zwischen Schwarz und Weiß, um die wir so lange gerungen hatten, tatsächlich existierte: Wenn ich es wirklich wollte, konnte ich wieder neu zu meiner religiösen Identität zurückfinden.

Tel Aviv empfing mich mit offenen Armen, ohne Scham oder Groll. Es empfingen mich seine schmutzigen und bunten Straßen, die alten Häuser neben den in Bau befindlichen Wolkenkratzern, die Paare, die mitten im Winter in Flipflops ihre Rassehündchen spazieren führten. Es empfingen mich der Knoblauchduft der Falafelstände und die lebhaften Farben der Fruchtshakes, die die Passanten an jenem warmen Werktag in Händen hielten. Und über allem bemerkenswerte Ruhe.

Das Hebräische, das ich seinerzeit für meinen Geschmack als zu geräuschvolle Sprache erlebt hatte, erschien mir jetzt zart und musikalisch. So froh ich darüber war, miterlebt zu haben, wie die schiitischen Bürger Bahrains auf die Straße gingen, um von ihrer sunnitischen Regierung mehr Rechte einzufordern, so genüsslich ich von den Mezze im libanesischen Restaurant gekostet hatte, so musste ich mir nun doch meine Erleichterung eingestehen, die Golfregion hinter mir gelassen zu haben. Die Straßen hier hatten einiges mit jenen in New York gemeinsam, so auch den Schmutz. Sofort entstand in mir das Gefühl, dass Israel eine zweite Heimat sein konnte, die ich allzu lange ignoriert hatte.

Vom Fenster meines Zimmers im Hotel Renaissance konnte ich die Lichter der Stadt sehen, die sich im Mittelmeer spiegelten. Ich öffnete es, um die frische und salzige Meeresluft einzuatmen.

Ich schaltete den Laptop ein und fragte die E-Mails ab. Der Herausgeber von *Dope* bat mich, ihn auf Skype zu kontaktieren.

„Ich habe gehört, dass ihr zurück seid", sagte er nach einem kurzen Gruß.

„Ja, die Dinge haben sich nicht gut entwickelt dort unten. Schade, dass in den Zeitungen kaum darüber berichtet wird. Ich habe auf einem Blog vor Ort gelesen, dass die Polizei in die Menge geschossen hat, um sie zu zerstreuen. Dabei wurden viele Leute verletzt und mindestens vier Demonstranten erschossen. Ich bin erschüttert ..."

„Ja, es ist wirklich erschütternd", schnitt er mir das Wort ab. Das Thema schien ihn nicht zu interessieren. „Hör mal, Ezra, ich muss mit dir über die Fotos sprechen."

„Was gibt's?"

„Wir können sie nicht für die nächste Ausgabe verwenden. Es gibt ja nur das eine Coverfoto. Ihr habt die Kleider der anderen Designer nicht verwendet."

„Wir haben sie nicht verwendet, weil wir die Arbeit nach nur wenigen Stunden abbrechen mussten", erwiderte ich.

„Klar, aber wenn es kein Material gibt, können wir auch keinen Beitrag daraus machen."

„Willst du damit sagen, dass ihr nicht einmal das Coverfoto verwendet?"

„Ich befürchte, so ist es."

„Du hast ein Team von vier Leuten nach Bahrain geschickt und dafür mehr als sechstausend Dollar ausgegeben. Wir haben die Revolution mit eigenen Augen gesehen. Ich habe Fotos geschossen, die sogar von Reuters publiziert wurden. Komm schon, du hast eine perfekte Geschichte! Ich verstehe schon, die Klamotten fehlen, aber *Dope* hat praktisch als einziges ausländisches Medium Einreisegenehmigungen für seine Mitarbeiter bekommen. Du kannst diese Gelegenheit nicht ungenutzt lassen. Was gehen dich die anderen Designer an?“

„Ezra, beruhige dich. Sie gehen mich etwas an, und wie. Solltest du es in der Zwischenzeit vergessen haben: *Dope* ist eine Modezeitschrift, kein Nachrichtenmagazin. Du kannst deine Geschichte dem *New Yorker* erzählen, wenn du willst. Ich bin mir sicher, die sind glücklich, einen Aufmacher-Artikel über deine Reise nach Bahrain zu bringen. Aber mich interessieren die Kleider. Mich interessieren die Aufnahmen von Sierra. Mich interessieren nicht die Rettungswägen und die Demonstranten und all die anderen Dinge, über die du gerade gesprochen hast.“

Ich konnte nicht fassen, dass er das ernst meinte, und unterbrach das Telefonat, um anschließend bestürzt über seine Worte im Zimmer auf und ab zu laufen.

Da überwältigte mich aus heiterem Himmel die Einsamkeit. In wenigen Sekunden war das Glück verflogen, das ich verspürt hatte, als ich im Taxi vom Flughafen in die Stadt die Lichter Tel Avivs sah. So sehr ich dieser Stadt auch angehören konnte, wurde ich mir dessen bewusst, dass ich im Umkreis von Tausenden Kilometern keine einzige Person kannte. Patryk und die anderen saßen im Flugzeug nach New York. Wenn ich genau darüber nachdachte: Auch in Amerika hatte ich niemanden, dem ich mich anvertrauen konnte. Mich an Seth zu wenden, nachdem ich mit seiner Freundin geschlafen hatte, verbot mir meine Scham. Familie hatte ich keine, meine Eltern zählten nicht, Tante Suzie lag tot unter der Erde.

Der einzige Mensch, den ich aus ganzem Herzen geliebt hatte, den ich als Bruder empfand, obwohl nicht dasselbe Blut durch unsere Venen floss, war Carmi. Doch Carmi war schon seit Jahren nicht mehr Teil meines Lebens. Ich wollte mich aus dem Fenster lehnen und zum Meer hin schreien: Carmi, wo bist du? Ich warf mich aufs Bett, griff zornig nach dem Laptop und begann, ihn auf Facebook zu suchen, doch sein Name schien nicht auf, auch kein noch so kleines Foto seines Gesichts. Der definitive Beweis, dass er tot war, weinte ich in mich hinein. *Dabei ist es doch so, dass ich dich brauche, Carmi. Ich brauche dich so sehr,* wiederholte ich bei mir.

Die nächsten Tage blieb ich im Zimmer, saß am Fenster und schaute in einem Zustand innerer Unruhe, die an Verzweiflung grenzte, aufs Mittelmeer hinaus. Mein Herz schlug heftig und manchmal weinte ich für Stunden. Um schlafen zu können, warf ich mir am Abend massive Dosen von Schlafmitteln ein. Mit jedem Tag, der verging, war ich um zweihundert Dollar ärmer, aber nicht einmal die Angst, dass mir das Geld ausgehen könnte, vermochte mich aus meiner Depression zu reißen. Ein Kellner brachte mir mittags und abends Essen aufs Zimmer, das ich kaum anrührte.

Eines Abends, als ich gerade wieder darüber nachgrübelte, warum ich mich so einsam fühlte, wurde mir klar, dass ich auf jemanden wartete: auf jemanden, der mich rettete. Aber dieser Jemand würde nie eintreffen. Schon gar nicht hier in Tel Aviv, wo ich niemanden kannte und wo niemand wusste, in welchem Zustand ich mich befand. Und ich begriff, dass ich mich selbst retten musste, wenn ich nicht an der Depression zugrunde gehen wollte. Mir kamen die Worte des Psychiaters in den Sinn, den ich in Queens aufgesucht hatte: „Die Schlaflosigkeit ist nur eines der Symptome deines Leidens." Du wirst nur dann mit dem Leben davonkommen, wenn du endlich dieses Leiden angehst, das du viel zu lange verdrängt hast, flüsterte ich mir zu. Die Tage der Einzelhaft mussten ein Ende haben, also wusch ich mich und zog mich an. Auf dem Weg zur Tür warf ich einen Blick in den Spiegel, der mir ein erschreckend blasses und mageres Abbild meiner selbst zurückwarf. Ich fuhr in die Hotellobby und fragte nach einem Psychiater. „Ich brauche jemanden, der gut Englisch spricht, sehr gut. So schnell wie möglich", sagte ich zur jungen Rezeptionistin, die nickte und fragte, ob ich in Israel krankenversichert sei. Ich verneinte. Sie verschaffte mir einen Termin für den nächsten Morgen.

Als ich die Praxis von Doktor Gideon Kidron verließ, nahm ich direkt die erste Dosis des Antidepressivums ein, das er mir verschrieben hatte. Ich war verzweifelt und konnte keinen klaren Gedanken fassen. Ich beschloss, kein Taxi zum Hotel zu nehmen, sondern zu Fuß dorthin zu gehen.

Ich lief den Chen Boulevard und die Dizengoff Street entlang und versuchte *irgendetwas zu empfinden*. Ich hoffte, mich zurechtzufinden, und kramte einige Wörter auf Hebräisch aus meinem Gedächtnis hervor, die ich als Kind gelernt hatte. Vielleicht konnte ich ja mit einem Unbekannten in einem der zahllosen Cafés ins Gespräch kommen.

Tel Aviv war liberal, lebendig, mitunter überspannt, dachte ich bei mir. Vielleicht ein wenig vulgär und so gar nicht elegant. Aber die Stadt war warm, heiß sogar, großzügig und geräuschvoll, unordentlich und auf wundervolle Weise gastfreundlich. Ich versuchte nicht daran zu denken, was aus meinem Leben werden würde, sollte ich nach New York zurückkehren.

Auf der Dizengoff, nicht weit vom Platz mit dem Regenbogenbrunnen, der untertags klassische Musik spielte und in der Nacht Feuer spie, geschah es dann.

Er stand an der Bushaltestelle auf der anderen Straßenseite, um vieles größer, als ich ihn in Erinnerung hatte.

Die Vorstellung, ihm gegenüberzustehen, ließ mich erstarren. Unsere Blicke kreuzten sich, ich war mir nicht sicher, ob er es wirklich war, und ihm ging es vielleicht genauso. Aber dieses Spiel war rasch vorbei, denn ein Autobus blieb an der Haltestelle stehen, und als er kurze Zeit später wieder anfuhr, war er nicht mehr da.

Ich rührte mich nicht vom Fleck.

Von einem Moment auf den anderen hatte ich Schweißperlen auf der Stirn, und ich fragte mich, ob das alles nur ein Traum gewesen war. Ich hatte in den vergangenen Tagen oft an Carmi gedacht, es war also gut möglich, dass ich einer Halluzination erlegen war.

Aber es war *er* gewesen. Groß geworden. Zu einem Mann herangewachsen. Gekleidet wie ein x-beliebiger junger Mann aus Tel Aviv, mit Sandalen an den Füßen, einem weiß-grün gestreiften T-Shirt und den khakifarbenen Shorts, die jeder Mann auf der Dizengoff zu tragen schien.

Es konnte nicht sein, dass ich das nur geträumt hatte.

Carmi war noch ein Teenager, als er nach Israel floh. Jemand musste ihm ein One-Way-Ticket bezahlt und Lebewohl gewünscht haben, viel Glück, möge Gott mit dir sein. Und er war gefahren. Ohne Worte, ein wenig verstört vielleicht, aber entschlossen, sich irgendwo anders ein Leben aufzubauen. Ja, vielleicht war es so gewesen, vielleicht war dieser junge Mann wirklich er.

Ich stand noch immer regungslos an der Stelle, von der aus ich Carmi gesehen hatte, und stellte mir eine Menge Fragen. Wer hatte ihm geholfen abzuhauen? Wer hatte ihm das Flugticket besorgt? Ich ging im Geist die Personen durch, die in Brighton in Kontakt mit ihm gestanden waren. Herr Taub war zu arm, unvorstellbar, dass er auf der Bank das nötige Geld hatte, um ein dermaßen teures Ticket zu besorgen. Meine Eltern waren zu passiv, um sich so etwas auszudenken, außerdem hätten sie es mir gesagt. Frau Fischer? Sie war es gewesen, die herumerzählt hatte, dass Carmi das Haus des Vaters verlassen hatte; möglich, dass sie seine Flucht mit ihm geplant hatte? Mir kam das alles eher unwahrscheinlich vor.

Und dann fiel es mir wie Schuppen von den Augen.

Ich erinnerte mich, wie der Rabbiner Hirsch mich mit Nachdruck gefragt hatte, wie es Carmi gehe. Wie er gesagt hatte, diese „Situation" gefalle ihm nicht.

Ich erinnerte mich, wie er nach Carmis Verschwinden zu uns nach Hause kam und mir nicht in die Augen schauen konnte. Dann aber, und das war mir wie ein Wunder erschienen, hatte er den Blick zu mir gehoben. „Aus dieser hässlichen Geschichte müssen wir alle eine Lehre ziehen", hatte er zu mir gesagt und das Haus wieder verlassen. Ich erinnerte mich an Tante Suzies Begräbnis, wo ich den Eindruck gehabt hatte, er wolle mir etwas mitteilen. Doch er hatte beharrlich geschwiegen. Wahrscheinlich wäre er in Tränen ausgebrochen, das wurde mir nun schlagartig klar. Denn was ihm am meisten zusetzte, war, mir nicht sagen zu können, was er getan hatte. Er war ein verdammter Heuchler gewesen. Er hatte die Gemeinde in ihrer Unnachgiebigkeit unterstützt, Carmi aber im Geheimen von diesem Alptraum erlöst. Von seinem Vater erlöst, von sich selbst erlöst.

Der Rabbiner Hirsch und sein doppeltes Spiel. Unfähig, sich energisch und bestimmt zu zeigen. Unfähig, sich für die Gerechtigkeit einzusetzen. Er hatte Bescheid gewusst, davon war ich nun überzeugt. Er hatte mir nicht in die Augen schauen können, als er bei uns zu Hause war, sich schließlich aber doch verraten: In seinem Blick am Friedhof hatte ich seinen Wunsch erkannt, mir etwas sagen zu wollen. Nun wusste ich endlich, was er mir damals offenbaren wollte.

Ich schloss die Augen. Ein tiefer Atemzug. Und dann noch einer und noch einer, auf der Suche nach dem richtigen Rhythmus, um weitermachen zu können. Als ich die Augen öffnete, blendete mich die Sonne. Ich hielt schützend eine Hand vor mein Gesicht und drehte mich um. Als ich wieder klar sehen konnte, stand er neben mir. Carmi lächelte mir zu, und ich lächelte zurück.

Danksagung

Ich bedanke mich bei meiner wunderbaren Familie. Bei all den Menschen, die mir, direkt oder indirekt, geholfen haben, die Geschichte von Ezra und Carmi zu schreiben: Einige von ihnen bleiben lieber anonym, andere kennen mich nicht, andere wiederum sind nicht mehr am Leben. Ich bedanke mich auch bei Federica Muzzarelli für ihren Essay *L'immagine del desiderio*, dem ich sehr viele Informationen über die Modefotografie entnommen habe. Bei den Bloggern aus Bahrain und den Journalisten von Al Jazeera, die mir von einer Revolution, die im Schweigen erstickt wurde, berichtet haben; der Dokumentarfilm *Bahrain: Shouting in the Dark* war eine meiner wichtigsten Quellen, um über den Blutigen Donnerstag von Manama erzählen zu können. Des Weiteren bedanke ich mich bei meiner Freundin Shirly Piperno, die mir unzählige Details aus der Modewelt zukommen ließ. Bei Sandra Rebershack, aufmerksame und zugeneigte Leserin, für ihre wertvollen Hinweise. Bei den Lesern der ersten Niederschrift des Buches für ihre nützlichen Kommentare: Alex Bedarida, Claudia Debenedetti, Sara Mintz, Alice Silva und David Zebuloni. Ich bedanke mich bei Michael Somekh für die vielen vergnüglichen gemeinsamen Kaffees. Bei Chiara Dabbene, die vom ersten Tag der Volksschule an an meiner Seite war. Bei Cristina Samson für all das Licht, das sie in mein Leben gebracht hat. Bei meinen Lehrern und Professoren, von der Volksschule über die Mittelschule und das Gymnasium bis hin zur Universität, vor allem bei jenen, die mich dabei unterstützt haben, meiner kreativen Seite nachzugehen: Sonia Brunetti und Sergio Bosco. Und schließlich bedanke ich mich bei Shulim Vogelmann und dem Team des Giuntina-Verlags dafür, dass sie an mich geglaubt haben. Ich habe diesen Roman geschrieben in der Hoffnung, etwas Licht auf jene Dinge zu werfen, die mir besonders am Herzen liegen: den religiösen Fanatismus, die Pressefreiheit, die Prozesse, die im Rahmen der Cultural Appropriation vor sich gehen, und die Selbstverletzung.

Glossar

Bar-Mizwa: religiöse Mündigkeit, die die männlichen Juden mit dreizehn Jahren erreichen.

Baruch Dayan Emet: „Gelobt sei der wahre Richter." Kurzform des Gebets, das anlässlich des Todes eines Menschen gesprochen wird oder in dem Moment, wo man vom Ableben eines Menschen erfährt.

Bet ha-Midrasch: Lehrhaus.

Chabad (oder Lubawitsch): chassidische Gruppierung innerhalb des orthodoxen Judentums.

Challa (Plural Challot): zu Zöpfen geflochtenes Weißbrot am Sabbat.

Charedisch: Selbstbezeichnung der ultraorthodoxen Juden. Ein Anhänger dieser Richtung wird im Hebräischen Charedi (Plural Charedim) genannt, was so viel wie „Gottesfürchtiger" bedeutet.

Charosset: Fruchtaufstrich, den man am Sederabend isst. Farbe und Beschaffenheit sollen an den Mörtel erinnern, mit dem die Juden als Sklaven in Ägypten die Bauwerke des Pharaos erbauten.

Gemara: Erläuterung und Kommentierung der Mischna, der mündlichen Überlieferung, im Talmud enthalten.

Haggada: Erzählung des Exodus aus Ägypten, wird während des Sederabends vor Pessach vorgelesen.

Jichud: „das Alleinsein". Gemäß dem jüdischen Religionsgesetz ist das Alleinsein einem Mann und einer Frau, die nicht miteinander verheiratet sind, verboten (in einem Raum z.B.).

Ketubba: Ehevertrag.

Kiddusch: Segensspruch über einem Becher Wein, mit dem der Sabbat (und andere jüdische Feiertage) eingeleitet wird.

Kippa: während der Ausübung der Religion gebräuchliche Kopfbedeckung der männlichen Juden, meistens kleine kreisförmige Mütze aus Stoff oder Leder.

Koscher: „tauglich", den jüdischen Ernährungsregeln gemäß, der Kaschrut entsprechend.

Masel tov: „Viel Glück", „Viel Erfolg".

Mechiza (Pl. Mechizot): Vorrichtung zur räumlichen Trennung der Geschlechter in der Synagoge.

Mesusa: Schriftkapsel, die kleine Pergamentrollen mit biblischen Texten enthält und an der rechten Seite des Türpfostens angebracht ist.

Pessach: einer der bedeutendsten Festtage im Judentum, erinnert an den Auszug der Juden aus Ägypten und die Befreiung von der Sklaverei.

Rosch ha-Schana: jüdisches Neujahrsfest.

Sabbat (jiddisch Schabbes): Samstag, der siebte Wochentag im Judentum, Ruhetag, an dem keine Arbeit verrichtet werden darf. Er beginnt mit dem Sonnenuntergang am Freitag und endet mit dem Eintritt der Dunkelheit am Samstag.

Schalom: Gruß mit der Bedeutung Gesundheit, Wohlfahrt, Sicherheit, Frieden und Ruhe.

Seder: rituelles Abendessen am ersten (in der Diaspora auch am zweiten) Tag von Pessach.

Sukkot (oder Laubhüttenfest): wird sieben Tage lang im Herbst gefeiert.

Yeshiva: jüdische Bildungsinstitution, die das Studium der traditionellen religiösen Texte, insbesondere der Thora und des Talmud, zum Inhalt hat.

Zizit (oder Schaufaden): an den vier Enden des Gebetsmantels (Tallit) befestigte Troddeln.

Zniut: sowohl Sittsamkeit, Bescheidenheit als charakterliche Eigenschaften als auch eine Art Verhaltenskodex, vor allem in der Beziehung zwischen den Geschlechtern.